KB033034

마운드 위의 절대자

디다트 현대 판타지 장편소설

WISHBOOKS MODERN FANTASY STORY

마운드 위의 절대자 10

디다트 현대 판타지 장편소설

초판 1쇄 찍은 날 | 2019년 11월 19일
초판 1쇄 펴낸 날 | 2019년 11월 26일

지은이 | 디다트
펴낸이 | 예경원

기획 | 위시북스
편집책임 | 이은송
편집 | 위시북스

펴낸곳 | 예원북스
등록번호 | 제396-2012-000132호
등록일자 | 2012. 7. 25
KFN | 제1-490호

주소 | 경기도 고양시 일산동구 호수로 646-24 위너스21II빌딩 206A호 (우)10401
전화 | 031-819-9431 팩스 | 031-817-9432
E-mail | yewonbooks@naver.com

ISBN 979-11-365-0507-1 04810
      979-11-89450-77-9 (set)

디다트 현대 판타지 장편소설

WISHBOOKS MODERN FANTASY STORY

마운드 위의

10

완결

절대자

Wish Books

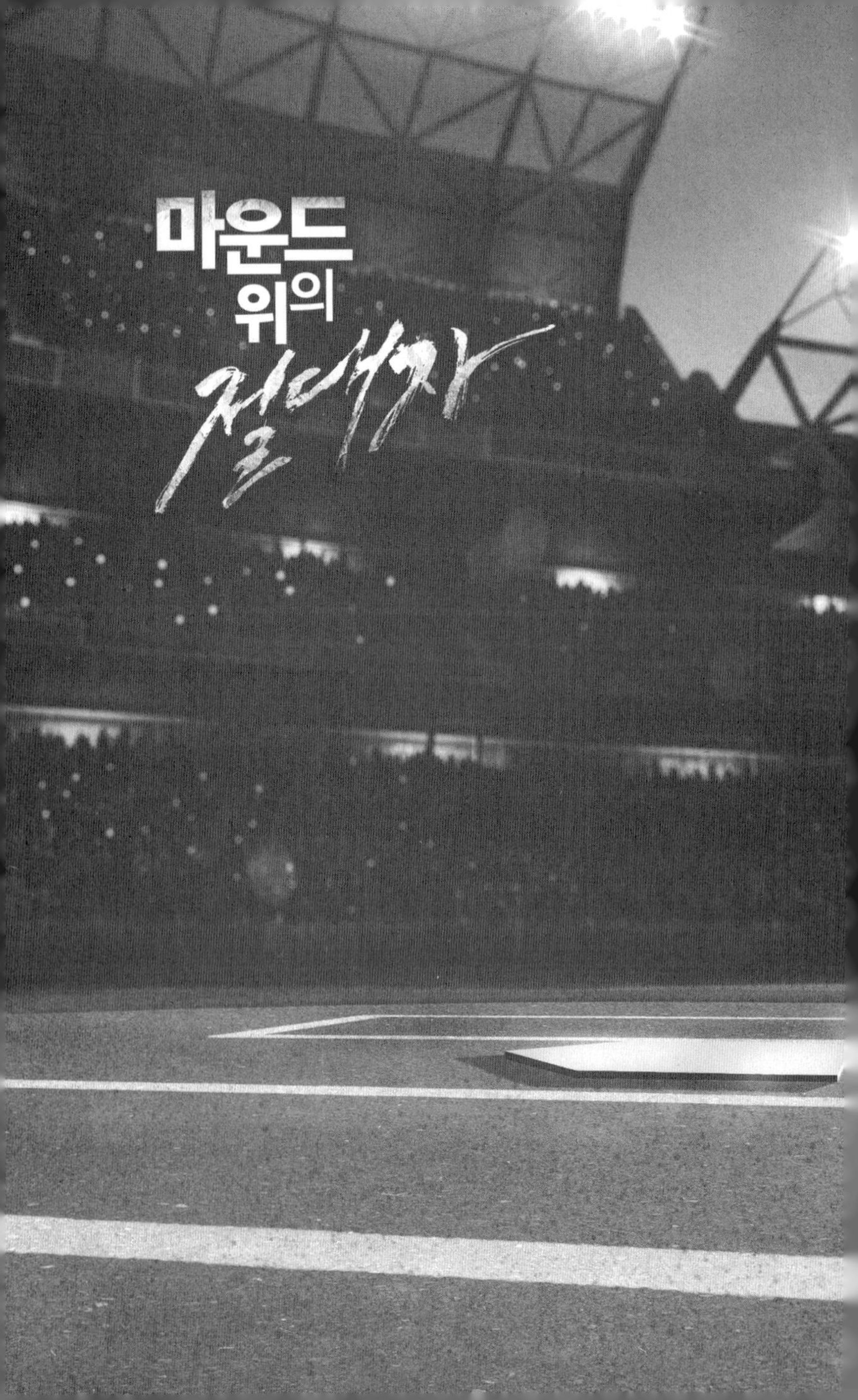
마운드
위의
절대자

CONTENTS

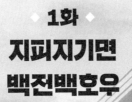

1화
지피지기면
백전백호우

-아웃! 게임 끝!

그것은 역사적인 순간이었다.

-리! 그가 다저스를 상대로 자신의 이번 시즌 두 번째 노히트게임 달성에 성공합니다!

감히 그 누구도 상상 못 했던 역사적인 순간, 몇 번을 봐도 감흥이 줄어들 수가 없는 순간이었다.
"여기서도 호우 소리는 제대로 들리는군."
"어메이징이라는 표현이 누구보다 잘 어울리는 놈이라니까."
자이언츠와 다저스, 원정 7연전을 마치고 이제는 집이 있는 뉴욕으로 향하는 메츠의 전용기 안에 탄 선수들이 그 영상을 거듭 보는 이유였다.

"몇 번이나 같은 말을 했는지 모르겠지만, 다시 봐도 정말 끝내주는 경기였네."

아무리 봐도 질리지 않았으니까.

더욱이 메츠 선수들에게 그 역사적인 순간은 다른 그 누구보다 특별할 수밖에 없었다.

"이날 우리가 그곳에 선수로 뛰고 있었으니까."

"평생 자랑거리지."

"이런 걸 원해서 메이저리그에 온 거지."

그들은 그 순간에 조연으로 그 광경을 함께했으니까.

그것은 메이저리그 선수들 중에서도 오로지 메츠 선수들만이 누릴 수 있는 것이었다. 느껴지는 감격이 남다를 수밖에 없었다.

"역시 리는 대단해."

그리고 그 감격이 벅차오르는 순간 이진용에 대한 감탄도 다시금 벅차올랐다.

"그런데 정작 리는 왜 이렇게 기분이 안 좋아 보이는 거지?"

"글쎄……."

"표정을 보면 기분이 안 좋은 건 확실하군."

하지만 막상 이 역사적인 순간의 주인공인 이진용의 기분은 좋아 보이지 않았다.

그 사실에 모두가 의문을 품을 수밖에 없었다.

"비행기 타기 전까지만 해도 아주 야단법석을 피웠잖아?"

이진용은 비행기에 타기 전까지만 해도 세계에서 가장 행복한 사람의 모습을 하고 있었으니까.

"공항을 돌아다니면서 사인을 해주고 다녔지. 좀 과할 정도로. 사인을 못 하면 죽는 병에 걸린 사람처럼."

"이런 말하기 뭐하지만 완전 또라이 같았다니까."

좀 과장하면 너무 행복해서 미쳐 버린 것처럼 보일 정도.

"아까 화장실 들어갈 때까지만 해도 분명 기분이 좋았었어."

"하긴 콧노래를 부르면서 화장실에 들어갔으니까. 콧노래가 호우호우라서 분명히 기억해."

그러나 화장실에 다녀온 이진용은 갑자기 세상에서 가장 우울한 사람이 되어 있었다.

당연히 그 누구도 그런 이진용의 심경 변화를 알 수 없었다. 귀신이 아니고서는 알 리가 없었다.

-으하하하!

당연히 귀신인 김진호는 알고 있었다. 이진용이 왜 지금 이런 표정을 짓는지.

-그래, 난 이럴 줄 알았어. 옛말이 틀린 게 없다니까. 호사다마, 호우하는 놈이 하는 일에는 마가 낀다. 딱 맞네!

이진용. 그는 조금 전 비행기 화장실에서, 다저스전에서 얻은 모든 룰렛 이용권을 소모했다.

골드 룰렛 이용권 3개와 플래티넘 룰렛 이용권 4개 그리고 다이아몬드 룰렛 이용권 3개. 도합 10개!

당연히 이진용은 믿어 의심치 않았다.

-마가 그렇게 꼈으니 파이어볼러가 나올 리가 있나? 응? 안 그래?

이 열 번의 룰렛 속에서 최소 한 번은 파이어볼러가 나올 거라고. 자신의 구속이 다시 한번 오를 거라고.

하지만 그 열 번의 룰렛 그리고 포인트를 소모해 돌린 플래티넘 룰렛에서 파이어볼러가 나오는 일은 없었다.

이진용의 표정이 구겨진 이유였다.

-진용아. 그래, 안 그래?

김진호의 표정이 밝아진 이유이기도 했다.

"시끄러워요."

-응? 뭐라고? 공 느린 찐따가 하는 말이라서 잘 안 들리는데?

"에이, 진짜."

그렇게 불편한 심기 속에서 이진용이 자신의 능력치 창을 눈앞에 띄었다.

[이진용(타자)]

-피지컬 : 54

-밸런스 : 83

-선구안 : 91

-보유 스킬 : 매의 눈(A), 히트맨(A), 핀치 히터, 클러치 히터, 라스트 찬스(F), 존, 슬러거(A), 멀티 히트(A), 배드볼 히터(S)

[이진용(투수)]

-최대 체력 : 133

-최대 구속 : 148

-보유 구종 : 포심 패스트볼(S), 투심 패스트볼(S), 스플릿 핑거 패스트볼(S), 컷 패스트볼(S), 체인지업(S), 슬라이더(S), 커브(S).

-보유 스킬 : 심기일전(C), 일일특급(C), 라이징 패스트볼(S), 마법의 1이닝, 무쇠팔(B), 리볼버, 컨트롤 마스터(S), 철인, 에이스, 철마(A), 전력투구, 마구(A), 스위칭(S), 수호신, 이닝 이터(B)

사실 이번에 소득이 없는 건 아니었다. 오히려 반대, 분명 가시적인 스펙업이 있었다.

히트맨 스킬과 마구 스킬을 스킬업(A)을 통해 A랭크로 올릴 수 있었고, 이닝 이터 스킬 역시 B랭크가 됐다.

이밖에 피지컬 역시 크게 상승했다.

특히 다이아몬드 룰렛에서 나온 볼 마스터 아이템을 통해 커터 구질마저 마스터 구질을 달성한 것과 스킬 마스터를 통해 배트볼 히터 스킬을 마스터 랭크로 만든 건 큰 수확이었다.

-그렇게 뚫어지게 쳐다본다고 해서 없던 파이어볼러가 나오거나 그러지 않아요~!

그러나 김진호의 거듭된 도발 앞에서 이진용의 표정은 펴질 수가 없었다. 그가 바라는 건 하나였으니까.

결국 이진용이 김진호를 향해 푸념을 내뱉었다.

"월드시리즈 우승을 해서 이 양반을 성불시키든가 해야지."

그 말에 김진호가 이진용 앞에서 어깨춤을 추며 대답했다.

-그러시든지~ 호우!

"아……."

못 볼 꼴을 본 이진용이 그대로 오른손으로 제 눈가를 가린 채 긴 한숨을 내뱉었다.

반면 그런 이진용을 예의 주시하던 메츠 선수들은 긴장할 수밖에 없었다.

"조금 전 리가 뭐라고 중얼거린 거야?"

"한국어라서 잘은 모르겠지만…… 분명 월드시리즈를 언급했어."

역사적인 경기를 만들어낸 전설적인 선수가 굳은 표정으로 월드시리즈를 언급한 상황에서 긴장하지 않는다면, 그건 프로 자격이 없는 것과 마찬가지일 테니까.

더욱이 이진용은 앞서 다저스와의 경기 중, 조 존스와의 대화를 통해 자신의 의지를 드러냈다. 어떻게든 월드시리즈에 오르겠다는 의지를!

그렇기에 메츠 선수들은 생각했다.

'아직 만족하지 못하는 거구나.'

'하긴, 리가 승리했어도 다저스와의 전적은 1승 6패, 참담한 성적이니까.'

'다저스와의 일전을 떠나서 지금 우리는 지구 4위야. 와일드카드 순위조차 들지 못하고 있는 4위.'

'이 상황에서 월드시리즈를 논하는 게 우스운 짓이지.'

이진용의 표정이 저토록 침울한 것은 다른 무엇도 아닌 팀의 성적 때문이라는 것을.

그 사실에 메츠 선수들의 표정도 점차 이진용처럼 굳어지기 시작했다.

'리는 언제나 최고의 피칭을 보여준다. 하지만 우리는 어떻지?'

역사적인 순간의 조연이 되었다는 사실에 만족하는 자신들에 대한 불만을 품었다.

그 불만 속에서 메츠 선수들이 저마다 각오를 다듬었다.

'재작년까지만 해도 우린 월드시리즈를 노리던 팀이다. 절대 약팀이 아니야.'

'이번에는 리는 물론 조도 들어왔다. 전력은 어느 때보다 강하다.'

'올해야말로 월드시리즈를 위해 모든 것을 불사를 때야.'

'이번 시즌에도 월드시리즈 무대에 오르지 못한다면, 다음은 없어.'

각오를 품은 메츠 선수들이 불타는 눈빛으로 이진용을 바라봤다.

그리고, 그 각오가 담긴 비행기가 뉴욕에 도착했다.

4월과 5월, 시즌 개막으로부터 두 달이 지난 메이저리그는 여전히 치열한 전쟁 중이었다. 여전히 모든 팀이 가능성을 품은 채 월드시리즈 무대를 향해 달리고 있었다.

그러나 제아무리 열심히 달린다고 해도 앞서가는 자와 뒤처지는 자가 나누어지는 건 어쩔 수 없는 일.

아메리칸리그와 내셔널리그, 양대 리그에서는 슬슬 두각을 나타내는 팀들이 등장했다.

[양키스, 연승 행진! 레드삭스를 제치고 지구 1위!]
[애스트로스, 올해 다시 한번 월드시리즈 우승을 노린다!]
[컵스, 휴식은 1년이면 충분하다, 월드시리즈 우승 조준!]
[다저스, 여전히 막강한 전력. 올해는 숙원을 이룰 수 있을까?]

그렇게 모습을 드러낸 선두주자들은 모두가 예상한 팀들이었다.

작년 시즌 리빌딩을 마치고 다시 한번 악의 제국 건국에 나서는 양키스와 작년 시즌 월드시리즈 우승에 성공한 애스트로스, 염소의 저주를 깨고 이제는 강팀이 된 컵스와 여전히 우승에 대한 염원을 풀지 않고 도전을 거듭하는 다저스의 활약은 모두가 예상한 바였으니까.

그러나 그 팀의 활약은 달랐다.

[메츠 연승 행진!]
[메츠의 질주는 멈추지 않는다!]

4월 그리고 5월 초까지만 하더라도 연패를 거듭하며 지구 하위권에 머물렀던 메츠는 5월 중순이 되는 순간 전혀 다른 팀이 된 채 연승을 거듭하기 시작했다.

그 중심에는 당연히 그가 있었다.

[리, 무실점 이닝 기록 다시 한번 이어가다!]
[미스터 제로! 그의 질주는 어디까지인가?]

이진용.

이미 이룬 것만으로도 메이저리그의 그 어떤 투수와도 비교를 거부하는 그는 그에 만족하지 않은 채, 앞으로 그 누구도 범접할 수 없는 기록을 세웠다.

이윽고 이진용이 해냈다.

[리! 드디어 100이닝 무실점 달성!]

11경기 101이닝 11승 0패, 탈삼진 176개.

그리고 방어율 0점.

메이저리그 역사에 두 번 다시 나오지 않을 전설이 탄생하는 순간이었다.

당연히 세상 모두가 그 사실에 기겁했다.

-와, 호우맨 진짜 100이닝 무실점했네.

-진짜 말도 안 되는 괴물 새끼가 등장했네.

-아메리칸리그라서 다행이야. 인터리그 빼면 이 괴물 만날 일이 없잖아?

└그래 정규시즌에서 안 만나고 월드시리즈에서 만나는 게 참으로 다행인 일이지.

물론, 기겁하는 만큼 안티도 많아졌다.

-메이저리그 수준이 낮은 거지. 이런 놈이 무실점이란 것 자체가 리그가 병신이 됐다는 거잖아?

-언제까지 이런 놈이 리그 수준 떨어지게 날뛰도록 놔둘 거야? 여긴 메이저리그야! 저런 이상한 놈이 날뛸 수 있는 곳이 아니라고!

이제 메이저리그 팬들이 이진용의 실력에 대해서 공포를 느끼기 시작한 탓이었다.

메이저리그 30개 구단, 그 30개 구단의 모든 팬들이 소망하는 월드시리즈 우승을 위협하는 괴물이 등장했다는 사실에 대한 공포. 그들은 작금의 상황에 만족하지 못했다.

"미치겠네."

그리고 이진용 본인 역시 작금의 상황에 만족하지 못하고 있었다.

-너무 미치지 마.

만족하지 못하는 이유는 여러 가지였다.

-미친다고 해서 안 나오는 파이어볼러가 나오는 게 아니니

까. 풉!

　다저스전 이후에도 거듭 완봉승을 거두면서 얻은 포인트로 룰렛을 돌렸음에도 파이어볼러가 나오지 않았다는 것도 마음에 들지 않았다.

　"그거 말고요."

　-그럼 뭐? 안티팬 늘어나는 거?

　이진용이 활약을 거듭할수록 오히려 안티팬과 비난이 늘어난다는 것도 탐탁지 않았다.

　"아뇨."

　-그럼 더 이상 사인해 줄 팬이 늘어나지 않는다는 거?

　"당연히 아니죠."

　하지만 가장 큰 이유는 따로 있었다.

　-그럼 뭐?

　"제가 말 안 해도 아시잖아요, 지금 팀 분위기가 어떤지."

　-지구 1위인 내셔널스와 2게임 차. 최소한 와일드카드를 통해서 포스트시즌은 갈 것 같으니 괜히 문제 일으키거나 무리하지 말고 이 페이스를 유지하자, 이 분위기?

　이진용이 현 상황에 만족하지 못하는 가장 큰 이유는 김진호가 한 말, 바로 그 분위기였다.

　현재 메츠의 분위기는 나쁠 것이 없었다.

　다저스전 이후 메츠 선수들은 분명 달라진 모습을 보였다. 보다 높은 곳에 닿기 위해 더 사납고, 거세게 질주하기 시작했다. 박빙의 상황에서 어떻게든 이기기 위한 방법을 강구했고,

이기는 게임은 어떻게든 잡고자 노력했다. 분명 강팀의 모습을 갖추고 있었다.

하지만 거기까지였다.

"이대로는 안 돼요."

메츠는 이번 시즌 다크호스의 모습을 보여줄 뿐, 그 이상의 모습은 보여주지 못하고 있었다.

언뜻 보면 이해하기 힘든 일이었다.

다크호스 자체가 이미 충분한 강팀이라는 것, 그런데 그 이상의 모습을 보여주지 못해서 불만족스럽다? 그건 100점이 만점인 시험에서 100점을 받아온 학생에게 더 높은 점수를 받아오라고 질책하는 것과 비슷했다.

-그래? 왜 안 되는데?

그러나 이진용은 알고 있었다.

월드시리즈 무대는 그런 100점 만점, 시험지 속의 점수 같은 수준으로 논할 수 있는 무대가 아니라는 것을.

"고작 이 정도만으로 우승을 확신할 수 있었다면 김진호 선수는 양손에 월드시리즈 우승 반지를 끼고 있었겠죠."

그 누구도 아닌 김진호의 존재가, 무관의 지배자였던 그가 그 사실을 증명하고 있었다.

그런 이진용의 모습에 김진호는 옅게 웃었다.

-지금 메츠는 강팀이야. 이대로 가면 지구 1위를 못 하더라도 최소한 와일드카드를 통해 포스트시즌에 진출하겠지.

분명 메츠는 강팀이 됐다.

-그리고 그걸 가능케 한 건 너고.

이진용이 메츠를 강팀으로 만들었다.

-너라는 놈이 멀찌감치 뛰고 있으니까. 메츠 선수들은 널 쫓다 보니 여기까지 온 거지.

메츠의 선수들이 이진용에게 자극을 받고 이진용을 뒤따른 덕분이었다.

-나도 거기까지는 갔었고.

그리고 지금 이진용이 달리는 곳은 과거 김진호가 전성기 시절에 달리던 곳과 비슷한 곳이었다.

그렇기에 김진호는 이진용이 느끼는 갈증을 그 누구보다, 심지어 이진용보다 잘 알고 있었다.

-그 이상을 넘지 못했지.

그는 그곳에서 가로막혔으니까.

-내가 그곳을 넘어야 내 뒤에 있는 동료들도 넘을 수 있는데, 그 이상을 뛰지 못했어.

그것은 지금 이 순간에도 김진호에게 있어 천추의 한으로 남아 있었다. 이진용을 바라보는 그의 표정이 어느 때보다 진지한 것이 바로 그 증거였다.

그 표정 앞에서 이진용은 잠시 동안 입을 다물었다. 그런 이진용의 침묵에 김진호가 표정을 풀며 말했다.

-뭐, 나도 못 넘었는데 너 같은 개뾰록 투수가 넘을 수 있을 리가 없지.

이진용 역시 침묵을 풀며 대답했다.

"넘으면 어떻게 할래요?"

-내 무덤에 장을 지진다.

"약속한 겁니다."

-방법은 알고?

"까짓것 김진호 선수가 못 해본 거 해보면 되는 거죠. 김진호 선수 한 경기 최다 탈삼진 신기록이 20개였죠? 어디 보자 다음 상대가……."

그 질문과 함께 이진용이 자신의 다음 경기를 떠올렸다.

"레드삭스 원정이네?"

메이저리그는 두 종류의 리그가 있다.

지명타자 제도가 존재하는 아메리칸리그와 지명타자 제도가 존재하지 않는 내셔널리그. 이런 두 리그에 소속된 팀이 서로 붙는 경우는 두 가지다.

월드시리즈 그리고 인터리그. 즉 교류전이다.

2018시즌 메츠가 속한 내셔널리그 동부지구는 아메리칸리그 동부지구 팀과 총 20경기를 치르게 됐고, 메츠의 첫 인터리그 상대는 레드삭스가 됐다.

그리고 그렇게 맞붙은 두 팀의 1차전 선발투수는 에이스 매치였다.

-리 세일 매치다!

└호우 세일 매치 아님?

작년 시즌 아메리칸리그 최고의 투수로 작년 시즌 308개의
삼진을 잡으며 최다 탈삼진을 기록하며 레드삭스의 새로운 에
이스가 된 크리스 세일과 현재 메이저리그 최고의 투수인 미
스터 제로 이진용. 심지어 시범 경기 당시 그 둘은 이미 붙어
본 적이 있었다.

당연히 그 매치업에 모든 언론들이 들썩였다.

[리 대 세일! 양대 리그 최고의 투수가 붙는다!]

[과연 최고의 닥터 K는 누구인가?]

[리의 무실점 행진, 레드삭스가 깰 것인가?]

여론도 들썩였다.

-제발 이번에는 레드삭스가 퍼킹 호우맨 엿 좀 먹여라!

-나 양키스 팬인데 이번에는 레드삭스 응원한다.

-다저스 팬은 당연히 레드삭스 응원함.

물론 그 들썩임은 이진용에게 조금도 호의적이지 않았다.
좀 더 정확히 말하면 메츠 팬을 제외한 모든 야구팬들이 이진
용의 몰락을 바라고 있었다.

"이런 상황에서 레드삭스랑 붙다니, 쉽진 않겠어."

"레드삭스 팬들이 가만히 있을 리 없지."

그런 분위기 속에서 다른 곳도 아닌 그린 몬스터, 레드삭스의 성지에서의 경기를 앞둔 메츠의 분위기는 어느 때보다 긴장된 분위기일 수밖에 없었다.

하물며 레드삭스는 작년 시즌 지구 1위를 기록하며, 이번 시즌도 양키스와 승차가 얼마 없는 지구 2위를 기록 중인 강팀이었다. 지구 우승을 위해서 1승이 급한 상황에서 메츠를 상대로 전력을 다할 것이 당연한 팀.

"레드삭스는 더더욱 가만히 있을 수 없고."

그런 레드삭스와의 일전을 위해 출발한 메츠의 전세기 안의 분위기는 긴장으로 가득 차 있었다.

물론 그는 예외였다.

"이 녀석은 오른손으로 호우."

이진용, 그는 긴장된 기색은커녕 오히려 즐거운 기색으로 혼잣말을 중얼거리고 있었다.

"얘는 왼손으로 호우."

태블릿 PC를 통해 메츠의 전력분석팀이 만든 레드삭스 스카우팅 리포트를 보면서.

그렇게 이진용이 펜웨이파크 데뷔전을 준비했다.

6월 5일.

드넓은 아메리카 대륙 열다섯 곳에서 전쟁이 시작됐다.

[6월 인터리그 개막!]

[본격적인 순위 경쟁 시작!]

이제는 순위 경쟁에서 도태되는 순간 다음 시즌을 기약해야 하는 치열한 전쟁이 시작됐다.

그러나 메이저리그 팬들의 이목이 집중된 곳은 오로지 단한 곳이었다. 펜웨이파크.

세상의 이목은 그곳에서 치러지는 레드삭스와 메츠의 2연전 첫 경기에 집중되어 있었다.

사실 집중될 수밖에 없었다.

-그래서 누가 이길까?

-단순히 존재감만 놓고 보면 호우맨이지.

└그렇지. 101이닝 무실점 투수는 메이저리그 역사상 존재하지 않았으니까.

└11타자 연속 탈삼진도 빼놓으면 섭섭하지.

└노히트 2게임 추가요!

└투수 최초 히트 포 더 사이클은 왜 뺌?

└응, 한 경기 4연타석 홈런.

이진용이 1차전 선발로 출전한다는 것, 그 사실만으로도 이미 세상 야구팬들의 절반은 그 경기를 볼 수밖에 없었다.

더욱이 이번에는 그 상대가 남달랐다.

-그래도 크리스 세일이면 탈삼진 면에서 호우맨에게 지진 않지.

-아무렴. 작년 시즌 유일한 300탈삼진 투수잖아!

-이번 시즌도 호우맨에 이어서 리그 탈삼진 2위임.

-저번 경기에서 한 경기 19탈삼진 잡았지. 1개만 더 잡았으면 한 경기 최다 탈삼진 타이기록이었어.

-방어율도 좋아. 호우맨 정도는 아니더라도 1.85를 유지하고 있는 중이야.

-아메리칸리그에서 1.85면 내셔널리그에서는 1점대 초반이나 다름없는 거지!

크리스 세일. 작년 시즌 아메리칸리그는 물론 메이저리그에서 가장 많은 삼진을 잡은 투수이며, 현재 아메리칸리그 최고의 투수 중 한 명인 그는 현재 이진용을 잡을 수 있는 몇 안 되는 투수 중 한 명이었다.

-드디어 호우맨을 잡을 수 있겠군!

-호우맨 제삿날이다!

-제발 이번에는 호우맨이 졌으면 좋겠다!

이진용의 패배를 바라는 이들이 보다 많은 현 상황에서 크리스 세일의 등장은 괴물 앞에 영웅이 등장하는 것과 같았다.

단순한 비유가 아니었다.

세상 대부분의 이들에게 이진용은 괴물이었다. 메츠를 제외한 모든 구단을 사정없이 짓뭉개는 괴물 중의 괴물! 이대로 놔두면 결국은 월드시리즈마저 집어삼킬 괴물!

[레드삭스, 리를 공략하라!]
[리가 드디어 한계에 도달하는가?]
[리, 무실점 행진 끝나나?]

당연히 언론은 더 많은 이들의 호응을 이끌기 위해 이진용을 괴물 취급하는 데 주저함이 없었다. 조금이라도 이진용을 흔들려는 듯한 모습.

심지어 그런 여론과 언론의 공격은 이진용이 선발로 등판하는 날에도 멈추지 않았다.

-그래, 언론이 뭘 좀 아네. 진용이, 이 새끼가 아주 그냥 악독하고 지랄 맞은 괴물이란 걸 알고 있어.

"귀신한테 그런 말 듣고 싶지 않거든요?"

-그래서 괴물 취급당하는데 어떻게 할래?

"어떻게 하긴요, 절 괴물이라고 생각하는 이들에게 똑똑히 보여줘야죠."

물론 이진용은 그 사실에 개의치 않았다.

개의치 않은 정도가 아니었다. 이진용은 기꺼이 세상의 기대에 부응할 생각이었다.

"내가 얼마나 무서운 괴물인지."

이진용 대 크리스 세일.

두 선수의 매치업이 잡히는 순간 모두의 머릿속에 든 생각은 오로지 하나였다.

과연 누가 더 많은 삼진을 잡을 것인가?

하지만 막상 두 선수는 그 부분에 대해 이렇다 할 코멘트를 하지 않았다.

"팀의 승리를 위해 최선을 다할 뿐입니다."

크리스 세일, 그는 삼진과 관련되어 쏟아지는 기자들의 질문 앞에서 무미건조한 코멘트만을 남겼다.

이진용 역시 마찬가지였다.

"한동안 인터뷰를 못 했는데 이번에는 인터뷰를 했으면 좋겠습니다. 그뿐입니다."

이진용 역시 직접적으로 크리스 세일보다 더 많은 삼진을 잡겠다는 인터뷰는 단 한 번도 하지 않았다.

그 둘의 생각이 어떤지는 경기가 시작되는 순간 알 수 있었으니까.

-헛스윙 삼진! 크리스 세일이 1회에 네 타자를 상대해 세 개의 삼진만으로 아웃카운트를 잡아냅니다!

그렇게 시작된 레드삭스와 메츠의 1차전 1회 초, 펜웨이파크의 마운드를 밟은 크리스 세일이 피칭으로 말했다.

-1회 투구수가 18구네요.
-예, 1회 치고는 많지요. 덕분에 분명하게 알 수 있겠네요. 어떻게든 보다 많은 삼진을 잡겠다는 크리스 세일 선수의 생각을 말이죠.

오늘 이진용보다 더 많은 삼진을 잡아보겠다고. 그린 몬스터의 주인이 누구인지 보여주겠다고.
그런 크리스 세일의 대답에 그의 뒤를 이어 마운드에 올라온 이진용 역시 피칭으로 대답했다.
일단 첫 타자를 헛스윙 삼진으로 잡는 순간 분명하게 펜웨이파크에 이진용이 왔음을 가장 확실하게 알렸다.
"호우!"
그리고 두 번째 타자도 헛스윙 삼진으로 잡는 순간에도 이진용은 기꺼이 소리쳤다.
"호우!"
마지막으로 세 번째 타자가 뜬공으로 물러나는 순간 이진용 깊은 침묵을 통해 말했다.

-삼진 잡을 때만 호우하네?

-삼진 호우 모드다!

-오늘은 삼진에만 호우한답니다!

오늘 자신 역시 오로지 삼진으로 잡는 아웃카운트에 대해 서만 의미를 가지겠다는 것을.

그렇게 두 투수의 탈삼진 레이스가 시작됐다.

보다 많은 삼진을 잡기 위해서는 필요한 것이 몇 가지 있다.

하나, 타자를 압도할 수 있는 구위를 가진 빠른 공.

둘, 2스트라이크 상황에서 타자를 잡아낼 수 있는 결정구.

셋, 삼진을 잡고자 할 때 기꺼이 그 공을 던질 수 있는 심장.

즉, 삼진을 잡을 줄 아는 투수들은 누가 보더라도 시원하기 그지없는 피칭을 한다.

그것이 야구팬들이 보다 많은 삼진을 잡아내는 투수를 사 랑하고, 환호를 보내는 이유였다.

펑!

"스윙, 스트라이크 아우우우웃!"

우아아아!

그리고 지금 펜웨이파크를 가득 채운 레드삭스의 팬들이 자 신들의 에이스인 크리스 세일의 피칭에 격렬히 환호하는 이유 이기도 했다.

더욱이 오늘 크리스 세일의 피칭은 평소의 피칭과 차원이 달랐다.

-4이닝 10탈삼진!

-세일이 미쳤다!

.

4이닝 10탈삼진.

크리스 세일, 그는 4이닝 동안 단 2개의 아웃카운트를 제외한 나머지 모든 카운트를 삼진으로만 잡아내는 데 성공했다. 그건 이제까지 크리스 세일이 데뷔 이후 보여준 피칭 중에서 가장 놀랍고, 위력적인 피칭이었다.

심지어 단순히 잘 잡기만 하는 게 아니었다.

"투구수가 몇 개가 됐건, 무조건 삼진만 잡으려고 하는군."

삼진을 잡기 위해 자신의 모든 것을 불태우는 느낌.

"4이닝에 벌써 투구수가 77구이니까."

"느낌을 보면 오늘 150구를 던져서라도 9이닝까지 버틸 속셈인 거 같은데?"

그 증거로 현재 크리스 세일은 투구수 관리는 조금도 하지 않는 피칭을 보이고 있었다.

그 사실에 메츠 타자들은 혀를 내두를 수밖에 없었다.

'골치 아프게 됐군.'

'쉽지 않겠어.'

동시에 메츠 타자들은 우려했다.

'리에게는 더 힘들겠어.'

'저런 투수를 상대로 삼진 경쟁이라니⋯⋯.'

크리스 세일의 피칭이 이진용의 피칭에 미칠 악영향을.

실제로 크리스 세일의 피칭을 보는 이진용의 표정은 그가 메이저리그 데뷔 이후 보여준 표정 중 가장 좋지 못했다.

"후우."

거듭 나오는 한숨과 찌푸린 표정, 크리스 세일이 삼진을 하나씩 추가할 때마다 머리를 신경질적으로 긁적이는 모습은 당장에라도 폭발할 듯한 활화산을 보는 듯했다.

문제는 현재 이진용이 3회까지 단 한 명의 타자도 출루시키지 않은 채 6개의 삼진을 잡았다는 것. 훌륭한 피칭을 했음에도 그 사실에 만족하지 못한다는 건 분명 좋지 못한 일이었다.

'위험해.'

'여기서 이 이상 무언가를 하려다가는 오버 페이스다.'

'자칫 잘못하면…… 최악의 사고가 일어날지도 몰라.'

당연히 그런 이진용의 모습에 메츠 선수단과 코칭스태프의 표정은 굳어질 수밖에 없었다.

반면 그런 이진용의 모습을 보는 레드삭스의 더그아웃은 그 어느 때보다 뜨겁게 달아오르고 있었다.

"놈의 표정을 봤어?"

"똥 씹은 표정이라면 봤지."

그동안 무결점으로만 보이던 이진용의 모습에서 결점이 보이기 시작했으니까. 레드삭스의 공격이 이진용이란 괴물을 조금씩 무너뜨리는 것이 눈에 보이고 있었으니까.

특히 4회 말 선두타자로 나가게 된 레드삭스의 1번 타자 잰더 보가츠는 이 순간 놀랍게도 부담감을 느끼지 않고 있었다.

이진용이 쉬운 상대라고 생각하는 건 아니었다.

'놈에게 안타를 치거나 출루를 하는 건 쉽지 않겠지.'

아무리 지금 흔들리는 모습을 보이는 이진용이라고 해도 그의 기량은 리그 최고였다.

'하지만 지금 필요한 건 그게 아니야.'

그러나 잰더 보가츠는 이 순간 이진용을 상대로 굳이 안타나 볼넷을 얻어내고 싶은 생각이 없었다.

'삼진만 안 당하면 돼.'

노리는 것은 삼진만 피하는 것.

즉, 잰더 보가츠는 이 순간 범타로 이닝을 마무리하는 것만으로도 만족할 생각이었다. 레드삭스의 팬들 역시 그것을 원하고 있었다.

"보가츠! 땅볼도 좋다! 얼마든지 쳐라!"

"플라이로 하나 날려 버려!"

"그냥 쓰리 번트 아웃을 당해도 우리는 응원한다!"

그 사실에 레드삭스의 모든 타자들은 어느 때보다 어깨가 가벼워지는 것을 느꼈다.

"땅볼만으로도 박수를 받을 수 있다니, 끝내주는군."

"메이저리그에 올라온 이후로 가장 쉽게 야구를 하는 날인 것 같은데?"

그 상황 속에서 시작된 4회 말.

1번 타자로 올라온 잰더 보가츠는 이진용이 던진 바깥쪽 빠지는 공에 바로 배트를 휘둘렀다.

딱!

결코 좋지 못한 소리와 함께 배트에 맞은 공은 너무나도 무난하게 유격수 앞으로 굴러갔고, 그렇게 굴러간 공은 유격수의 글러브를 지나 1루수의 글러브에 들어갔다.

"아웃."

그리고 주심은 여전히 1루 베이스를 향해 걸어오는 잰더 보가츠를 향해 주먹을 불끈 쥐어 아웃을 보여줬다.

잰더 보가츠가 그 사실에 고개를 저으며, 한숨을 내뱉었다. 삼진을 당하는 건 피하긴 했지만, 그래도 1번 타자가 선두타자로 나와 아웃으로 물러나는 게 정말 좋다고는 할 수 없으니까. 아직 남아 있는 타자의 감정이 한숨을 뱉게 했다.

'응?'

그때 더그아웃으로 향하던 잰더 보가츠와 마운드에 있는 이진용의 눈이 마주쳤다.

'어쭈?'

이 순간 이진용은 입꼬리가 비틀릴 정도로 굳게 입을 다문 채 불만과 짜증이 가득한 눈빛으로 잰더 보가츠를 노려보고 있었다.

'이것 봐라?'

그 사실에 잰더 보가츠의 입가에 미소가 그어졌다.

자신의 범타가 마운드 위의 투수에게, 현재 메이저리그에서 전설을 쓰고 있는 최고의 투수에게 치명적인 상처를 남겼다는 사실이 잰더 보가츠를 미소 짓게 했다.

당연히 잰더 보가츠는 자신이 느끼는 기쁨을 공유하고자 했다. 잰더 보가츠가 대기 타석으로 들어오는 3번 타자 무키 베츠에게 말해줬다.

"놈이 짜증을 내고 있어."

그 말에 마운드를 바라본 무키 베츠의 눈에 신경질적으로 마운드의 흙을 발로 짓밟는 이진용의 모습이 보였다.

무키 베츠의 눈빛이 날카롭게 빛났다.

빛나는 눈빛 속에서 무키 베츠는 오늘 경기의 시나리오를 다시 한번 가늠하기 시작했다.

'오늘 경기에는 많은 점수가 필요 없다. 1점이면 승부가 난다.'

이진용을 상대로 레드삭스가 노려야 할 점수는 단 1점, 그 점수만 낸다면 오늘 레드삭스는 이번 시즌 그 어떤 메이저리그 구단도 하지 못한 것을 할 수 있었다.

'그렇다면 지금 리를 흔들 수 있을 때 최대한 흔든 후에 나중을 기약하는 게 최선이다.'

그렇기에 무키 베츠는 이 순간 이진용을 상대로 할 수 있는 최선이 무엇인지 알 수 있었다.

이진용을 더 짜증 나게 만드는 것.

'삼진만 안 당하면 돼.'

그 사실에 무키 베츠도 미소를 지었다.

딱!

둔탁한 소리와 함께 무키 베츠의 배트를 맞은 공이 그대로 하늘 높이 떴다.

뜬공은 곧바로 1루 쪽 파울 라인을 벗어났고, 1루수가 잽싸게 내려와 자세를 잡고 공을 기다렸다.

펑!

이윽고 1루수의 글러브에 공이 들어가는 순간 타석에 있던 무키 베츠는 고개를 짧게 한 번 휘둘렀다.

-아웃! 리가 4회 말을 삼자범퇴로 마무리합니다.

삼자범퇴. 이진용이 레드삭스의 1번 타순부터 시작된 4회 말을 깔끔하게 정리하는 순간이었다.

그러나 이진용은 그 사실에 조금의 환호성도 내보내지 않았다.

-삼진은 없었습니다.

오히려 환호성을 내지른 것은 레드삭스 팬들이었다.

"그렇지!"

"이걸로 4개 차다!"

"끝이야! 세일이 이겼어!"

양 팀 투수가 4이닝을 소화한 상황에서 크리스 세일이 이진용을 상대로 탈삼진 개수가 4개나 앞서는 상황에 대한 환호성이었다.

레드삭스 팬들의 환호 속에 이진용은 입을 꾹 다문 채, 단 한 번도 내뱉지 못한 환호성을 삼킨 채 마운드를 내려갔다.

그런 이진용의 표정이 곧바로 방송을 통해 전 세계에 방송됐다.

-4개 차, 사실상 세일 승이군.

-호우맨이 호우를 못 하네?

-이야, 세일이 결국 호우맨을 잡는구나!

-호우맨 표정 좀 봐.

└호우 잃은 표정이군!

온라인은 그런 이진용의 굳은 표정을 즐겼다.

그때였다.

-어?

-어!

더그아웃으로 들어온 이진용이 신경질적으로 글러브를 벤치 위로 던지는 것이 방송을 통해 나왔다.

그 무엇보다 확실한 분노의 표현.

-호우맨이 앵그리맨으로 진화했다!

-앵그리 호우!

그것은 레드삭스 팬들이 만들어내는 열기에 끼얹어진 기름
과 같았다.

그 영상을 확인한 레드삭스 팬들이 이제는 도리어 그들이
외치기 시작했다.

호우!

호우!

펜웨이파크에 호우 콜이 울리기 시작했다.

그 울림에 벤치에 앉은 이진용이 수건으로 얼굴을 덮은 채
그대로 고개를 푹 숙였다.

메츠 더그아웃의 분위기가 어느 때보다 무거워졌다. 그야말
로 최악의 분위기 속에서 감히 어느 누구도 이진용에게 다가
가 격려나 위로의 말을 건네지 못했다.

-야, 진용아 괜찮냐?

김진호, 그만이 이진용에게 다가가 위로의 말을 건넬 뿐.

물론 진심 어린 위로는 아니었다.

-그러니까 왜 개뽀록 허접쓰레기 투수 주제에 내 기록을 깨
겠다고 깝치냐? 평소에 예의 바르고, 얌전하고, 올바르게 살았
으면 이런 일 없잖아, 나처럼 말이야. 안 그래?

그런 김진호의 위로에 이진용은 대답조차 하지 않은 채, 수
건 사이로 표정으로 드러나는 자신의 감정을 감출 뿐이었다.

'계획대로야.'

절로 나오는 기쁨의 감정을.

레드삭스.

메이저리그를 대표하는 명문 구단 중 한 곳으로, 당연한 말이지만 그런 레드삭스를 응원하는 레드삭스 팬들은 그 사실에 대한 무한한 자부심과 자긍심을 가지고 있었다. 레드삭스야말로 메이저리그 최고의 팀이라는 사실에 대한 자부심!

때문에 메츠와의 매치업이 발표되었을 때, 자신들의 에이스인 크리스 세일이 리그를 초토화시키는 괴물 이진용을 만나게 됐을 때, 레드삭스 팬들은 주눅 들지 않았다.

-잘됐다. 월드시리즈에서 만나기 전에 호우맨에게 제대로 본때를 보여주겠어!

-야, 호우맨! 레드삭스의 매운맛을 보여주마!

-허접한 내셔널리그 팀들과 달리 진짜 메이저리그 팀이 무엇인지 보여주지!

그들은 이진용과의 매치업이 도리어 월드시리즈에서 이진용과 맞붙기 전에 그를 꺾을 수 있는 좋은 기회라고 생각했다.

하나, 속내는 달랐다.

'씨발, 하필 양키스랑 지구 순위 경쟁할 때 호우맨을 만나다니……'

'젠장, 다저스조차 압도한 저 괴물을 어떻게 이겨?'

'아무리 크리스 세일이라고 해도 무실점의 악마를 무슨 수로 막겠어?'

'작년이었으면 양키스 놈들만 서브웨이시리즈 때문에 저 괴물을 만날 텐데!'

솔직한 심정을 말하자면, 레드삭스 팬들은 이진용에 대한 승리를 조금도 자신할 수 없었다.

어쩔 수 없었다. 만나는 팀을 상대로 단순히 무실점 피칭을 하는 것이 아니라, 철저하다 못해 처절할 정도로 상대를 짓밟는 이진용의 피칭은 아주 강렬한 후유증을 남기고는 했으니까.

"스윙, 스트라이크. 아우웃!"

-헛스윙 삼진! 세일! 7회 초 마지막 아웃카운트를 다시 한번 삼진으로 잡았습니다!

그런데 지금 레드삭스가 그 괴물을 상대로 이기고 있었다.

-오늘 경기 열일곱 번째 삼진입니다! 이것으로 리와의 탈삼진 격차를 8개로 벌립니다!

-사실상 탈삼진 레이스 승부는 끝났네요.

이기는 정도가 아니라 압도하고 있었다.

그 사실에 레드삭스 팬들은 이성을 잃은 채, 이성의 흔적이라고는 조금도 보이지 않는 환호성만을 내질렀다.

우오오오!

펜웨이파크, 그 거대하면서도 기괴한 야구장이 환호성을 내지르기 시작했다.

그 사실에 크리스 세일 역시 기꺼이 대답했다. 양손을 머리 위로 번쩍 들며, 있는 힘껏 소리쳤다.

"호우!"

그 외침을 통해 세상 모든 이들에게 그리고 오늘 자신과 싸우는 이에게 마운드의 주인이 누구인지 말해줬다.

그런 크리스 세일의 외침에 당연히 카메라들은 모두가 약속이라도 한 듯 메츠의 더그아웃으로 고개를 돌렸다.

그러자 이진용이 보였다.

6회 말까지 아홉 개의 삼진을 잡은 그는 벤치에 앉아 두 손으로 입을 가린 채 마운드를 바라보고 있었다. 그런 이진용의 어깨가 꿈틀꿈틀 들썩이고 있었다.

울분을 간신히 참아내는 모양새였다.

-호우맨이 호우를 빼앗김. ㅋㅋㅋ
-호우맨 지금 우냐? 막 어깨 움찔하는데?
-눈시울 붉어진 거 봐.

그런 이진용의 모습에 메츠 팬을 제외한 모든 야구팬들이 흥겨움에 취하고 있었다.

레드삭스 선수단 역시 마찬가지였다.

"완전히 맛이 갔군."

"그동안 한 만큼 당하는 거지."

이제는 크리스 세일에게 심볼마저 빼앗긴 이진용을 바라보는 레드삭스 선수들의 입가에는 여유가 담긴 미소가 지어져 있었다.

"자, 그럼 마무리하자고."

"이제부터 남은 이닝 동안 1점만 내면 돼."

당연히 7회 말을 맞이하는 레드삭스 타자들은 자신할 수 있었다.

'드디어 저 괴물의 무실점 기록을 깰 수 있겠군.'

'이제 놈의 명줄을 끊을 때군.'

'점수만 낸다면 최고의 하루가 되겠어.'

이제 남은 3이닝 동안 흔들리는 이진용을 상대로 점수를 낼 자신. 승리의 여신이 오늘 이곳 펜웨이파크에서 레드삭스를 향해 미소 짓고 있다는 확신이.

그 자신감 속에서 7회 말이 시작됐다.

타순은 1번, 잰더 보가츠부터 시작이었다.

메이저리그에서 주전으로 활약할 만큼의 타격 능력을 가진 타자들은 타석에서 평균적으로 3구 정도를 본다.

더불어 타자가 한 시즌에 나오는 타석은 약 550타석 정도.

즉, 메이저리그 주전 타자들은 매 시즌 1,600구 정도를 타석에서 보게 된다.

당연히 감이 좋은 타자는 안다. 투수가 똑같은 구질, 똑같은 구속의 공을 던져도 그 공이 평소보다 약한 것인지 아닌지.

펑!

'어?'

그 공이 평소보다 훨씬 위력적인지 아닌지.

'뭐야?'

잰더 보가츠, 7회 말 선두타자로 나온 그는 이진용이 던진 초구를 보는 순간 그것을 알 수 있었다.

'갑자기 왜 이래?'

이진용이 오른손으로 던진 패스트볼이 앞서 6이닝 동안 본 공과 전혀 다르다는 것을.

'구속은 똑같이 92마일인데?'

구속은 같았지만, 그 공의 움직임이 전혀 다르다는 것을.

그러한 잰더 보가츠의 의심은 이진용이 그를 상대로 2구째를 던지는 순간, 오늘 처음으로 나온 커브가 잰더 보가츠의 스트라이크존 바깥쪽 낮은 곳을 제대로 찌르는 순간 확신이 됐다.

"스트라이크!"

이진용, 그가 전혀 다른 얼굴을 보여주기 시작했다고.

그 사실에 잰더 보가츠가 놀란 눈으로 이진용을 바라봤다.

그리고 잰더 보가츠는 이진용의 눈빛을 볼 수 있었다. 그의 눈빛은 자신을 사냥감이 아닌 놀잇감으로 보는 듯했고, 그것을 본 잰더 보가츠의 본능이 분명하게 말했다.

지금 마운드 위에 있는 투수는 위험하다고. 이대로 가다가는 눈 깜짝할 사이에 저 투수에게 먹힐 거라고.

'2스트라이크.'

심지어 이미 2스트라이크 상황.

그 상황에서 잰더 보가츠는 어떻게든 이 상황을 돌파하기 위한 방법을 강구했다.

'침착하자. 처음 보는 공도 아니잖아? 이미 볼 만큼 봤어. 그러니까……'

일단 앞서 이진용을 상대한 두 번의 타석에서 얻은 자료를 꺼내기 시작했다.

'어?'

그런데 자료가 없었다.

'오늘 놈이 날 상대로 패스트볼 말고 무슨 공을 던졌지?'

앞선 두 번의 타석에서 이진용이 잰더 보가츠로 던진 구질은 오른손으로는 패스트볼과 체인지업, 왼손으로는 패스트볼과 슬라이더, 결과적으로 총 3가지 구질밖에 없었으니까.

심지어 오늘 이진용이 레드삭스의 모든 타자들을 상대로 던진 구질은 그게 전부였다.

그제야 잰더 보가츠는 이진용의 의중을 깨달을 수 있었다.

'설마?'

그런 잰더 보가츠에게 이진용은 그 이상 생각할 시간을 주지 않았다. 곧바로 3구째를 던질 준비를 했고, 잰더 보가츠는 그 사실에 황급히 타격을 준비했다.

준비하면서 머릿속으로 생각했다.

'이제부터 놈은 모든 구질을 쓴다!'

자신을 상대로 이진용이 이제까지 보여주지 않았던 것을 보여줄 거라고 생각했다.

그런 그의 눈앞에 이진용이 던진 공이 보였다.

그 공은 패스트볼처럼 보였다. 곧게, 똑바로 스트라이크존을 향해 오는 패스트볼.

그러나 잰더 보가츠는 확신했다.

'스플리터일 거야!'

이진용이 오늘 보여주지 않은 공을 던질 테고, 그럼 저 공은 스플리터일 확률이 높다고.

그 사실에 잰더 보가츠는 오늘 경기 전 분석했던 이진용의 스플리터 궤적을 떠올리며 그에 맞게 배트를 휘둘렀다.

후웅!

배트가 움직이기 시작했다.

그러나 이진용의 패스트볼은 떨어지기는커녕 오히려 일반 패스트볼보다 덜 가라앉았다.

'아!'

스플리터라고 예상하고 스윙 궤적을 가져간 타자의 배트와 패스트볼보다 덜 가라앉는 라이징 패스트볼, 그 두 가지의 만남이 내뱉을 수 있는 최선의 소리는 그것이었다.

탁!

빗맞은 소리.

그 소리와 함께 잰더 보가츠의 배트를 맞은 공이 그대로 높게 떴다.

그 공에 이진용이 콜을 외치며 마운드 근처에서 공을 잡았다.

퍽!

내야 뜬공 아웃.

그 사실에 펜웨이파크를 채운 레드삭스 팬들은 중 일부가 전력을 다해 소리쳤다.

호우!

삼진을 못 잡은 이진용을 놀리기 위해서.

그 사실에 이진용은 슬쩍 미소를 지었다.

-빌어먹을.

그런 이진용의 뒤로 김진호의 목소리가 들렸다.

-속았다.

그 목소리에 이진용의 미소가 진해졌다.

"속았어."

잰더 보가츠는 더그아웃에 들어오자마자 가장 먼저 한 건 동료들에게 자신이 느낀 바를 말해주는 것이었다.

하지만 굳이 그의 설명 없이도 레드삭스 선수단과 코칭스태프는 이미 느끼고 있었다. 7회 말 이진용의 공이 달라졌다는 사실을 눈치채지 못하는 수준이라면 메이저리그에 있지도 못했을 테니까.

더 나아가 이진용은 이어지는 타자와의 승부에서 보다 확실하게 보여줬다.

"스윙, 스트라이크 아웃!"

이제까지와는 전혀 달라진 피칭으로 단숨에 2번 타자로부터 아웃카운트를 잡아냈다.

심지어 이진용은 레드삭스의 최고 타자라고 할 수 있는 무키 베츠를 상대로도 잡아냈다.

"스트라이크, 아우웃!"

삼진.

오늘 이진용에게 첫 삼진을 당한 무키 베츠는 더그아웃으로 들어오면서 말했다.

"볼넷도 좋아. 어떻게든 출루해야 해. 이대로 가면…… 퍼펙트야."

퍼펙트. 그 단어가 나오는 순간 레드삭스의 분위기는 이제까지 이진용을 상대하던 메이저리그 팀들의 분위기와 똑같이 변했다. 참담하고, 처절한 분위기로 바뀌었다.

그렇게 레드삭스의 더그아웃에서 시작된 참담한 분위기는 점차 번지기 시작했다.

-호우맨 퍼펙트 페이스 아님?

그리고 이내 모두가 깨닫기 시작했다.

-퍼펙트? 어?
-퍼펙트? 응?

이진용이 다시 한번 전설을 쓸 준비를 시작했다는 것을.

더 이상 완투가 미덕인 시대는 지나갔다.

1997년 정규시즌 동안 200이닝 이상을 소화한 투수가 40명이 넘었으며, 250이닝 이상을 소화한 투수가 다섯 명이었지만, 그로부터 20년이 흐른 2017년 정규시즌 동안 200이닝 이상을 소화한 투수는 열다섯 명에 불과하던 것이 그 증거였다.

크리스 세일 역시 마찬가지였다. 2017시즌, 크리스 세일은 메이저리그에서 가장 많은 이닝을 소화한 투수였지만 그럼에도 그 누구도 그를 완투형 투수라고 부르지 않았다.

주어진 이닝, 불펜이 마운드에 오르기 전에 보다 많은 삼진을 잡음으로써 보다 적은 실점을 내주는 투수. 2017시즌 크리스 세일이 완투한 경기가 단 한 경기뿐이라는 것이 그 증거였다.

즉, 크리스 세일에게 9이닝을 던진다는 것은 1년에 한 번 볼까 말까 한 일이었다. 무척 어려운 일.

하물며 보다 많은 삼진을 잡기 위해 이닝당 던진 평균 투구 수가 평소보다 더 많다면?

사실 평소의 크리스 세일이었다면, 그는 이미 6회에 한계에 도달한 것이나 다름없었다. 그럼에도 불구하고 그가 7회에 더 대단한 모습을 보여준 이유는 간단했다.

러너스 하이, 마라토너들이 한계에 도달했을 때 도리어 한계를 뛰어넘는 무언가를 보여주는 것처럼 크리스 세일 역시 러너스 하이와 같은 상태에 돌입했다는 것.

그런 크리스 세일에게 남은 2이닝 동안 페이스를 유지하는 건 결코 불가능한 일이 아니었다. 지금까지와 같은 상황이라면 9회까지 던질 수 있을 법한 상태였다.

-8회가 시작됐습니다. 레드삭스의 마운드는 여전히 크리스 세일이 지키고 있습니다.

-투구수가 많지만, 레드삭스는 기꺼이 크리스 세일을 믿을 모양이군요. 그리고 믿을 수밖에 없는 모양이고요.

문제는 크리스 세일이 맞이한 8회 초 상황은 이제까지 그가 마주했던 상황과 다르다는 점이었다.

모든 게 달랐다. 펜웨이파크의 분위기가 달랐고, 자신의 뒤를 책임지는 야수들의 표정이 달랐으며, 그를 마주한 메츠 타자들의 눈빛이 달랐다.

그리고 더그아웃에서 자신을 보는 이진용의 표정도 달랐다.

그것은 마치 꿈에서 깨는 것과 같았고, 그 순간 크리스 세일은 자신이 한계에 도달했음을 느낄 수 있었다.

그 사실을 그는 놓치지 않았다.

-쳤습니다!

조 존스.

-아! 타구가 정말 멀리 날아갑니다. 단숨에 그린 몬스터를 넘어갑니다!
-조 존스, 그가 그야말로 화려한 복귀가 무엇인지 보여주는 군요!

레드삭스가 낳은 최고의 포수였던 그가 다시 한번 그린 몬스터를 농락하는 홈런을 때려냈다.

조 존스가 홈런을 치는 순간 카메라 감독들이 가장 먼저 찍은 것은 크리스 세일이었다. 그 카메라 앞에서 크리스 세일은 땀으로 범벅이 된 채 지친 모습을 보여주었다.

-지쳤다.
-지쳤네.
-지칠 수밖에 없지.

누가 보더라도 지친 모습이었고, 결국 레드삭스 더그아웃에서 투수코치가 올라왔다. 그 모습을 확인한 카메라 감독들은 곧바로 다음 상대를 찍었다.

그다음 상대는 다름 아니라 이진용이었다. 이제까지 크리스 세일과 큰 격차로 뒤처져 있던 이진용의 낌새를 확인하기 위함이었다.

그런 카메라 앞에서 이진용은 이제까지와는 다르게 여유 넘치는 미소를 짓고 있었다. 그 미소 사이로 카메라와 눈이 마주친 이진용이 카메라를 향해 방긋 웃으며 말했다.

"호우."

또박또박.

"호우."

그 누구도 이해할 수 있도록, 오해의 소지가 없도록 이 카메라를 통해 자신을 보는 모든 이들에게 말했다.

"호우."

펜웨이파크에 호우 예보가 발령됐다고.

지피지기면 백전백승. 굳이 자세한 해석이 필요 없을 정도로, 대부분의 이들은 이 말의 뜻을 잘 알고 있다. 그러나 이것을 실천하는 이는 많지 않다.

적을 파악하기 위한 노력은 많이 한다. 그것조차 하지 않은 채 승리를 자신한다면 그건 자신이 아니라 자만일 테니까. 문제는 대부분의 이들이 자기 자신을 파악하는 것을 제대로 하지 못한다는 점이다.

단순히 자신의 능력을 파악하지 못한다는 의미다.

그저 자기 주제를 파악하는 것으로는 부족하다. 적에게 자신이 어떤 존재인지 파악하고, 자신의 행동에 적이 어떻게 나올지 파악한 후에 그것을 이용할 때 진정한 의미의 지피지기 백전백승이 이루어질 수 있다.

"모두가 탈삼진 레이스를 기대한다면 역으로 그 점을 이용해서 맞혀 잡는 피칭을 해라. 여기에 분한 표정 연기를 하면 꿀을 빨 수 있을 것이다."

이진용은 그것을 누구보다 잘 알고 있었다.

"김진호 선수가 가르쳐 준 조언이죠."

김진호가 현역 시절 컵스를 상대로 3개의 삼진만 잡으면서 90구 만에 완봉승을 거두었을 때를 언급하면서 해준 조언이었으니까.

"무려 똑같은 이야기를 아홉 번이나 하면서 해준 조언."

한 번도 아니고 아홉 번, 귀에 박히다 못해 뇌리에 박힐 정도로 지겹게 들은 조언. 이진용은 그런 김진호의 가르침을 레드삭스전에서 기꺼이 응용할 속셈이었다.

크리스 세일, 2017시즌 메이저리그 최다 탈삼진을 기록한 투수와 현재 리그 최다 탈삼진 투수가 맞붙는 경기, 누가 보더라도 탈삼진 레이스가 예상되는 상황을 역으로 이용하고자 했다. 탈삼진 레이스에 참가하는 척하고, 의도적으로 맞혀 잡는 피칭으로 투구수를 아끼며 아웃카운트를 확실하게 잡아냈다.

거기에 연기를 더했다.

-빌어먹을.

귀신마저 속아 넘어갈 연기를.

그런 이진용의 연기에 세상 모두가 속았다.

-젠장, 여덟 번에서 그만둘 걸 괜히 아홉 번이나 말해서…….

당연히 연기에 속은 대가는 컸다.

-레드삭스 병신들, 그러기에 진작 좀 치지! 아주 그냥, 내가 있을 때랑 달라진 게 없어! 이렇게 상위 타순을 그냥 날리면 어떻게 해!

이진용의 몰락을 바라던 이들과 레드삭스 팬들은 절망감에 휩싸였다.

그리고 레드삭스는 1번부터 3번까지, 팀 내 최고 타자들이 나오는 7회 말을 속절없이 소모했다. 그들이 오늘 경기에서 나올 수 있는 유일한 찬스를 살리지 못한 것이다.

"어떻게 하긴요."

더불어 그게 시작이었다.

"속으면 당해야지."

이진용이 그 말과 함께 아직 게임이 끝나지 않은 그라운드를 바라보며 준비를 했다. 자신이 보여준 뛰어난 연기력에 어울리는 상을 받기 위한 준비를.

-세일이 내려갑니다.

8회 초 홈런을 맞은 크리스 세일은 그대로 교체됐다.

어쩔 수 없었다.

-8이닝 1실점 17탈삼진, 투구수는 133구. 세일이 자신의 이름에 어울리는 피칭을 마쳤습니다.

이미 투구 수가 130구를 넘은 시점에서 1 대 0으로 지고 있는 상황. 결정적으로 크리스 세일을 마운드에 설 수 있게 해주던 팽팽했던 실이 끊어진 상황이었다.

그런 상황에서 더 이상 세일을 마운드에 남기는 것은, 앞으로 절반 이상 남은 시즌 동안 크리스 세일이 보여줄 활약을 담보로 잡고 확률 낮은 도박을 하는 것과 같았다.

레드삭스가 보다 나은 패배를 준비했다.

그러나 그건 어디까지나 레드삭스의 입장, 메츠는 여기서 멈출 생각이 없었다. 멈출 수도 없었다.

-메츠가 추가 득점에 성공합니다!

"그렇지!"

"여기서 아주 끝장을 보자고!"

이진용이 만든 드라마는 최근 승리 속에서 감흥과 함께 식어버린 메츠 선수들의 가슴을 다시 한번 뜨겁게 만들고, 폭주하는 기관차로 만들어 버렸으니까.

'이런 식으로 야구를 하다니!'

'리, 역시 넌 위대한 또라이다!'

'그래, 이래야 어메이징 호우맨이지!'

그렇게 메츠는 8회 초 거듭 안타를 쳐내며 스코어를 3 대 0으로 만든 후에야 레드삭스 타자들에게 반격의 기회를 줬다.

물론 기회만 줄 뿐이었다.

-리가 마운드에 올라옵니다. 레드삭스의 타순은 4번부터 시작됩니다. 앞으로 여섯 개의 아웃카운트만 잡는다면 리는 메이저리그에서 퍼펙트게임을 달성한 스물네 번째 선수가 됩니다.

마운드에 올라온 투수는 레드삭스에게 반격의 기회를 줄 뿐, 결과마저 줄 생각은 추호도 없었으니까.

그 의지를 이진용은 자신의 왼손 피칭으로 보여줬다.

펑!

"스트라이크!"

8회 말 던진 왼손으로 던진 초구, 그 초구의 구속이 전광판에 찍혔다.

102마일.

그 숫자에 펜웨이파크의 레드삭스 팬들이 긴 탄식을 내뱉었다.

펑!

"스트라이크!"

이어진 93마일 슬라이더에는 탄식조차 나오지 않았다.

펑!

"스트라이크, 아우우웃!"

그 후에 나온 97마일짜리 패스트볼에 타자의 배트가 돌아가며 헛스윙 삼진이 나왔다.

그뿐이었다.

레드삭스 팬들은 그 사실에 소리 없이 고개만 숙이고, 이진용은 미소를 지은 채 그 광경을 봤다.

-처형장이군.

펜웨이파크의 고요함 속에서 이진용의 처형이 시작됐다.

그리고 8회 말에 기적은 없었다. 4번부터 시작된 레드삭스의 타순은 6번에서 끝이 났다.

"스윙, 스트라이크 아웃!"

양의 탈을 벗어 던지고 늑대의 얼굴을 드러낸 이진용은 삼진이라는 가장 확실한 방법으로 이닝을 마쳤다.

이어서 시작된 9회 초 역시 특별한 일은 없었다. 굳이 새로운 점수가 필요 없는 상황 그리고 새로운 투수가 나올 필요도 없는 상황에서 특별한 무언가가 일어날 가능성은 없었으니까.

그렇게 9회 초가 끝나고 9회 말이 시작됐다. 이제는 고요하다 못해 싸늘한 분위기가 되어버린 펜웨이파크 위가 듬성듬성 선수들로 채워지기 시작했다.

"후우."

메츠의 야수들, 이제는 실책조차도 용납되지 않은 상황을 맞이한 그들은 긴장한 기색이 역력했다.

그래서일까?

그라운드로 향하는 그들의 발걸음은 평소보다 느렸다.

대화도 많았다.

"여기서 실책하면 죽일 놈이 되겠군."

"너무 부담 가지지는 마. 여기서 실책이 나오면 레드삭스 팬들에게는 사랑받을 수 있을 테니까."

"하긴, 여기서 실책하면 최소한 보스턴에서 맥주값 계산할 필요는 없겠지."

"대신 시티 필드 근처에 있는 펍에서 술 마시려면 변장을 해야겠지만."

조금이라도 긴장을 풀기 위한 대화였다.

그러나 그것만으로도 부족한 이들은 이 순간 스스로에게 주문을 걸듯, 신에게 기도하듯 말했다.

"호우."

"야, 지금 뭐 한 거야?"

"응?"

"조금 전 호우라고 했잖아?"

"어, 했지."

"왜?"

"이렇게 하면 왠지 잘될 것 같아서."

그리고 그 주문이 번지기 시작했다.

"그래, 호우해야지."

"호우!"

"여기도 호우다!"

호우!

그 외침이 펜웨이파크의 그라운드 곳곳에서 순차적으로, 봉화처럼 피어오르기 시작했다.

이진용이 등장한 건 그 무렵이었다.

"호우!"

"호우!"

그의 등장에 메츠 선수들은 보다 큰 목소리로 에이스의 등장을 반기고, 응원했다.

그 응원 소리에 김진호가 굳은 표정으로, 이진용 옆으로 다가가 나지막이 말했다.

-역시 내 가설이 맞았다.

'또 무슨 개소리를 하시려는 겁니까?'라고 하는 듯 이진용의 눈썹 한쪽이 올라갔다.

-네 또라이 병이 전염병이라는 가설 말이야. 그게 아니고서는 문화도, 인종도 다른 이들이 너처럼 또라이가 되는 걸 설명할 방법이 없잖아?

김진호는 여전히 심각한 표정을 지은 채 말을 이어갔다.

-그래, 이런 날이 올 줄 알았어. 언젠가 세상에 좀비 바이러스 같은 게 퍼져서 종말이 올 것 같았지. 설마 그게 좀비가 아니라 또라이로 변하는 바이러스일 줄은 몰랐지만. 그래, 차라리 그전에 죽어서 다행이야. 또라이 병에 걸려 또라이가 될 바에는 그냥 곱게 죽는 게 낫지.

그 말에 이진용은 그저 말없이 미소만 지었다.

알고 있었으니까.

김진호가 지금 이 순간, 그 어느 때보다 중요한 이 순간 이런 말을 한다는 건 지금 그가 이진용의 퍼펙트게임 달성을 믿어 의심치 않는다는 증거라는 의미라는 것을.

'더 이상 변수는 없군.'

그 사실에 이진용은 어느 때보다 자신감 넘치는 모습으로 마운드 위에 올라섰다.

그리고 말했다.

"원하는 손 있어요?"

그 말에 김진호는 주변을 돌아보며 말했다.

-난 오른손만으로 이곳을 지배했었어.

그 대답에 이진용은 굳이 글러브를 바꿔 끼지 않았다. 이미 그의 글러브는 왼손에 있었기에.

그렇기에 이진용은 대답만 했다.

"저도 그러고 싶었습니다."

그 대답과 함께 이진용이 피칭을 시작했다.

퍼펙트게임 기록이 걸린 9회, 가장 큰 긴장감을 느끼는 것은 다름 아니라 야수들이다. 실책조차 용납하지 않는 상황에서 야수들의 긴장감은 없던 실책도 만들 정도로 절정에 도달한다. 하물며 퍼펙트게임 같은 중요한 기록이 걸린 무대를 경험하는 경우는 극히 드물기에 실책이 나올 가능성은 더욱 높아질 수밖에 없다.

그러나 메츠 선수단은 달랐다. 9회 말을 맞이한 메츠 선수단은 긴장하되, 그 긴장감이 어색하지 않았다.

'언젠가 이런 날이 올 줄 알았어.'

익숙했고 또한 당연했으니까.

'리가 퍼펙트게임을 못 하면, 그게 이상한 일일 테니까.'

이진용이 무실점 상황에서 9회에 마운드에 오르는 건 일상처럼 익숙한 일이었고, 이진용이 언젠가 퍼펙트게임을 달성하게 되리란 것 역시 모두가 당연하게 생각하고 있었다.

오히려 적당한 긴장감이 메츠 선수단의 기량을 100퍼센트 이상으로 만들었다. 그런 메츠 야수들 사이에 틈은 없었다.

그리고 이진용은 기꺼이 그런 수비들을 믿고 공을 던졌다.

-나이스 캐치!
-멋진 수비네요!

맞혀 잡는 피칭으로 단숨에 2개의 아웃카운트를 잡아낸 이진용이 그 사실에 미소를 지었다.

'내가 넘으니, 알아서 넘는군.'

김진호가 말한 것이 무엇인지 알게 됐기에 지어진 미소였다.

-이제 남은 아웃카운트는 하나입니다.

이제 대기록까지 하나의 아웃카운트만이 남은 상황.

-진용아, 삼진으로 잡을 거냐?

당연히 이 순간 경기를 보는 모든 이들은 이진용이 이 상황에서 삼진으로 아웃카운트를 잡으리라 생각했다.

-리의 피칭 스타일을 본다면 여기서 삼진을 노릴 것 같군요.

삼진이야말로 아웃카운트를 잡을 수 있는 가장 확실한 방법이자, 이진용 같은 투수가 자신의 존재감을 드러낼 수 있는 가장 완벽한 방법이었으니까.

때문에 이진용은 망설이지 않았다.

"그럴 리가요."

모두가 예상하는 것을 도리어 미끼로 두고 사냥을 하는 것이 이진용이 김진호로부터 배운 사냥 방법이기에.

그렇기에 이진용은 던졌다. 자신의 눈앞에 둔 타자의 스트라이크존 안으로 공을 집어넣었다. 타자에게 그 무엇보다 치기 좋은 속도로 날아가는 공을.

그리고 타자의 앞에서 사악할 정도로 급브레이크를 밟고 추락하는 공을.

체인지업!

딱!

그 공 앞에서 타자의 배트는 탄식을 토해냈다.

"아……."

타자 본인도 탄식을 토해냈다.

"아!"

다가오는 공을 글러브로 잡은 2루수는 탄성을 토해냈다.

그 탄식과 탄성 사이로 투수의 손끝을 떠나 타자의 배트를 맞고 그라운드를 튕긴 후에 2루수의 글러브를 떠난 공이 1루수의 글러브로 들어왔다.

펑!

이진용의 마지막 아웃카운트가 2루수 앞 땅볼로 기록되는 순간이었다.

[메이저리그에서 최초로 퍼펙트게임에 성공하셨습니다. 다이아몬드 룰렛 이용권이 지급됩니다.]

"호우!"

그리고 이진용이 메이저리그 역사의 스물네 번째 퍼펙트게임 달성자로 기록되는 순간이었다.

별에는 여러 종류가 있다.

빛나긴 하지만 그 빛이 별 볼 일 없는 별이 있는 반면 북극성처럼 찬란하게 빛나는 별이 있다.

그런 별의 범위를 좀 더 크게 잡는다면 유성도 별이라고 할 수 있을 것이다.

이진용, 그는 유성이었다.

별들의 세계인 메이저리그에 갑자기 등장한 유성! 그리고 현재 지구를 향해 다가오는 유성. 때문에 세상 모든 이들이 주목할 수밖에 없는 별.

당연한 말이지만 메이저리그의 모든 기자, 관계자들은 그런 이진용과의 인터뷰를 하나라도 더 따내려고 안달이 난 상태였다. 하지만 이진용과 인터뷰를 하는 건 그 어떤 선수보다 힘들었다.

"드디어 인터뷰가 잡히는군."

"완봉을 해도 인터뷰를 못 하는 선수라니, 골 때리는군."

이진용이 완봉승 정도로는 인터뷰를 하지 않겠다고 이미 선을 그은 탓이었다. 그 탓에 이진용은 다저스전 이후 경기 후 인터뷰를 한 번도 하지 않은 상황.

그런 상황에서 레드삭스를 상대로 퍼펙트게임을 달성한 뒤 마련된 인터뷰 자리에는 당연히 기자들로 가득했다.

더불어 그렇게 모인 기자들의 눈빛은 사납기 그지없었다. 어떻게든 이진용으로부터 원하는 대답을 듣기 위한 기자들의 눈빛에는 독기마저 번들거리고 있었다.

'왔다.'

그런 그들 앞에 이진용이 등장했다.

'응? 왜 저래?'

'뭐야? 왜 이렇게 흥분한 상태야?'

그 어느 때보다 흥분된 상태로 등장한 이진용의 눈빛에는 독기를 넘어 광기가 번들거리고 있었다.

그렇게 등장한 이진용이 기자들을 훑는 순간 기자들은 저도 모르게 움찔했다.

그 순간 모두가 직감했다. 오늘 인터뷰가 제대로 진행될 가능성은 한없이 낮다는 것을.

그리고 그 직감은 곧바로 현실이 됐다.

"그럼 질문을 받겠습니다."

이영예의 말과 함께 맨 앞에 있던 기자 한 명이 통상적인 질문을 하나를 던졌다.

"오늘 경기 소감 부탁드립니다."

그 질문에 이영예는 이진용을 바라봤고, 이진용은 질문을 받는 순간 대답했다.

"호우."

그 짧은 대답에 이영예가 곧바로 통역했다.

"아주 좋았습니다."

그 순간 기자들의 표정이 구겨졌다.

'아. 미치겠다, 아니, 저 새끼 미쳤어!'

'미친 또라이 새끼.'

지금 이진용의 상태가 어떠한 상태인지 너무나도 분명하게 말해주는 대목이었으니까.

당연히 제대로 된 인터뷰 진행은 불가능했다.

"오늘 경기 전에 준비한 것은 무엇입니까?"

그 질문에 대한 이진용의 대답은 모두가 예상한 바였다.

"호우."

"……최선을 다하고자 했답니다."

"경기 중간에 화를 참는 듯한 모습은 연기였습니까?"

"호우."

"……연기를 노리고 한 건 아닙니다."

"경기 전 퍼펙트게임을 직감하셨습니까?"

"호우!"

"……퍼펙트게임을 달성하고 싶다는 마음으로 공을 던졌습니다."

이영예가 아니었으면 아수라장이 되었을 상황.

물론 이영예의 통역 덕분에 기자들이 끓어오르는 분노를 참는다는 의미는 아니었다.

'젠장, 이거 뒤집어엎을 수도 없고……'

'통역이 무서워서 욕을 할 수도 없고……'

기자들의 분노 조절을 가능케 하는 건 이영예의 통역 능력이 결코 아니었으니까.

"더 빠른 공을 던지실 수 있습니까?"

그 상황에서 질문 하나가 툭 나왔다.

말 그대로 툭 나온, 무슨 대답을 해도 별로 의미가 없는 질문.

"예, 할 수 있습니다."

그러나 그 질문에 이진용이 대답하는 순간 모든 기자들이 그대로 굳어버렸다.

소란스럽던 무대가 삽시간에 적막의 무대로 바뀌었다.

그 적막 사이로 목소리 하나가 흘러나왔다.

-이 빌어먹을 쓰레기 게임…….

야구를 조금이라도 알고 있는 이들 모두가 말한다.

퍼펙트게임은 선수가 스스로 쟁취할 수 있는 것이 아니라 야구의 신이 내려주는 것이라고. 신의 선물과도 같은 거라고.

그러나 이번만큼은 달랐다.

[리, 퍼펙트게임 달성!]

[리, 퍼펙트 피처가 되다!]

[리, 펜웨이파크 중심에서 호우를 외치다!]

이진용, 그가 퍼펙트게임을 기록했을 때 그 경기를 보던 이들 중 그 누구도 그것이 신의 선물이라고 생각하지 않았다.

-악마 같은 새끼.

-괴물 같은 새끼.

-호우 하는 새끼.

악마보다 더 악마 같은 괴물이 신에게서 퍼펙트게임이란 선물을 강탈했다고, 그리했다고 생각할 뿐.

그 정도였다.

이진용의 퍼펙트게임은 그런 생각이 너무나도 당연하게 들 정도로, 하나부터 열까지 모든 것이 계획되어 있었다.

-장담한다. 호우맨의 이번 퍼펙트게임은 오스카상에 노미네이트될 거야.

-스포츠가 각본 없는 드라마라고 하는데, 호우맨 이 새끼는 각본 쓰고 연기까지 하네.

-근데 연기력 끝내주긴 하네.

이진용이 경기 도중 레드삭스를 방심시키기 위한 연기를 한 것이 증거 중 하나였다. 이진용이 모든 것을 의도하고, 설계했다는 증거.

그런 이진용의 압도적인 피칭에 메이저리그는 충격을 받을 수밖에 없었다.

-세일도 호우맨을 못 잡네.

더 나아가 크리스 세일, 아메리칸리그를 대표하는 투수조차 이진용에게 당했다는 사실에 충격을 넘은 절망감마저 느꼈다.

-그럼 이제 누구 남은 거지?

-커쇼랑 클루버, 슈어저 정도 남지 않았나?

-클루버는 인디언스 소속이니까 월드시리즈 아니면 붙을 일 없겠고, 슈어저랑 커쇼랑 붙을 일만 남았네?

-메츠랑 내셔널스랑 시리즈 하나 더 남지 않았나?

-남으면 뭐 해, 지금 호우맨 피칭을 봐. 지금 언급한 투수들하고 차원이 다르다고!

-전성기 시절 랜디 존슨이나 페드로 마르티네즈, 그렉 매덕스나 김진호가 아니면 호우맨을 못 잡을걸?

└김진호 정도면 모를 듯.

└그렇지. 김진호는 다르지.

└김진호만 한 또라이도 찾긴 힘들지.

이진용의 몰락을 바라는 무수히 많은 메이저리그 팬들에게 있어 더 이상 이진용을 무너뜨릴 무언가가 보이지 않았으니까. 이제 앞으로 악마 같은 괴물 한 마리가 메이저리그를 짓밟는 광경만이 남았으니까.

물론 그 사실을 좋아하는 팬들도 있었다.

-드디어 메츠에 이런 괴물이 왔구나!

-캬, 이 맛에 호우하는구나!

메츠 팬들은 하루하루가 축제의 나날이었다.

그 무렵이었다. 메츠를 제외한 팬들이 탄식을 토해내고, 메츠 팬들이 환호를 토해낼 무렵.

새로운 폭풍이 불기 시작했다.

[리, '난 더 빠른 공 던질 수 있다!']

100마일이 넘는 공을 던지는 건 신이 내린 재능이 가진 이들만이 가능한 일이다. 100미터 육상으로 따지면 9초대에 진입하는 것과 같다. 대단한 일이다.

그러나 경쟁은 멈추지 않는다. 투수는 더 빠른 공을 던지고자 하고, 세상은 더 빠른 공에 열광한다.

하지만 보다 빠른 공을 던지기란 쉽지 않다.

101마일은 공식 기록으로는 메이저리그 최초로 100마일을 넘긴 공을 던진 놀란 라이언조차 공식적으로 던져본 적 없으며, 102마일이란 공은 메이저리그 최고의 좌완 파이어볼러로 평가받는 랜디 존슨의 최고 구속이다. 그리고 103마일, 그것은 한동안 메이저리그의 지배자 김진호를 상징하던 숫자였다.

그런 상황에서 이미 공식적으로 102마일을 던진 이진용이 말했다.

"그때 인터뷰 타임 도중에 한 말은 실수가 아닙니다."

자신은 더 빠른 공을 던질 수 있다고.

"분명히 말합니다. 던질 수 있습니다."

이진용은 자신의 말을 믿지 못하는 이들 앞에서 거듭 자신은 할 수 있음을 강조했다.

결국에는 선언했다.

"못 믿으시는 눈치인데, 좋습니다. 오늘 브루어스전에서 분명하게 보여 드리겠습니다. 기대해도 좋습니다."

펜웨이파크를 충격으로 물들인 퍼펙트게임 이후 등판하게 된 밀워키 브루어스전에서 자신이 허언을 지껄인 것이 아님을 직접 보여주겠다고.

그 사실에 당연히 모든 이들이 이진용의 피칭에 관심을 가졌다.

-호우맨 103마일 던지나?

-설마, 그게 가능할까?

브루어스 선수들 역시 마찬가지였다.

"호우맨 경기 전 인터뷰 내용 봤어?"

"당연히 봤지."

"괴물 같은 놈이 또 괴물 같은 짓을 하려고 하는군."

메이저리그 최고의 괴물을 맞이하는 상황, 정보가 하나라도 필요한 상황에서 브루어스 타자들은 이진용의 그 인터뷰 내용에 관심을 가질 수밖에 없었다.

"빠른 공을 던지겠다, 그러면 왼손으로 던지는 경우가 많겠어."

"패스트볼 비율도 높겠고."

"그 부분을 공략하는 수밖에……."

더 나아가 브루어스 타자들은 그 인터뷰 내용에 맞추어 이진용을 상대할 계획을 세웠다.

그리고 시작된 경기에서 이진용은 보여줬다.

-리! 그가 다시 한번 완봉승으로 게임을 마쳤습니다!

고작 88구 만으로 다시 한번 자신의 무실점 이닝을 119이닝으로 늘리는 끝내주는 완봉승 경기를!

하지만 그건 없었다.

-뭐야? 이대로 끝이야?

-103마일 보여준다면서, 무슨 스트라이크를 80마일짜리 슬라이더로 잡냐?

이진용이 말한 자신의 최고 구속을 뛰어넘는 공은 없었다. 기대감을 배신당한 상황이었고, 그에 대한 실망감을 토해내는 이들도 적지 않았다.

물론 그 상황을 이해하고 이진용을 변호하는 이들 역시 없진 않았다.

-아니, 사람이 어떻게 만날 최고 구속을 찍나? 찍고 싶다고 해서 나오는 게 아니잖아?

-컨디션이 안 좋을 수도 있지.

-최고 구속이 똥꼬에 힘준다고 나오는 줄 아냐?

최고 구속을 갱신한다는 것 자체도 말도 안 되는 일일뿐더러, 이진용에게 그런 능력이 있다고 해도 시즌 중에 최고 구속을 갱신하는 건 투수 본인이 마음대로 할 수 있는 일이 아니었으니까.

-호우맨이 호우를 할지언정 구라는 안 한다!

-호우맨이 할 수 있다면 할 수 있는 거야!

무엇보다 이진용은 불가능을 가능케 했던 사나이였다.

때문에 고작 한 경기 가지고 이진용을 평가하는 이들은 없었으며, 결정적으로 이진용 본인이 재차 말했다.

"저번 브루어스전은 컨디션이 조금 안 좋았을 뿐입니다."

브루어스전 이후 나흘 동안의 휴식일을 가지고 홈에서 샌디에이고 파드리스를 맞이한 날, 경기 시작 전 몇몇 기자들을 직접 찾아가 말했다.

"하지만 오늘은 다릅니다. 오늘은 확실하게 보여 드리겠습니다. 타이틀을 미리 써두서도 좋습니다. 리, 최고 구속 갱신이라고!"

이번에는 진짜 보여주겠다고.

그 사실에 이야기를 들은 기자들은 당연히 이 기삿거리를 반기며 속보로 이진용의 말을 기사로 만들었다.

[리, 다시 한번 최고 구속 갱신 선언!]
[리, 이번에는 다르다!]

메이저리그의 모든 팬들이 다시 한번 그 기사에 흥분했고, 이진용과 맞붙게 된 파드리스 선수들은 당연히 긴장했다.

"오늘 작심하고 빠른 공 위주로 던지겠군."

"이렇게 분명하게 말하는 걸 보면 저번 브루어스전 때보다 컨디션이 좋다는 의미잖아?"

"쳇, 만반의 준비를 하는 수밖에."

그렇게 시작된 이진용의 선발 등판 경기. 이진용은 그 경기에서 다시 한번 완봉승을 거두었다.

그러나 이진용이 호언장담했던 것처럼 102마일을 뛰어넘는 공은 없었다.

오히려 반대, 이진용은 오른손을 이용한 맞혀 잡는 피칭으로 파드리스 타자들을 상대했고, 이진용의 왼손 빠른 공을 예상했던 파드리스 타자들은 아웃카운트를 속절없이 도둑맞으며 결국 83구만에 이진용에게 완봉승을 헌납해야 했다.

그렇기에 그 경기가 끝나는 순간 몇몇 팬들은 의심을 제기했다.

-이 새끼 약 파는 거 아니야?
-최고 구속 갱신한다는 거 구라 아님?
-빠른 공 던진다면서 느린 공으로 맞혀 잡는 피칭을 하네?

이진용이 뭔가 또 한 번 수작을 부리는 것 같다고.
경기를 날로 먹으려는 개수작을 부리는 것 같다고.
그런 파드리스전을 치르고 5일의 휴식기를 가진 후 홈에서 치러지는 카디널스와의 경기를 앞둔 이진용은 다시 한번 기자들을 데려다가 말했다.
"저번에는 분명 컨디션은 좋았거든요? 근데 이게 너무 좋아서 그냥 맞혀 잡는 피칭이 되어버렸네요."
그 말에 이제는 기자들도 미심쩍은 듯 질문을 던졌다.
"진짜 할 수 있는 거야?"
"못 하는데 언론 플레이하는 거 아니지?"
그 반문에 이진용은 대답했다.
"사실 파드리스전에서 위기 순간, 실점 상황이 오면 그때 최고 구속을 경신할 생각이었는데. 저번 제 경기를 보신 분들은 아시겠지만, 위기 상황이라고 할 만한 게 없었습니다. 저도 답답합니다."
대답하는 이진용의 표정은 세상에서 가장 억울하고 답답한 표정을 짓고 있었다. 기자들이 저도 모르게 고개를 끄덕이게 할 정도로 진심 어린 표정이었다.

"하지만 오늘은 다릅니다. 오늘은 분명하게 보여 드리겠습니다. 믿어주십시오. 오늘 전광판에 새로운 숫자를 만들겠습니다!"

때문에 기자들은 이번만큼은 믿었다.

믿고 기사를 썼다.

[리, 이번에는 진짜 한계를 뛰어넘겠다!]

그리고 시작된 카디널스와의 경기에서 이진용은 시작부터 왼손 피칭을 시작했고, 1회 초부터 이진용은 빠른 공을 위주로 한 볼배합으로 카디널스 타자들을 공략했다.

1회에 최고 구속이 100마일이 찍히기도 했고, 그제야 사람들은 기대감을 품었다.

-이번에는 진짜 던질 모양인데?

-거봐, 내가 뭐라고 했어? 호우맨은 호우는 해도 구라는 안 해!

-호우맨 믿지 못한 놈들은 반성해라!

카디널스 타자들 역시 이진용의 1회 초 피칭을 보고 긴장과 함께 준비했다.

'오늘 작심하고 최고 구속을 찍을 모양이다.'

'패스트볼 승부다. 패스트볼만을 던질 거야.'

'그래, 그럼 차라리 패스트볼을 노리자.'

작심하고 포심 패스트볼만을 던질 이진용의 패스트볼을 본격적으로 노려보자고.

그리고 2회가 시작됐을 때 이진용은 여전히 왼손 피칭을 준비했다.

하지만 패스트볼은 없었다.

슬라이더 그리고 커터를 조합한 볼배합 앞에서 패스트볼만을 기다리고, 대비하던 카디널스 타자들은 순식간에 아웃카운트를 넘겨줄 수밖에 없었다.

심지어 4회부터 이진용은 당연하다는 듯이 오른손 피칭의 비중을 높이며 카디널스로부터 고작 86구만을 던지며 완봉승을 얻어냈다.

그제야 세상은 깨달았다.

-호우맨 이 새끼 구라맨이었네.

이진용이 거짓말을 했다는 것을.

최고 구속을 경신한다는 것을 이용해 오히려 상대 팀들을 함정에 빠뜨렸다는 것을.

"저기 오늘은 정말 던질 수 있거든요? 제임스? 콜린? 아! 황 기자님! 기사 좀 써주세요, 저 정말 오늘은 최고 구속 경신할 수 있습니다!"

당연히 더 이상 이진용의 말을 믿는 사람은 없었다.

그렇게 이진용이 양치기 소년이 된 채 메이저리그 2018시즌 전반기가 끝이 났다.

[메츠 지구 1위!]
[어메이징 메츠!]

뉴욕 메츠가 워싱턴 내셔널스를 제치고 내셔널리그 동부지구 1위를 달성했다.

[2018시즌 올스타전 시작!]

그리고 올스타전이 시작됐다.

올스타전, 메이저리그에서 별들의 전쟁이 가지는 의미는 생각보다 굉장히 크다.

일단 메이저리거들은 월드시리즈 무대에 오르는 것만큼이나 올스타전에 참가하고 싶어 한다. 올스타전 자리는 한정된 것에 비해 메이저리그는 무려 30개나 되는 구단이 존재했으니까.

여기에 실력이 아무리 뛰어나도 팬의 사랑을 받지 못하면 오를 수 없는 무대이기도 했다. 명예의 전당 투표권을 가진 기자들 중에는 명예의 전당에 오르는 조건으로 올스타전 참가 횟수를 꼽는 이들도 있을 정도였다.

[리! 올스타전 참가!]

그런 올스타전에 이진용이 참가하게 됐다.

이상한 일은 아니었다. 전반기 동안 모든 경기를 완봉승으로 거두었으며, 두 번의 노히트게임과 한 번의 퍼펙트게임을 기록, 결정적으로 이 모든 경기를 실점 한 번 없이 끝낸 투수보다 더 빛나는 별은 없었으니까.

더욱이 올스타전에서 야수들은 팬 투표를 통해 선정되지만, 투수의 경우에는 감독 추천으로 선정되기 때문에 이진용이 뽑히지 않을 이유는 없었다.

혹여 팬 투표라고 해도 이진용이 탈락할 가능성은 낮았다.

-제발 내년 시즌에는 호우맨이 아메리칸리그로 가게 해주세요!
-호우맨이 얼마나 호우하는지 아메리칸리그 놈들도 알아야 해.
-아메리칸리그 새끼들, 호우 맛 좀 봐라.

내셔널리그에 속한 구단 팬들의 입장에서는 이진용과의 매치업을 피한 아메리칸리그 선수와 팬들에게도 자신들이 당한 꼴을 한 경기라도 맛보게 해주고 싶었으니까.

당연히 올스타전에서 모든 이들의 이목은 이진용에게 집중됐다.

그 이목 앞에서 이진용은 당당하게 밝혔다.

"올스타전에서는 제 최고 구속을 갱신해 보겠습니다."

이번 올스타전에서 자신의 한계를 뛰어넘는 모습을 보이겠다고. 물론 그 누구도 그 말을 믿지 않았다.

 -호우맨 저 새끼 또 구라 치네.

 -게임에서 똑같은 전략도 세 번은 안 당하는데, 이 새끼는 대체 언제 까지 이 짓 함?

 -될 때까지 이 짓 할 것 같은데, 그냥 스피드 건 조작해서 103마일 던 졌다고 해주면 안 됨?

 -이렇게 된 거 채프먼이랑 같이 9회에 등판시켜서, 채프먼이 105마 일 공으로 입 다물게 해줬으면 좋겠다.

 이솝 우화에 양치기 소년 이야기가 있는 건 그냥 심심해서 있는 게 아니었으니까.

 "아니, 어떻게 사람 말을 이렇게 못 믿는 거지?"

 그런 여론의 반응을 스마트폰으로 보던 이진용은 퉁명스러 운 표정을 지었다. 그리고 그 표정 그대로 김진호를 바라보며 말했다.

 "김진호 선수는 저 믿죠?"

 그 물음에 김진호는 이진용을 향해 엄지를 들며 말했다.

 -당연히 믿지. 네가 역사에 길이 남을 또라이라는 사실을.

 그때였다.

 이진용이 쥐고 있던 스마트폰으로 문자가 도착했다.

 그 문자를 확인한 이진용이 미소를 지었다.

 "올스타전에서 마무리 투수 데뷔전을 치르게 됐네요."

7월 17일.

워싱턴 내셔널스의 홈구장인 내셔널스파크가 형형색색으로 물들어 있었다.

"역시 올스타전은 진풍경이란 말이야."

"그렇지. 30개 구단 유니폼이 한곳에 모이는 건 월드시리즈에서 볼 수 없는 일이니까."

올스타전을 보기 위해 메이저리그 30개 구단의 모든 팬들이 한곳에 모여 만든 광경이었다.

월드시리즈에서도 볼 수 없는 장관, 그 장관을 찍기 위해 기자들은 쉴 새 없이 카메라 셔터를 눌렀다.

그중에서도 가장 많은 카메라 셔터를 받는 선수는 역시 그였다.

"호우맨에 사람들이 몰려드는군. 온라인에서는 그렇게 물어뜯더니만."

"온라인하고는 다르지. 훗날 전설이 될 선수이니까."

이진용.

그는 별들의 세계에서도 가장 밝다 못해 압도적인 존재감을 뿜어대고 있었고, 당연히 올스타전을 보러 온 관중들은 관중석에서 저마다 이진용에게 사인을 요청하고 있었다.

마치 먹잇감을 던져주기를 바라는 아기 새들처럼.

"그런데 막상 메츠 팬들은 별로 없네?"

"그러네?"

신기한 점은 그중에서 뉴욕 메츠의 유니폼을 입은 팬은 한 명도 보이지 않는다는 점이었다.

그 의문에 대한 것은 메츠 전담 기자가 밝혀줬다.

"호우맨에게 사인을 당하지 않으면 메츠 팬이라고 할 수 없지."

"뭐?"

"몰랐어? 호우맨에게 사인받는 메츠 팬은 없어. 전부 사인을 당했거든."

농담이라고 생각할 수밖에 없는 이유.

그러나 기자들은 그 말을 믿을 수밖에 없었다.

"어?"

"리가 움직인다!"

3루 쪽 관중석에 모인 팬들에게 사인 볼을 건네준 이진용이 곧장 1루 쪽 관중석으로 달려갔으니까.

"맙소사, 사인해 주러 가는 거야?"

"대단하군."

보면서도 어처구니가 없는 풍경.

물론 이 순간 가장 어처구니가 없는 건 이진용과 함께 움직이는 김진호였다.

-내가 살아 있을 때 올스타전에 열 번을 참가했는데, 너 같은 놈은 처음이다.

반면 이진용은 그런 김진호의 말조차 들리지 않을 정도로 신이 난 모습이었다.

"캬, 오랜만에 사인 좀 제대로 하네요. 그동안 사인을 해줄 사람이 없어서 좀이 쑤셨는데!"

그 모습에 김진호가 혀를 차며 주변을 두리번거렸다.

이진용을 바라보는 주변 이들은 다 비슷했다. 뭐 저런 또라이가 다 있어? 그런 느낌의 표정.

그 표정들을 향해 김진호가 실소를 지으며 말했다.

-진짜 다들 깜짝 놀라겠군.

모두의 축제! 그 표현에 맞게 올스타전은 화기애애한 분위기 속에서 진행됐다.

그 시작은 홈런 더비였다. 메이저리그를 대표하는 거포 여덟 명이 토너먼트 방식으로 붙어 최고의 홈런왕을 가리는 홈런 더비는 그 명성에 어울리는 결과물을 보여줬다.

-큽니다! 대단한 비거리가 또 나왔습니다!

-스탠튼, 역시 작년 시즌 메이저리그 최고의 홈런왕답군요.

메이저리그를 대표하는 거포들이 제 이름에 걸맞은 포물선으로 보는 이들의 감탄을 자아냈다.

-이제 타석에 애런 저지가 섭니다. 어? 저 선수는?

그중에서도 백미는 뉴욕 양키스의 새로운 별, 애런 저지가 타석에 서는 순간. 정확히는 애런 저지에게 배팅 볼을 던져주기 위한 투수가 마운드에 오르는 순간이었다.

등번호 104번이 달린 양키스 유니폼을 입고 등장한 자그마한 체격의 선수를 보는 순간 올스타전을 보러 온 관중과 기자들 대부분이 저도 모르게 소리쳤다.

"호우?"

-리 선수? 지금 마운드에 있는 게 리 선수가 맞나요?
-마스크를 쓰고 있습니다만, 양손 글러브를 보면 거의 확실하다고 볼 수 있겠네요.

이진용, 그가 양키스의 유니폼을 입은 채 배팅 볼을 던지기 위해 마운드에 올라온 것이다.

올스타전이기에 볼 수 있는 무대.

-리 선수가 모든 팬들에게 잊지 못할 쇼를 보여줄 모양이군요.
-대단한 선수예요. 실력도 실력이지만 팬서비스에 있어서는 그 누구와도 비교할 수 없는 수준이네요.

동시에 이진용이 기꺼이 팬을 위한 희생을 감수하기에 볼 수 있는 무대였다.

그 사실에 올스타전을 보던 관중들이 모두 일어나 박수와 함께 환호성을 내질렀다.

호우!

호우!

메츠의 홈구장, 시티 필드에서도 보기 힘든 호울링이 내셔 널스파크를 가득 채우는 순간이었다.

심지어 이진용을 물어뜯기 바쁜 온라인에서조차도 이진용의 등장 앞에서는 잠시 동안 비난을 멈췄다.

-호우맨 팬서비스는 인정한다.

-젠장, 진짜 팬서비스 하나는 최고네.

-메츠 팬들이 진심으로 부러워졌어.

그 순간만큼은 메츠 팬을 제외한 모든 메이저리그 팬들이 이진용을 두려워하기보다는 그를 응원할 수 있기를 소망했다.

그리고 그 소망은 지금 올스타전을 보고 있는 메이저리그 단장들도 품고 있었다. 더불어 메이저리그 단장들이 품는 그 소망은 메이저리그 팬들의 것과는 비교할 수 없을 정도로 진지한 것이었다.

당연했다.

'메츠는 3년 후부터는 디그롬과 신더가드를 비롯해 주축 선수들이 대거 풀린다.'

'메츠는 자금력이 지금 부족한 상황. 구단 차원에서는 3년 후쯤에는 리빌딩을 할 수밖에 없어.'

메츠는 어느 정도 자금력을 가진 팀이지만, 현재 메이저리그에서 빅마켓이라고 불리는 팀들만큼 자금력을 동원할 정도는 못 된다.

하물며 현재 메츠를 떠받치는 신성들은 2~3년 후쯤에는 하나둘 자유 계약 자격을 얻을 예정.

메츠 입장에서 그들 전부를 잡지 못할 바에는 그 선수들을 일찌감치 시장에 내놓고 유망주와 트레이드를 하면서 리빌딩을 노리는 게 무엇보다 현명한 일이었다.

즉, 빠르면 2~3년 이내에 이진용이 트레이드 시장에 나올 가능성도 존재했다.

빅마켓 팀들은 물론 월드시리즈 우승을 바라는 구단 입장에서는 유망주 전부를 메츠에 주더라도 베팅할 문제.

'하다못해 FA로 나오더라도 지를 만하지.'

혹여 메츠가 이진용이 FA 자격을 얻을 때까지 그를 손에 쥐고 있다고 해도 상관없었다. 이진용이 지금처럼 퍼포먼스를 계속 보여준다면 그의 몸값은 1년에 최소 5천만 달러 이상 나오겠지만, 이진용이 보여주는 티켓 파워 등을 고려하면 충분히 부담할 수 있는 금액이었으니까.

'우승만 할 수 있다면 뭔들 못 할까?'

결정적으로 월드시리즈 우승을 위해서 그 정도 돈을 지불하는 건 일도 아니었다.

그런 관심 속에서 시작된 애런 저지의 홈런 레이스는 무려 19개나 되는 홈런이란 결과물로 나왔다.

"대단하군!"

"19개라니!"

그 결과물에 모두가 경악을 금치 못했다.

그러나 가장 놀란 건 다름 아닌 애런 저지였다.

'섬뜩하군.'

자신의 배트에 완벽하게 부딪혀 날아가는 이진용의 볼 컨트롤은 섬뜩할 정도로 완벽했으니까.

-그래서 어때? 아메리칸리그 홈런왕의 타격이?

그리고 그게 이진용이 기꺼이 양키스의 유니폼을 입고 마운드에서 시즌 동안 단 하나도 내주지 않은 홈런을 내준 이유였다.

"힘이 넘치네요. 존 밖으로 빠지는 공도 양키스타디움에서 그냥 가뿐히 넘기겠는데요?"

훗날…… 이번 시즌 월드시리즈 무대에서 만나게 될지도 모르는 애런 저지를 상대로 마음껏 홈런을 맞을 수 있는 기회는 올스타전이 아니고서는 올 수 없을 테니까.

-그래, 내가 봐도 그래. 그래서 지금 막 신에게 새로운 기도를 했어.

"절 위해서 맞지 말라고요?"

-아니, 네가 월드시리즈에서 쟤한테 역전 만루 홈런 맞아달라고.

"역시 절 생각해 주는 건 김진호 선수밖에 없네요."

-뭔 개소리야?

"그렇잖아요? 김진호 선수가 바라는 소원 이루어진 적이 한

번이라도 있어요?"

-젠장!

그렇게 홈런 더비가 끝이 나고, 이제 본격적인 게임이 시작됐다.

2016년까지, 메이저리그 사무국은 올스타전의 팀에게 정규시즌에서의 메리트를 줬다.

올스타전에서 이긴 팀에게 월드시리즈 7차전 중 4게임을 홈에서 치를 수 있는 권리를 준 것이다.

그 사실에 월드시리즈 진출을 앞둔 팀들은 올스타전에서 과한 호승심을 보이면서 문제가 되고는 했다.

결국 메이저리그 사무국은 2017시즌을 시작으로 올스타전의 승리에 그 어떤 메리트도 붙이지 않음으로써 올스타전을 순수한 축제의 무대로 만들었다.

굳이 승리할 필요가 없는 무대.

"역시 치열하군."

"메이저리거들이니까."

그러나 그런 이유 때문에 승리에 대한 욕망을 버릴 정도로 승리에 대한 집착이 없는 선수였다면 메이저리그의 별이 되어 별들의 무대에 참가하는 일은 없었을 것이다.

-나이스 플레이! 코리 시거! 그가 다시 한번 멋진 플레이로 마이크 트라웃의 안타를 빼앗아 갑니다!

-정말 멋진 다이빙 캐치였어요!

당연히 시합이 시작되는 순간 그라운드에 있는 선수들은 축제가 아닌 전쟁을 시작했고, 그 전쟁에서 살아남기 위한 최선의 플레이를 펼치기 시작했다.

-이것으로 8회 초 아메리칸리그팀의 공격이 끝났습니다. 점수는 2 대 1, 여전히 1점 차로 내셔널리그가 리드하고 있습니다.

8회 초가 끝난 상황에서 2 대 1이라는 스코어는 올스타 플레이어들이 최선을 다했음을 말해주는 가장 확실한 증거였다.
더욱이 호승심 넘치는 메이저리그 올스타 선수들에게 2 대 1 상황은 가만히 있을 수 있는 점수가 아니었다.
"이거 죽어도 못 지겠는데?"
"여기까지 왔는데 지면 억울해서 못 자지."
"아무렴, 무조건 이겨야지."
이기는 쪽은 보다 확실한 승리를 위해, 지고 있는 쪽은 이기기 위해 모든 수단과 방법을 동원해야 하는 스코어.

-8회 말, 아메리칸리그가 일찌감치 마무리 투수를 투입하는군요.

그렇기에 아메리칸리그팀은 마지막 이닝이 될지도 모르는 8회 말에 자신들이 내세울 수 있는 가장 강력한 불펜 투수를 투입했다.

－아롤디스 채프먼, 메이저리그 역사상 가장 빠른 공을 던지는 투수가 마운드에 올라왔습니다.

아롤디스 채프먼. 양키스의 마무리투수이며, 메이저리그 역사상 가장 빠른 105.1마일, 169.1킬로미터의 공을 던졌던 투수.

그런 그의 등장에 내셔널스파크의 관중들은 모두가 똑같은 표정을 지었다. 마운드의 투수가 던지는 공을 조금이라도 자세히 보기 위해 집중한 것이다. 메이저리그 역사상 가장 빠른 공을 볼 수 있다는 것 자체가 평생 가질 수 있는 추억이었으니까.

그것은 선수들 역시 마찬가지였다.

"채프먼이 올라오는군."

"알아도 못 치는 패스트볼을 던지는 투수지."

"차라리 안 칠 테니까, 존에 넣어줬으면 하는 투수이기도 하지. 몸쪽에 붙으면 트라우마가 남는다니까."

내셔널리그팀 선수들은 물론 아메리칸리그팀 소속 선수들까지, 투수와 타자를 가리지 않는 모든 선수들이 아롤디스 채프먼의 피칭을 보기 위해 마운드를 주목했다.

그리고 시작된 8회 말, 아롤디스 채프먼은 모두가 기대하던 바 그대로의 공을 던졌다.

펑!

초구 101마일을 시작으로, 아롤디스 채프먼은 오로지 포심 패스트볼만을 던지기 시작한 것이다.

펑!

그리고 점차 구속을 늘리기 시작했다.

펑!

이윽고 3구째가 되었을 때 전광판에는 무려 103마일이라는 구속이 찍혀 있었고, 그 사실에 경기를 보던 이들은 모두가 놀란 표정으로 전광판을 바라보거나 스마트폰 카메라를 이용해 전광판의 숫자를 찍었다.

종국에 아롤디스 채프먼은 보여줬다.

펑!

-104마일! 아롤디스 채프먼이 104마일을 던졌습니다!

167킬로미터. 보고도 믿을 수 없는 구속이 나오는 순간 내셔널스파크의 모든 팬들이 박수를 치기 시작했다.

-104마일은 이번 2018시즌 메이저리그에서 나온 구속 중 가장 빠른 구속입니다.

이번 시즌 투수들이 던진 무수히 많은 패스트볼 중에 가장 빠른 공을 던진 투수를 향한 찬사였다.

-스윙, 삼진! 아롤디스 채프먼이 세 타자 연속 삼진으로 이닝을 마무리합니다!

아롤디스 채프먼은 그 패스트볼을 이용해 8회 말의 마운드를 완벽하게 지켜냈다.

-이야, 괴물이네, 괴물. 104마일을 예열 몇 번으로 그냥 던져 버리네. 그마저도 최고 구속이 아니라니…….

불펜에서 이미 몸풀기를 마친 이진용과 함께 경기를 보던 김진호 역시 아롤디스 채프먼의 구속에 혀를 내둘렀다.

-아! 나한테 저런 구속이 있었으면 월드시리즈 우승 최소한 세 번은 했을 텐데!

혀를 내두르던 김진호가 슬그머니 이진용을 바라보며 이내 투정을 부리듯 말했다.

-뭐, 구속이 야구의 전부는 아니지만. 사실 구속만 믿고 피칭하는 건 이류들이나 하는 거지. 진짜 투수는 구속이 아니라 두뇌와 심장으로 공을 던지니까. 구속 빨라 봤자 결국 개뽀록인 거지.

그 투정에 이진용이 씨익 웃었다.

그때였다.

"리! 이제 출전이다!"

불펜 코치가 이진용에게 출격 명령을 내렸다.

[세이브 상황에서 등판했습니다. 수호신 효과가 발동합니다.]

그와 동시에 이진용의 귓속으로 목소리 하나가 더 들렸다.

[구속이 3킬로미터 증가합니다.]
[구위가 증가합니다.]
[컨트롤이 정교해집니다.]
[모든 구질의 무브먼트가 강화됩니다.]

베이스볼 매니저의 알림. 그 알림을 들은 이진용이 보다 짙은 미소를 지은 채 마운드로 향했다.

그렇게 9회 초가 시작됐다.

이진용, 그가 마운드에 오르는 순간 내셔널스파크의 분위기는 온탕 속의 냉탕 같은 분위기가 되었다.

호우!

호우!

내셔널스파크를 찾은 메이저리그 팬들은 그 어느 때보다 격렬하게 이진용의 등장을 환영했다. 앞선 홈런 더비에서 그 어느 때보다 멋진 쇼맨십을 보여준 선수에 대한 마땅한 환호였다.

반대로 선수와 코치들로 채워진 더그아웃의 분위기는 그 어느 때보다 차가웠다.

아메리칸리그팀 더그아웃의 분위기가 차가운 건 마땅했다.

'호우맨의 피칭을 가까이에서 보는 건 처음이군.'

'얼마나 대단한 피칭을 하는지 보겠어.'

아메리칸리그에 속한 구단 중에서 인터리그를 통해 이진용을 직접 상대한 팀은 현재까지는 레드삭스가 유일했으며, 그 외의 선수들이 이진용을 공략 대상으로 보는 건 이번이 처음이었으니까.

특이 사항은 내셔널리스 팀 더그아웃의 분위기였다. 그 어느 때보다 믿음직한 선수가 마운드를 지키는 상황, 그러나 내셔널리그팀의 분위기는 오히려 아메리칸리그팀보다 훨씬 더 차갑고, 싸늘했다.

'젠장, 안 좋은 기억이 떠오르는군.'

'퍼킹 호우맨.'

'같은 유니폼을 입기 전까지는 저 괴물을 보기도 싫어.'

이진용이 그들에게 남긴 상처는 이진용을 보는 순간 저도 모르게 몸을 움츠리게 할 정도로 깊은 탓이었다.

-야, 쟤네 표정 봐라. 같은 팀 선수들이 아주 널 못생긴 괴물 보듯이 보는 거 보이냐?

그리고 그게 이진용이란 투수였다. 그저 승리를 가져가는 선에서 그치지 않은 채 깊은 후유증을 남기는 투수.

-하긴 만날 마운드에 나올 때마다 호우, 호우 지랄을 하니 좋아하는 인간이 있으면 그게 미친 또라이지. 안 그러냐, 진용아? 네가 생각해도 그렇지?

당연한 말이지만 이진용은 지금 이 순간에도 그저 승리만 가져가는 선에서 그칠 생각이 추호도 없었다.

"전력투구."

오늘 이곳에서 이진용은 모두의 뇌리에 분명하게 각인시킬 속셈이었다.

"리볼버."

그 주문을 끝으로 이진용이 길게 한숨을 내뱉었다.

올스타전이란 축제를 위해 내셔널스파크를 찾아온 메이저리그 30개 구단의 팬들.

"호우맨이 올라왔다!"

그들에게 이진용의 등장은 롤러코스터를 타고 가장 높은 곳에 올라간 것과 같았다.

"오케이, 그럼 우리도 한번 해보자고."

이제부터는 정신을 잃은 채 비명을 내지르며 순간을 즐기기만 하면 되는 상황.

당연히 이진용이 아웃카운트를 잡을 때까지 기다릴 생각은 없었다.

'던지면 무조건 호우야.'

이진용이 공을 던질 때마다 환호성을 내지를 속셈이었다.

'투구 자세 취했다!'

'던진다!'

그런 그들 앞에서 이진용이 투구 준비 자세를 취했다.

오른손에 글러브를 낀 상태에서 자신의 오른 다리를 살짝 뒤로 옮겼다. 그러고는 곧바로 뒤로 뺀 오른 다리를 높게 들었다. 무릎이 얼굴 근처까지 올라올 정도로 높게!

이윽고 이진용의 몸이 타자를 향해 포탄처럼 움직였다. 그와 동시에 이진용의 왼팔이 높게 올라갔다. 마치 투창 선수를 떠올리게 하듯, 이진용의 왼손에 쥐고 있던 공이 타자를 향했다.

펑!

그리고 소리가 났다.

'어?'

너무나도 일찍, 관중들이 생각한 것보다 훨씬 일찍.

그 사실에 관중들은 저도 모르게 고개를 돌려 전광판을 확인했다.

104마일.

믿기 힘든 광경을 보는 순간 사람들은 놀라지 않는다.

'이거 사실인가?'

놀라는 대신 의심부터 한다.

'진짜 104마일이 나온 거 맞아?'

자신이 본 게 맞는 건지, 자신이 잘못 본 게 아닌지. 혹은 자신의 눈앞에서 일어난 상황을 부정하는 경우도 있다.

'설마, 아무리 그래도 104마일이라니?'

'이건 말도 안 돼. 이런 게 가능할 리 없어!'

지금 내셔널스파크에서 일어난 일을 실시간으로 목격한 이들이 그러했다. 그 누구도 자신들이 직접 두 눈으로 목격한 사실을 믿지 않았고, 믿지 않았기에 환호하지도 않은 채 이 말도 안 되는 상황의 원흉을 그저 바라만 볼 뿐이었다.

그런 그들에게 이진용은 기꺼이 다시 한번 더 보여줬다.

펑!

"스트라이크!"

104마일, 메이저리그에서 오로지 단 한 명의 투수만을 위해 존재했던 그 숫자를 다시 한번 전광판에 찍었다.

그제야 관중들의 멈춰 있던 사고가 진행하기 시작했다.

"우아!"

"말도 안 돼!

"미친, 이게 무슨 일이야?"

내셔널스파크 곳곳에서 기겁한 소리들이 중구난방으로 터져 나오기 시작했다.

그들 앞에서 이진용은 다시 한번 더 패스트볼을 던졌다.

펑!

이번에는 103마일이란 구속이 전광판에 찍혔고, 이제 모두는 인정할 수밖에 없었다.

-호우맨이 구라맨이 아니었어?

-진짜 던졌네?

-미친, 103마일이 아니라 104마일이라니!

이진용, 그가 이제까지 거짓말을 한 게 아니라는 것을.

진실을 말했다는 것을.

그런 그들에게 이제까지 양치기 소년 취급을 당하던 이진용은 울분을 풀듯 재차 말했다.

펑!

"스트라이크, 아우우웃!"

104마일이 다시 한번 전광판에 기록됐다.

투수들이 보다 빠른 공을 던지고자 하는 이유는 간단하다.

구속이 빨라질수록 타자가 공에 헛스윙을 할 확률이 높아진다는 것.

물론 똑같은 구속이라고 해도 공의 움직임과 회전수에 따라 결과는 달라지지만, 분명한 건 구속이 올라갈수록 타자의 헛스윙률은 올라간다는 점이다.

일례로 메이저리그에서 90마일 포심 패스트볼에 대한 타자들의 헛스윙률은 10퍼센트대이다. 하지만 구속이 100마일 근처에 이르면 헛스윙률은 20퍼센트 후반에서 30퍼센트에 이르게 된다. 세계에서 가장 빠른 공을 던지는 채프먼의 포심 패스트볼의 경우에는 헛스윙률이 무려 40퍼센트에 이르게 된다. 헛스윙이 스트라이크를 잡을 수 있는 가장 확실한 방법이라는 걸 고려한다면 40퍼센트라는 수치는 엄청난 수치다.

하물며 아롤디스 채프먼이 던지는 모든 포심 패스트볼이 항상 104마일을 찍는 것도 아니다.

즉, 104마일이란 공은 어지간한 메이저리그 타자들에게는 칠 수 없는 공이라는 의미.

"웃음도 안 나오는군."

"웃음이 나올 상황이 아니니까."

그런데 지금 그 공을, 104마일짜리 포심 패스트볼을, 칠 수 없는 공을 이진용이 던졌다.

"가뜩이나 괴물 같은 놈의 손에 말도 안 되는 흉기가 쥐어졌군."

"104마일짜리 포심 패스트볼이라니, 그건 절대 못 쳐!"

그 사실 앞에서 올스타전에 참가한 모든 선수들은 강력한 충격을 받을 수밖에 없었다.

'이런 걸 올스타전에서 보게 될 줄이야.'

더욱이 올스타전이기에 충격은 더 컸다.

차라리 이진용이 전반기 경기 중에 104마일을 던졌다면 놀라기만 했을 것이다. 아니, 별 관심도 가지지 않았을 수도 있었을 것이다.

솔직히 말해서 메이저리그 선수들이라고 모든 선수들의 경기를 일일이 챙겨보진 않는다. 특히 정규시즌 동안 이진용과 붙을 일이 없는 팀의 선수들은 이진용에 대해 관심을 가질 이유가 없으며, 그럴 시간적 여유도 없다.

하지만 올스타전은 달랐다.

지금 메이저리그 로스터에 이름을 올린 선수들은 물론 마이너리그에 있는 모든 선수들이 주목하는 경기, 더 나아가 각 구단을 대표하기에 부족함이 없는 선수들이 직접 참가한 경기.

당연히 메이저리그와 관련된 모든 이들의 뇌리에는 이진용이 던진 104마일이 각인될 수밖에 없었다.

-정말 대단하다, 대단해.

이진용이 노리는 바가 바로 그것이었다.

-기어코 올스타전에서 터뜨리는구나.

이진용, 그는 레드삭스전에서 퍼펙트게임을 달성한 그날 파이어볼러를 얻었다.

그것도 하나가 아니었다.

두 개!

퍼펙트게임을 통해 얻은 다이아몬드 룰렛 이용권과 포인트를 소모해 돌린 플래티넘 룰렛에서 연달아 파이어볼러가 나왔다. 그날 이진용이 어느 때보다 흥분된 기색을 보인 이유였다.

그러나 그 이후 이진용은 일부러 자신이 보일 수 있는 최고 구속을 숨겼다. 지금 이 순간을 위해서 참고 또 참았다. 김진호의 말대로 모두의 머릿속에 보다 강렬한 인상을 남기기 위해서.

-여하튼 사람 엿 먹이는 것 하나는 진용이, 네가 최고다. 장담하는데, 아마 10년 후쯤에는 퍼킹하고 호우하고 동의어처럼 쓰일 거야. 길 가다가 싸움이 붙으면 퍼킹 대신 호우를 외치겠지.

더 나아가 이진용이 104마일이란 구속을 통해 사람들의 뇌리에 남기고 싶은 것은 감탄 같은 게 아니었다.

-그보다 슬슬 분위기가 차가워지는 걸 보니까 다들 정신을 차리는 모양이군. 지금 좋아할 때가 아니라는 걸.

공포, 경악, 탄식.

이진용이 오늘 경기를 보는 이들의 뇌리에 남기고 싶은 건 그런 것들이었다.

당연히 9회 초 2아웃 2스트라이크 상황에서 이진용은 마지막 남은 리볼버 한 발을 꺼냈다.

"리볼버."

펑!

"스윙, 스트라이크, 아웃!"

올스타전의 마지막 아웃카운트를 잡았다.

그 순간 모든 이들의 시선은 너무나도 당연하게도 전광판의 숫자를 향하고 있었다.

104마일.

그 숫자를 본 관중들의 귓속으로 잠시 동안 잊고 있던 것이 들렸다.

"호우!"

이진용의 환호성.

그 소리를 들은 후에야 관중들은 떠올릴 수 있었다.

'아.'

마운드 위에 있는 저 투수가 이제까지 그들이 응원했던 팀을 향해 보여줬던 무자비함을.

'젠장.'

그제야 깨달을 수 있었다.

올스타전이 끝난 지금 이 순간, 저 숫자는 이제 자신들을 향한 흉기가 되리란 사실을.

'퍼킹 호우맨.'

그렇게 축제가 끝났다.

월드시리즈 우승을 향한 전쟁이 재개됐다.

올스타전이 끝나는 순간 메이저리그는 후반기에 돌입한다.

그리고 후반기에 돌입함과 동시에 메이저리그는 새로운 전쟁을 시작한다.

[트레이드 마감 시한 임박!]

트레이드 마감 시한인 8월 1일 전까지 구단들의 치열한 트레이드가 시작된다.

포스트시즌 진출이 사실상 불가능해진 팀들은 셀러가 되어 주전급 선수들을 이용해 보다 많은 유망주를 얻고자 하고, 포스트시즌 진출을 가시권에 둔 팀들은 유망주들을 모아 부족한 전력을 채울 수 있는 즉시 전력감 선수 영입을 시도한다.

이 과정에서 즉시 전력의 수준을 넘어 리그를 대표하는 최정상급 선수들의 트레이드도 이루어진다.

[이번 시즌, 빅딜은 이루어질까?]
[현재 시장에 나온 최대어는 누구인가?]

일명 빅딜이 이루어지는 것이다.

당연한 말이지만 이렇게 이루어지는 트레이드는 메이저리

그 팬들에게 있어서는 큰 축제였다.

특히 기자들에게 있어서는 그야말로 올스타전과 다를 바 없는 축제였다. 이 트레이드 과정에서 메이저리그 단장들은 기자들을 이용해 정보를 수집하거나, 언론 플레이를 시도하고 기자들은 그 과정 속에서 끝내주는 이슈들을 터뜨리고는 하니까.

하지만 이번 2018시즌은 달랐다.

[리, 이제 메이저리그 신기록에 도전하겠다!]
[리, 메이저리그 신기록 갱신 가능한가?]

올스타전이 끝나는 순간 기자들의 모든 관심은 트레이드가 아닌 이진용만을 향하고 있었다.

당연한 말이지만 몇몇 기자들은 이런 상황을 그냥 지나치지 않았다. 그들은 클릭 수만을 높이기 위한 밑도 끝도 없는 짜라시 기사를 던지기 시작했다.

[리, 양키스로 트레이드?]
[리, 올스타전에서 양키스 유니폼을 입은 이유는?]

이진용이 트레이드 시장에 나왔다는 기사가 바로 그 기사였다. 말도 안 되는 기사. 그러나 그런 기사들에 메이저리그 팬들은 더 크게 열광했다.

-호우맨 트레이드가 말이 됨?

└안 될 건 없지.

└하긴, 올해는 아니더라도 내년이나 내후년에는 모르는 일이지.

└호우맨이 메츠랑 계약서에 트레이드 마음대로 하는 조항 넣었을 수도 있잖아?

└호우맨이 우리 팀에 오면 바랄 게 없겠다.

└아, 호우하고 싶다!

적으로 만났을 때 이진용은 이 세상 최악의 괴물이지만, 자기 팀 유니폼을 입는 순간 그야말로 하늘이 내려준 영웅과도 같았으니까.

메츠 팬을 제외한 모든 메이저리그 팬들이 이진용의 트레이드설을 싫어할 이유는 없었다.

-분명한 건 호우맨이 올스타전에서 그냥 양키스 유니폼을 입을 리는 없다는 거지.

-같은 뉴욕인데, 그냥 오면 안 되나?

더욱이 이진용이 보란 듯이 입은 등번호 104의 양키스 유니폼은 구설수를 만드는 데 최고의 떡밥이 되어주고 있었다. 이진용이 양키스행을 원한다는 이야기부터 시작해서, 외계인에게 보내는 메시지라는 이야기까지.

물론 이진용이 등번호 104를 넣은 양키스 유니폼을 이유는 특별한 게 아니었다.

"아니, 그냥 104마일 던진다는 의미로 입은 건데 참⋯⋯."

등번호 104는 104마일을 던지겠다는 메시지였고, 양키스의 유니폼을 입은 건 애런 저지의 타격을 한번 경험하기 위함이 었을 뿐.

어쨌거나 자신에 대한 말도 안 되는 구설수에 이진용이 투 덜거렸고, 그 모습에 김진호는 피식 웃으며 말했다.

-축하한다. 네가 원하던 대로 된 걸.

"구설수에 휘말리는 걸 제가 언제 원했어요?"

그 말에 이진용이 어깨를 으쓱했다.

"제가 김진호 선수도 아니고."

-응? 내가 뭘?

"김진호 선수는 구설수에 휘말리는 거 즐기셨잖아요?"

-내가? 언제?

"그럼 설마 현역 시절에 나온 구설수들이 일부러 저지른 게 아니었다는 거예요?"

-야! 구설수 일부러 만드는 인간이 어디 있어?

분노하는 김진호의 모습에 이진용이 조금은 굳은 표정으로, 정말 위험한 귀신을 본 듯한 표정을 지었다.

그 모습에 김진호는 당연히 불같이 화를 냈다.

-이 새끼가, 야! 내가 어때서? 물론 내가 현역 시절에 이런저 런 사건으로⋯⋯.

거기까지였다.

-아니, 뭐 좀 과한 사건들이 없진 않았지만⋯⋯. 팬들하고
도 좀 티격태격 부딪치고, 선수단하고 트러블이 좀 있긴 했지
만⋯⋯.

자신의 현역 시절을 떠올리던 김진호의 목소리가 빠르게 줄
어들기 시작했으니까.

-크흠!

이윽고 헛기침으로 분노를 마무리한 김진호가 화두를 돌렸다.

-여하튼 축하한다. 네가 원하는 대로 시나리오가 만들어진 걸.

그 말에 이진용이 아무것도 모르겠다는 듯한 표정을 지으
며 고개를 갸웃했다.

"무슨 시나리오요?"

-새끼, 내가 설마 모를 줄 알았냐? 네가 구속 숨길 때부터 눈
치챘어.

그제야 이진용이 표정을 바꾼 채 미소를 지었다.

그 미소에 김진호도 비릿한 미소를 지으며 말했다.

-네놈이 절대 지금 이 상황에 만족할 놈이 아니라는 걸 모
를 내가 아니지.

이진용, 그가 무언가를 준비했다.

존 에프 케네디 국제공항.

인천 국제공항에서 도착한 사람들이 하나둘 보이는 그곳에서 황선우 기자가 누군가를 기다리고 있었다.

"선배!"

그때 황선우가 기다리던 이가 그를 먼저 발견하고는 손을 크게 흔들며 다가왔다. 작년 시즌 동안 황선우를 돕던 후배 기자였다.

그 후배 기자의 모습을 확인한 황선우가 소리치듯 말했다.

"인사는 됐고, 바로 시티 필드로 가야 하니까 따라와."

"예?"

놀라는 후배 기자를 향해 황선우가 말했다.

"너 여기 왜 왔어?"

"그야 선배님 도우려고 왔죠. 지금 한국 기자들 중에서 이진용 선수 인터뷰를 제대로 따내는 건 선배님밖에 없으니까요."

"그래, 그럼 일하러 가야지."

"하지만 아직 경기 시작까지는 많이 남았잖아요?"

후배 기자가 재차 말했다.

"그리고 이진용 선수 경기 내용은 똑같지 않겠어요? 무실점 완봉승! 104마일!"

어차피 이진용 선수 경기 내용은 뻔할 텐데, 군이 서두르기보다는 뉴욕 관광 좀 해보면 안 될까요?

후배 기자의 그런 의중에 황선우는 차가운 표정으로 말했다.

"그게 아닐 것 같으니까 이러는 거야."

황선우는 그 말을 뱉자마자 곧바로 등을 돌렸다. 후배 기자가 그런 황선우를 황급히 쫓으며 말했다.

"그게 아니라니요?"

이진용. 현재 한국에서 그를 향한 인기는 대단한 수준을 넘어서 절대적인 수준이었다. 이진용이 나오는 경기는 공중파 중계가 기본일뿐더러, 이진용 피칭 하나하나에 대한민국이란 나라가 숨죽이고, 열광하는 수준.

그가 황선우를 돕기 위해 미국에 온 이유도 그 때문이었다. 이진용을 취재하기 위해서는 그 정도는 이제는 당연히 해야 하는 일이 됐다.

그런데 지금 황선우가 말했다. 그게 아닐 것 같다고. 이진용이 평소와 같이 무실점 완봉승을 거둘 것 같지 않다고. 그건 곧 이진용이 이제까지와 다른 결과물을 보여주리란 말.

"선배가 보시기에 오늘 경기에서 이진용 선수가 실점할 것 같아요?"

후배 기자의 물음에 황선우는 눈살을 찌푸리며 말했다.

"실점이야 할 수 있지."

"예?"

"설마 이진용이 평생 실점 안 할 것 같아? 하물며 여긴 메이저리그야. 최고의 선수들이 모인 곳. 실점은 언제 어느 순간에든 나와도 이상할 건 없어."

황선우의 말에 후배 기자는 영문을 모르겠다는 표정을 지었다.

그런 후배 기자에게 황선우가 질문을 던졌다.

"올스타전 전까지 이진용의 성적을 기억해?"

"무실점 완봉승이잖아요?"

"최근 세 경기 투구수가 몇 구지? 합쳐서 말해봐."

"그러니까 최근 세 경기…… 합치면 260구네요."

말을 하던 후배 기자가 놀라며 반문했다.

"어? 왜 이것밖에 안 되지?"

놀라는 후배 기자에게 황선우는 재차 질문했다.

"그중에서 오른손으로 던진 공이 몇 구인지 알아?"

"그건……."

"219구다."

"219구요? 그럼 왼손으로는 고작 41구밖에 안 던진 건가요?"

"기자라면 거기서 질문이 아니라 의문을 가져야지. 왜 이진용이 그런 피칭을 했는지."

말을 하던 황선우는 미소를 지으며 말했다.

"그리고 왜 이진용이 그 많은 무대 중에 올스타전에 마무리 투수로 마운드에 올라와서 104마일을 던졌는지."

특종의 냄새를 맡은 기자의 미소였다.

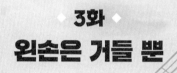

3화
왼손은 거들 뿐

7월 20일.

시티 필드, 메츠의 후반기 첫 경기가 치러지는 그곳의 분위기는 이번 시즌 어느 때보다 뜨거웠고 동시에 화려했다.

일단 보이는 풍경부터가 달랐다.

구장 곳곳에는 관중들이 직접 만들어 온 플래카드와 피켓들이 저마다의 문구를 품은 채 존재감을 드러내고 있었으며, 그라운드와 가까운 관중석은 메츠 유니폼을 입은 팬들로 수놓아져 있었다.

그런 그들의 존재가 확실한 증거였다.

"저기! 저기!"

"나왔다!"

오늘 이 경기가 그 누구도 아닌 이진용, 그의 등판 경기라는 것을 알려주는 확실한 증거!

"호우맨이다!"

"호우맨이 나타났다!"

그런 시티 필드의 그라운드 위로 이진용이 모습을 드러냈다. 그 순간 시티 필드에 있는 모든 관중들이 약속이라도 한 듯 동시에 소리쳤다.

호우!

콘서트장에서도 보기 힘든 광경.

더 놀라운 건 그 외침에 대해 이진용이 보여주는 행동이었다. 모습을 드러낸 이진용은 러닝을 하면서 관중들을 향해 모자를 쥔 오른손을 흔들었다.

그러더니 갑자기 자신의 왼손으로 1루 쪽 관중석 한 곳을 가리켰다. 지목당한 무리들은 고개를 갸웃했다.

이진용이 그 모습을 보며 살짝 표정을 찌푸린 채 이번에는 다른 쪽을 손가락으로 가리켰다.

맨몸에다가 알파벳을, H-O-W-O-O를 하나씩 그려놓은 다섯 명의 사내들을 가리켰다.

당연히 반응이 달랐다.

"호우!"

"호우우우!"

"호우맨이 우릴 보셨어!"

마치 기다렸다는 듯이, 지목당한 다섯 명의 메츠 팬이 열광적으로 환호성을 내질렀다.

그 모습에 이진용이 고개를 끄덕이며 곧바로 관중석 쪽으로 열심히 다가갔다. 그러자 곧바로 다섯 사내가 점프를 하듯 관중석을 내려오며 이진용과 마주쳤다.

"헤이, 호우맨!"

"메츠의 영웅!"

"호우우!"

열광적인 그들을 향해 이진용이 미소를 지은 채 말했다.

"열정이 대단들 하시네요. 안 추워요?"

"No!"

"몸에다 사인을 해드릴 순 없고, 보니까 내 사인은 이미 받으셨을 것 같은데 맞죠?"

다섯이 열심히 고개를 끄덕였고, 이진용이 그들에게 잠시 기다리라는 신호를 준 후에 곧바로 더그아웃에 들어갔다가 야구공 다섯 개를 들고 모습을 드러냈다. 야구공에는 이진용의 사인과 함께 각각 H-O-W-O-O라는 알파벳이 큼지막하게 적혀 있었다.

이진용이 그 다섯 공을 다섯 사내에게 하나씩 주며 말했다.

그 순간 다섯 사내의 표정은 마치 절대 반지를 손에 넣은 골룸처럼 변해 있었다.

"올해에는 실망시키지 않을 테니, 응원 부탁합니다."

"호우!"

"호우!"

이진용의 그 말에 다섯은 대답 대신 미친 듯한 환호성만을 내질렀다.

그 광경을 보던 김진호가 한숨을 내뱉었다.

-아, 조만간 세계가 또라이들로 가득 차겠구나. 언젠가 인류 종말이 올 줄 알았지만 이런 식으로 인류가 종말을 맞이할 줄이야.

귀신조차 어이가 없는 광경.

하물며 오늘 메츠와의 경기를 위해 시티 필드를 방문한 신시내티 레즈 선수단이 이 광경을 보고 이해할 수 있을 리 만무했다.

"우리가 지금 야구를 하러 온 건지, 아니면 영화에 출연하러 온 건지 구분이 안 되는군."

레즈 선수들 모두가 어처구니없다는 표정을 지었다.

그런 레즈 선수단의 표정은 이제 러닝을 위해 그라운드를 크게 뛰기 시작하는 이진용이 점차 3루 쪽 더그아웃, 레즈 선수단이 있는 곳으로 다가올수록 굳어지기 시작했다.

이진용의 눈, 코, 입을 확인할 정도의 거리가 되었을 때 레즈 선수들은 분명하게 실감할 수 있었다.

"하필 이럴 때 저 괴물을 상대하게 되다니……"

"그것도 시티 필드에서 말이야."

"지옥에서 하데스를 상대하는 게 차라리 낫겠어."

오늘 그들이 메이저리그의 역사를 새로 쓰고 있는 괴물을 맞이한다는 사실을.

동시에 레즈 선수들은 이번 시즌 자신들의 처지를 떠올렸다.

'최악의 시즌에 최악의 괴물을 만났군.'

신시내티 레즈, 그들의 2018시즌은 작년과 크게 다를 것이 없는 시즌이었다. 리그 평균 수준 이하의 타격과 리그 최악의 마운드, 그 두 가지가 합쳐진 결과 현재 레즈는 지구 5위, 승률로는 내셔널리그 14위를 기록하고 있었다.

사실상 메이저리그 전체에서 꼴찌 팀과 다를 바 없었다.

'보토도 없으니……'

심지어 레즈의 타선에서 중심을 잡아주던 메이저리그 최정상급 타자인 조이 보토는 부상으로 이번 경기에 뛰지 못하게 됐다.

'그래, 차라리 이게 낫다.'

그래서일까? 오히려 이진용의 얼굴을 확인한 레즈 선수들은 마음이 편해지기 시작했다.

'어차피 여기서 져도 손해 볼 것 없잖아?'

'10점을 내주더라도 1점만 내면 대박인 게임이잖아? 그냥 편하게 하자고.'

오늘 이진용을 상대로 완봉패를 당하더라도 레즈 입장에서는 솔직히 잃을 게 없었으니까.

그 무렵이었다. 레즈 선수들이 부담감을 잊을 무렵, 이진용이 레즈 선수단이 모인 더그아웃을 스쳐 지나갔다.

그리고 그 찰나의 순간 이진용이 레즈 선수단의 분위기를, 그들의 눈빛과 낌새를 살폈다.

-독기가 없군.

김진호의 말처럼 지금 이진용을 향한 레즈 선수단의 눈빛에는 독기가 없었다. 기선 제압조차 필요 없는 게임이 되는 순간이었다.

-오늘 경기 쉽게 가겠는데? 진용아, 적당히 해도 될 것 같은데, 쉬엄쉬엄할래?

그러나 그런 김진호의 말에 이진용은 미소 짓지 않았다.

오히려 이진용은 거듭 곁눈질로 레즈 선수단의 분위기를 살피는 건 물론, 그라운드 전체를 쉼 없이 살피고 있었다.

그 눈빛은 누가 보더라도 치열한 사냥을 준비하는 맹수의 눈빛이었다.

-짜식.

그 눈빛에 김진호도 더 이상 말을 이어가지 않았다.

이제는 눈빛만 봐도 알 수 있었으니까. 상대방이 무슨 생각을 하는지 그리고 무엇을 바라보고, 무엇을 노리고 있는지.

-똥 마렵나 보구나.

"에이, 진짜. 이 표정이 어떻게 똥 마려운 표정이에요? 비장한 표정이죠?"

-원래 사람은 똥 마려우면 표정이 비장해지는 법이야. 자, 가자! 똥 싸러!

"닥쳐요."

그렇게 이진용이 러닝을 마치고 게임이 시작됐다.

야구는 9회 말 2아웃부터 시작이라는 말이 있다.

그 말을 달리 해석하면 1회는 딱히 중요한 이닝이 아니라는 의미, 때문에 기자들은 경기 초반에는 대부분 경기를 유유자적하게 바라보기만 하고는 했다.

"시작했네."

"일단 양 팀 컨디션이나 확인해 보자고."

한 이닝에 한 타자가 한 투수를 상대로 만루 홈런을 두 번 치는 것 같은 아주 특이한 경우가 아니고서는 경기 초반에 기자들의 손을 분주하게 만들 대기록 같은 게 나오는 경우는 없으니까.

"뭐, 컨디션 확인할 게 있겠어? 오늘 경기 내용은 몰라도 결과는 뻔할 텐데."

"그렇지. 레즈가 메츠를 지금 상황에선 이기기 쉽지 않지."

더욱이 현재 내셔널리그에서 가장 강한 팀으로 인정받는 팀과 리그 최하위 팀의 매치업이라면 더더욱 경기 내용은 뻔할 수밖에 없었다.

"거기다가 호우맨이 나오는 경기이니까, 내용도 뻔하겠지."

더불어 이진용의 경기는 어떤 의미에서는 가장 뻔한 경기이기도 했다. 영화로 따지면 나 홀로 집에 같은 영화랄까?

"104마일짜리 공은 못 쳐."

더군다나 이진용이 올스타전에서 왼손으로 보여준 104마일짜리 패스트볼은 나 홀로 집에의 주인공인 케빈 맥콜리스터의 손에 M16 소총을 쥐여준 것과 비슷했다.

"조이 보토가 부상으로 빠진 게 아쉽군."

"그러지, 그는 호우맨에게 홈런을 칠 수 있는 몇 안 되는 타자이니까."

심지어 이진용을 상대로 제대로 비수를 꽂을 수 있는 메이저리그의 대표 타자 조이 보토는 부상으로 빠진 상황.

때문에 기자실에 모인 모든 기자들은 똑같은 생각을 했다.

"레즈 타자들 입장에서는 리가 오른손으로 던질 때를 한번 노려보는 수밖에."

"그렇지. 104마일을 던지는 왼손이 나오는 순간 사실상 그이닝은 끝날 테니까."

여러모로 전력이 열세인 상황 속에서 레즈가 할 수 있는 것은 이진용이 오른손을 쓰는 순간을 노리는 것밖에 없다고.

실제로 레즈 타자들의 생각은 기자들의 예상과 같았다.

'104마일짜리 패스트볼을 칠 자신은 없다.'

'리의 왼손은 기본 100마일이다. 거기에 슬라이더를 비롯해 무브먼트는 구속 이상이야.'

레즈 타자들은 이진용의 왼손에 대해서는 그냥 무시하기로 했다. 대신 이진용의 오른손을 공략하기로 했다.

'그럴 바에는 차라리 오른손이 낫다.'

'오른손도 무시하지 못하지만, 104마일짜리 패스트볼보다는 95마일짜리 패스트볼이 낫지.'

이진용의 오른손을 무시하는 건 절대 아니었다.

단지 메이저리그 타자들조차 승부를 포기할 정도로 104마일 패스트볼이 가지는 존재감이 강렬했을 뿐.

그런 그들 앞에 이진용이 왼손에 글러브를 낀 채 등장했다.

'좋아, 공격적으로 가자.'

'삼진으로 물러날 바에는 범타로 물러나는 게 차라리 나아.'

당연히 레즈 타자들은 그런 이진용의 우완 피칭을 상대로 공격적인 타격을 시도했다.

물론 이진용의 피칭은 그런 레즈 타자들에게 쉽사리 출루를 허락하지 않았다.

-유격수 앞 땅볼!

-공이 높게 뜹니다!

-아웃! 리! 그가 1회 초를 깔끔하게 삼자범퇴로 마무리합니다!

1회 초 삼자범퇴, 투구수는 5구. 그야말로 깔끔하기 그지없는 피칭으로 이닝을 마무리한 이진용이 마운드를 내려왔다.

그 사실에 시티 필드를 가득 채운 메츠 팬들은 환호성으로 보답했다.

"호우!"

그야말로 축제 분위기.

그런 분위기에 메츠 타자들은 1회 말부터 있는 힘껏 기름을 끼얹기 시작했다.

-안타! 연속 안타!

1회 말 메츠는 레즈의 선발투수인 마이크를 상대로 연속 안타를 때려내며 선취 득점에 성공했다.

-쳤습니다! 큽니다! 타구가 쭉쭉 뻗습니다!
-넘어갔네요.

심지어 1회 말 메츠 타선은 마이크와 레즈를 절망에 빠뜨리는 홈런마저 쳐냈다.
홈런을 친 건 5번 타자였다.

-리! 그가 이번 시즌 9호 홈런을 투런 홈런으로 기록합니다!

5번 타자 이진용. 이제는 9번이 아닌 중심 타선에 배치된 그가 일찌감치 경기를 일방적인 것으로 만들었다.
그 광경에 경기를 보던 기자실에서는 실소가 지어졌다.
"끝났군."
"1회에만 벌써 3득점이네."
"레즈 입장에서는 차라리 편하겠군. 이제 잘 질 준비만 하면 될 테니까."
너무나도 쉽게 승부가 났다는 사실에 대한 실소였다.
"아, 게임 끝났네."
황선우와 함께 온 후배 기자 역시 비슷한 미소를 짓고 있었다.
"오늘도 쉽게 1승 추가하겠는데요? 미리 기사 써둘까요? 이진용 무실점 퍼펙트 피칭!"

그러나 반대로 황선우는 미소는 조금도 보이지 않은 채 긴장된 표정을 짓고 있었다.

그 낌새를 확인한 후배 기자가 조심스레 물었다.

"선배님, 무슨 문제 있나요?"

그 물음에 황선우는 대답했다.

"아마 2회 초가 되면 이진용은 왼손 피칭을 할 거야."

"예? 그게 무슨……."

영문을 모르겠다는 표정을 지은 채 반문하는 후배 기자를 향해 황선우는 계속 말을 이어갔다.

"그리고 마운드에서 102마일이 넘는 공을 던지겠지. 어쩌면 104마일짜리 공을 던질 수도 있어. 그 후에 이진용은 다시 오른손만으로 피칭을 할 거다."

그 말을 끝으로 황선우가 후배 기자의 노트북을 가리키며 말했다.

"오늘 이진용이 던지는 투구수랑 구질, 코스 전부 하나도 빠짐없이 기록해."

그리고 2회 초가 시작됐을 때, 이진용이 마운드로 모습을 드러냈다.

"왼손이다!"

"이번에는 좌완 피칭이군!"

"그래, 104마일을 한번 보여줘야지!"

오른손에 글러브를 낀 채로.

그 말에 후배 기자가 놀란 표정으로 황선우를 바라봤고, 그 시선에 황선우는 미소를 지으며 말했다.

"지금 상황에 만족했다면 이진용이 아니지."

2회 초, 이진용의 피칭은 왼손에서 뿜어지는 103마일짜리 패스트볼과 함께 시작됐다.

-나왔다 103!
-이야, 그냥 처음부터 103이 나오네!
-이제 104 가나요?

그 사실에 경기를 보는 모든 이들은 열광했다.

"TV로 봤을 때랑은 차원이 다르군."

"구속도 구속인데, 투구폼도 독특해서 체감 구속은 더 빨라."

"103마일짜리 공인데 체감 구속은 더 빠르다⋯⋯ 그냥 치지 말라는 의미이군."

"양심적으로 저런 괴물은 채프먼 하나만 있어야 하는 거 아니야?"

"그러고 보니 그때가 그립다. 채프먼이 우리 팀 소속일 때 이런 고민은 없었는데."

반면 레즈의 타자들은 차갑게 식었다.

"바꿨다."

"한 타자만 왼손으로 승부한다, 이건가?"

그런 레즈 타자들에게 한 타자를 상대하고 곧바로 글러브를 바꾸고 오른손 피칭을 준비하는 이진용의 모습 괴물이라기보다는 오히려 천사처럼 보였다.

"호우맨이 오른손으로 던질 때 어떻게든 결과를 만들어야 해."

당연히 레즈 타자들은 이진용의 오른손을 상대로 적극적인 타격을 시도했다.

그리고 결과도 나왔다.

2회 초 1아웃 상황에서 레즈의 5번 타자 스미스가 오늘 첫 안타를 뽑아냈다.

"거봐, 노리면 되잖아!"

그 후에 병살타가 나오면서 이닝은 곧바로 마무리됐지만, 레즈 타자들은 그 사실에 만족했다.

"일단 노히트랑 퍼펙트는 없군."

"이제 최다 탈삼진 기록만 안 당하면 되겠네."

이진용의 새로운 트로피에 신시내티 레즈라는 이름이 올라갈 걱정거리가 사라진 덕분이었다.

더욱이 2회 말 메츠가 추가 득점에 성공하는 순간 레즈 선수단은 이제 승리를 포기했다.

코칭스태프들도 마찬가지였다.

'다른 팀은 몰라도 리를 상대로 5점 차는 사실상 끝이다.'

레즈의 코칭스태프는 일찌감치 패배를 각오한 채, 보다 나은 패배를 위한 준비를 시작했다.

추격조에 속한 투수들을 불펜에 보내는 한편, 타자들에게는 적극적인 타격을 주문한 것이다.

"가만히 있으면 삼진만 당할 뿐이다. 삼진을 당할 바에는 차라리 땅볼이나 뜬공으로 아웃되는 게 낫다. 그러니까 타석에서 칠 수 있다고 생각되면 적극적으로 타격하도록."

삼진을 당하는 것보다 어떻게든 그라운드로 공을 굴리는 것이 낫다는 건 기본 중의 기본이었을뿐더러, 타자들 본인에게도 삼진이란 기록은 좋은 게 아니었다.

구단이나, 팬들이 타자의 성적을 분석할 때 중요하게 보는 것 중 하나가 바로 삼진을 얼마나 당했느냐, 하는 부분이었으니까.

'안타도, 타점도 못 얻을 바에는 삼진이라도 당하지 말아야지.'

그런 레즈 타자들의 적극적인 타격은 나름의 결과물도 있었다.

4회 그리고 5회, 레즈 타자들은 매 이닝마다 이진용을 상대로 안타를 뽑아냈다. 물론 안타를 뽑아낼 때마다 병살타로 이닝이 마무리되었지만, 오히려 레즈 타자들은 안타가 나왔다는 사실에 만족했다.

"오늘 좀 맞는 것 같은데?"

"역시 그냥 왼손은 포기하는 게 정답이었어. 오른손만 대비하니까 결과가 나오잖아?"

특히 이진용을 상대로 안타를 때려낸 타자들은 이미 만족감 가득한 표정을 짓고 있었다.

'호우맨 상대로 안타라니, 남는 장사군.'

'이 정도면 충분히 연봉값은 한 셈이지.'

'2타수 1안타인 상태로 그냥 교체됐으면 좋겠다.'

레즈의 코칭스태프 역시 매 이닝마다 안타가 나오는 상황에서 군이 새로운 주문을 하지 않았다.

당연히 6회에도 레즈 타자들은 적극적으로 공격을 시도했다.

-아웃! 리가 삼자범퇴로 이닝을 마무리합니다!

그리고 이진용은 적극적으로 덤벼드는 레즈 타자들을 삼자범퇴로 마무리했다.

그 무렵이었다.

-호우맨 오늘 이상한데?

└원래 호우맨은 이상했는데?

└호우맨이 안 이상했던 적이 있음?

└이상해야 호우맨 아님?

└아니, 지금 호우맨 투구수 말이야. 내가 잘못 본 거 같아서.

└투구수? 잠깐 지금 호우맨 투구수 몇 개지?

└6회까지 39구.

경기를 보던 이들이 이상한 낌새를 느끼기 시작한 건.

"전광판 고장 난 거 아니지?"

"6이닝 동안 39구라니…… 이게 가능해?"

"아니, 오늘 레즈 타자들이 초구에도 적극적으로 배트를 휘두르긴 했고, 병살타도 4개나 나오긴 했지만……."

그리고 그 낌새를 느낀 이들의 분위기가 달라지기 시작했다. 이진용의 피칭에 열광하며, 때로는 104마일을 외치던 시티 필드의 분위기가 가라앉기 시작했다.

그 가라앉은 분위기 사이로 마운드를 내려오는 이진용을 향해 김진호가 다가와 말했다.

-19구 남았다.

그 말에 이진용이 대답했다.

"아니죠, 18구 남은 거죠."

그 대화와 함께 더그아웃으로 들어가려던 이진용과 김진호가 고개를 돌려 레즈 선수단의 더그아웃을 바라봤다. 피투성이가 된 사냥감을 목전에 둔 맹수의 표정을 지은 채.

그런 게 있다.

평소 70점을 맞던 애가 갑자기 100점을 받아오면 모두가 놀라고는 한다. 반면 평소에 95점 정도는 가뿐히 맞던 애가 100점을 받아오면 딱히 놀라진 않는다.

이진용, 그의 피칭도 그러했다. 이진용이 레즈 타자들을 상대로 맞혀 잡는 피칭을 통해 빠르게 경기 진행을 했을 때 그 사실에 큰 의문을 가지는 이는 없었다.

오히려 일부는 생각했다.

-호우맨 오늘 삼진 개수가 적네?

-호우맨이 삼진을 못 잡다니, 호우하지 못하군!

-호우맨 드디어 체력 떨어진 듯.

탈삼진 개수가 줄어든 이진용의 피칭은 오히려 평균 이하의 피칭이라고.

투구수 역시 마찬가지였다. 최근 이진용은 맞혀 잡는 피칭을 통해 투구수를 평균 80구 수준으로 끌어내린 상황이었고, 때문에 레즈를 상대로 이닝에 비해 투구수가 적은 사실에 대해 놀라움을 표하는 이는 없었다.

일부는 그 사실에 관심조차 없었다.

-호우맨은 104를 뿌려라!

-호우맨 왼손으로 던지라고!

-호우맨이 구속을 숨김.

경기를 보는 대부분의 이들은 이진용이 왼손으로 던지는 것에만 관심이 있었다.

하지만 이진용이 투구수 39구로 6회를 마치고 마운드를 내려오는 순간 모든 이야기는 달라졌다.

-가만, 메이저리그 최소 투구 완투가 몇 구였지?

-매덕스 78구였나?

└그럴 리가, 그것보다 20구 더 적은 기록이 있었는데.

└레드 바렛 58구 완투승!

이진용, 그가 다시 한번 전설에 도전하게 됐으니까.

6회 말을 맞이한 시티 필드의 분위기는 어수선하기 그지없었다.

"호우맨이 최소 투구 완봉에 도전한다고?"

"말도 안 돼!"

관중들은 이진용의 새로운 도전에 놀라기 바빴고, 기자들 역시 기사를 쓰기 바빴다.

시티 필드 기자실이 노트북 두드리는 소리로 가득 찼다.

그러나 그 소리 중에 황선우가 내는 소리는 없었다. 황선우는 노트북을 두드리는 대신 기자실에 마련된 TV를 통해 경기를 말없이 바라만 봤다.

'이진용이 투구수를 최대한 줄이는 피칭을 하리란 건 예상했다.'

황선우, 그는 이진용의 의도를 일찌감치 파악하고 있었다.

'이진용이 아무런 이유 없이 빠른 공을 던질 수 있음을 강조할 리가 없으니까.'

그것을 파악한 시점은 이진용이 보다 빠른 공을 던질 수 있다는 사실을 기자들에게 광고하듯 말할 무렵이었다.

'이유가 있으니 그렇게 나온 거겠지.'

황선우가 아는 이진용은 그저 자랑을 위해서, 그저 관심을 받기 위해서 그런 사실을 말하는 투수가 아니었으니까. 104마일을 던질 수 있다면, 그것을 꼭꼭 숨기다가 결정적인 순간에 꺼냄으로써 상대를 보다 확실하게 잡으려고 하는 사냥꾼이었으니까.

그리고 올스타전에서 이진용이 자신의 왼손을 범접할 수 없는 손으로 만드는 순간 황선우는 확신할 수 있었다.

'왼손을 언터처블의 존재로 만들어서, 타자들이 오른손을 상대하게 만들기 위한 수작이었지.'

이진용이 노리는 바가 무엇인지.

'올스타전에 앞서서 오른손 피칭의 비중이 높았던 것도, 평균 투구수가 줄어든 것도 오른손으로 투구수를 줄이기 위한 맞혀 잡는 피칭 스타일을 가다듬기 위함이었고.'

더 이상 줄일 방어율이 없는 이진용이 이제는 투구수를 줄이기 위한 작업에 나섰음을 파악했다.

'그래도 설마 레드 바렛의 기록을 깨려고 할 줄이야.'

물론 메이저리그 최소 투구 완투 기록인 찰스 헨리 바렛의 58구 완투승 기록을 깨려는 시도를 할 줄은 황선우 역시 상상조차 못 했다.

'역시 괴물이군.'

이진용이 얼마나 무서운 존재인지 새삼스레 깨닫게 되는 순간.

'하지만 여기까지야. 레드 바렛의 기록을 시야에 두긴 했지만, 그뿐이다. 그 기록은 절대 못 깨.'

그러나 황선우는 이진용이 찰스 헨리 바렛의 기록을 깰 가능성은 제로에 가깝다고 생각했다.

비단 그만의 생각은 아니었다.

-신기록? 솔직히 불가능하지.

-레즈 타자들이 타석에서 멀뚱히 서 있기만 해도 3이닝을 소화하는 데 27구가 필요해.

-58구 완투를 깨는 건 현대 야구에서 있을 수 없어.

타자는 각오만 한다면 투수를 상대로 최소 3구는 던지게 할 수 있었으니까.

-아무리 호우맨이라도 이건 힘들지.

제아무리 이진용이라고 해도, 이제까지 무수히 많은 메이저리그의 전설을 깨며 불가능을 가능케 한 그리고 해도 지금 그 앞에 놓인 문제는 풀 수 없는 문제라는 것을.

"7회다."

"드디어 시작이군."

그런 상황 속에서 6회 말, 메츠의 공격이 끝나고 7회가 시작됐다.

"이제 시작이군."

이진용이 마운드에 올라섰다.

7회 초가 시작되는 순간 시티 필드에 침묵이 자욱하게 깔리기 시작했다. 이제까지 내지르던 환호성은 없었다.

꿀꺽!

긴장감 속에 삼키는 침 소리만이 유일하게 침묵을 깨우는 소리일 뿐이었다.

그 고요함에는 김진호도 동참했다.

처벅처벅, 마운드로 향하는 이진용의 귓속으로는 제 발소리만 들릴 뿐 김진호의 목소리는 들리지 않았다.

그 사실에 이진용이 곁눈질로 자신의 곁을 따라오는 김진호를 살펴봤다. 김진호는 그런 이진용을 진지한 표정으로 바라보고 있었다.

그뿐이었다. 김진호는 그저 바라만 보고 있었다.

'가장 힘든 순간이군.'

그제야 이진용은 뼈저리게 느낄 수 있었다. 지금 자신이 얼마나 어렵고 힘든 과제를 눈앞에 두고 있는지.

"후우."

그 사실에 짧게 숨을 내뱉은 이진용이 고개를 들어 좌타석에 선 타자를 바라봤다.

레즈의 3번 타자 스캇 쉐블러. 작년 시즌 처음 메이저리그 풀타임을 뛰며, 이제는 진짜 메이저리거가 됐음을 신고하며, 2018시즌 레즈의 중심 타선을 책임지는 타자. 그리고 앞서서 이진용을 상대로 안타를 기록한 타자.

그가 타석에 서는 순간 이진용은 조 존스와 사인을 나누고

바로 투구를 준비했다.

무슨 공을 던져야 할지, 그런 고민을 할 이유는 없었다. 무려 한 달을 넘게 준비한 경기였고, 이진용이 이 순간 스캇 쉐블러를 잡기 위해 던져야 할 공은 확실하게 정해진 상황이었으니까.

이진용, 그가 준비된 초구를 던졌다.

던진 공은 다름 아닌 체인지업. 페드로 마르티네스를 떠올리게 하는 세상에서 가장 완벽한 체인지업이 등장했다.

그리고 그 공에 스캇 쉐블러는 확실하게 대답했다.

딱!

-아! 공이 파울 라인을 벗어납니다.

-초구 타격이라니, 쉐블러가 리를 상대로 승부를 하려는 모양이군요.

이진용을 상대로 도망칠 생각은 없다고.

"조금 전에 초구 땅볼로 아웃될 뻔했어!"

"맙소사, 정말 승부하려는 건가?"

"그냥 멀뚱히 서 있어도 되잖아?"

그 사실에 관중들은 놀랐다.

레즈 타자들이 이진용에게 삼진을 헌납하진 않더라도, 최소한 지켜보는 야구를 하리라 생각했으니까.

하지만 그 사실에 이진용과 김진호는 딱히 큰 의문을 품지 않았다.

그리고 그라운드에 있는 선수들 역시 그 광경에 조금의 동요나, 흔들림도 보이지 않았다.

'그래, 그래야지.'

'우린 메이저리거다.'

'기록의 희생양이 되고 싶진 않아. 하지만 그게 무서워서 도망칠 바에는 차라리 죽는 게 나아.'

이곳은 메이저리그, 그야말로 선택받을 수 있는 자들만이 오를 수 있는 무대였으니까.

그리고 그게 이유였다.

-진용아, 메이저리그에 온 걸 환영한다.

세상이 메이저리그를 꿈의 무대라고 부르는 이유.

그 사실에 이진용이 미소를 지었다.

7회 초, 레즈 타자들은 이진용을 상대로 기꺼이 강공을 택했다.

그렇다고 해서 무작정 배트를 휘두른 건 아니었다. 레즈 타자들은 이진용을 상대로 안타를 치기 위한 최선의 타격을 시도했다.

그리고 이진용 역시 최선을 다해 공을 던졌다. 투심 패스트볼과 커터 그리고 체인지업을 이용해 레즈 타자들의 타격의 타이밍을 앗아갔다.

"아웃!"

그렇게 이진용이 7회를 6구만으로 정리한 채 마운드를 내려 왔다.

그 순간 시티 필드에 있는 모든 관중들이 그라운드를 향해 박수를 치기 시작했다.

그것은 이진용만을 향한 박수가 아니었다.

"레즈, 대단하다!"

"이게 메이저리그지."

대기록의 희생양이 되는 것이 무서워 승부를 피하기는커녕 오히려 이진용에게 안타를 뜯어내기 위해 더욱더 공격적으로 덤벼드는 레즈 선수들을 향한 박수였다.

한편 그 박수 소리 사이로 더그아웃에 들어온 이진용은 가 장 먼저 수건부터 찾았다.

그러고는 그 수건으로 쉴 새 없이 흐르는 땀을 닦았다.

-아주 똥줄이 타지?

조금 전 7회 피칭이 어느 때보다 힘든 피칭이었다는 분명한 증거였다.

그리고 그건 당연했다.

-안타 맞을 거 각오하고 들어가는 게 참 X같지?

투수가 맞혀 잡는 피칭을 대놓고 한다는 건 타자에게 있어 서도 기회였으니까. 정말 제대로 된 안타를 칠 기회.

즉, 이진용은 지금 어느 때보다 안타를 맞을 확률이 높은 피 칭을 하고 있는 중이었다.

심지어 상대는 그냥 타자가 아니라 메이저리그의 타자들,

스트라이크존에서 벗어나는 공조차 홈런으로 만들고도 남을 충분한 괴물들이었다.

-하물며 지금 레즈 타자들은 어느 때보다 널 죽이려고 집중하고 있어.

무엇보다 지금 이진용이 상대하는 레즈 타자들은 이미 피투성이가 될 것을 각오한 타자들이었다. 장담컨대 이제까지 이진용이 상대한 그 어떤 타자들보다 무서운 상대였다.

-지금은 땀이 흐르지만, 아마 9회에는 땀조차 흐르지 않을지도 몰라. 등골이 싸늘해질 테니까.

더욱이 이대로 간다면 9회에는 9번 타순 또는 1번 타순부터 시작될 가능성이 컸다. 그 어느 때보다 위험한 고비가 오는 셈이었다. 김진호의 말대로 등골이 오싹해져도 이상할 게 없었다.

-이래서 메이저리그에서 야구를 해야 한다니까. 정말 끝내주잖아? 안 그래?

그렇기에 김진호는 미소를 지었다.

동시에 이진용도 미소를 지었다. 그리고 그 미소 사이로 대답했다.

"호우."

-다이빙 캐치! 페레즈가 멋진 수비로 추가 실점을 막습니다!

7회 말, 점수는 없었다.

집중력이 절정에 다다른 레즈 타자들은 그야말로 미친 수비를 보이며 메츠 타자들의 안타를 훔쳐냈다.

그리고 시작된 8회 초에도 점수는 없었다.

-유격수! 유격수!

6번부터 시작되는 하위 타순을 맞이해 이진용은 7구 만으로 승부를 마칠 수 있었다.

-아웃! 리! 그가 8회를 52구만으로 마칩니다!

8이닝까지 투구수는 52구. 이제 5구만으로 남은 1이닝을 소화한다면 이진용이 메이저리그 최소 투구 완투 기록 보유자가 되는 상황.

그런 상황에서 8회 말 레즈 타자들은 여전히 멋진 호수비를 통해 이진용에게 말했다.

'그래, 어디 한번 해보자.'

도망칠 생각은 없다!

'5구? 까짓것 하든 말든 알게 뭐야?'

기록의 희생양? 기꺼이 되어주겠다!

'우리가 노리는 건 네 1점이다.'

대신 그 틈을 노려 네놈에게도 잊을 수 없는 상처를 남겨주겠다! 그런 레즈 야수들의 의지 속에서 9회 초가 시작됐다.

딱!

-안타!

그리고 그 9회 초, 이진용이 선두타자를 상대로 안타를 내주었다.

9회 초 시작과 동시에 레즈는 너무나도 당연하게도 대타자를 기용했다. 대타자 존 브레디. 메이저리그에서 무려 9시즌을 치르며, 한때는 메이저리그에서 3할 3푼의 타율도 기록했던 백전노장의 우타자였다.

-여기서 레즈가 존 브레디를 투입합니다.
-이제까지 아끼고 아끼던 최고의 대타 카드를 투입했네요.

레즈가 가장 중요한 순간 가장 믿을 수 있는 대타 카드를 내보낸 것이다.

그런 그를 상대로 이진용은 자신의 오른손으로 투심 패스트볼을 던졌다. 우타자의 몸쪽으로 휘어져 들어가는, 그냥 그대로 두면 볼이 될 정도로 마구처럼 움직이는 투심 패스트볼이었다.

좀 더 솔직히 말하면 범타를 유도하기보다는 존 브레디의 타격 밸런스를 흔들기 위해 던진 공이었다. 무작정 초구로 승부를 내는 게 아니라 정말 확실하게 잡고자 공을 던진 것이다.

그런데 그 공을 존 브레디는 2루수의 옆을 총알처럼 빠져나

가는 안타로 만들었다.

-캬!

그 타구에 김진호가 저도 모르게 감탄사를 토해냈다.

-죽이네. 저걸 어떻게 2루수 사이로 치지?

그 감탄사에 이진용은 볼멘소리조차 내뱉지 못했다.

'이제 1번부터다.'

김진호의 말대로 이 순간 이진용은 자신의 등골에 한기가 감도는 걸 느꼈으니까.

그건 비단 이진용만 그런 게 아니었다.

"이거 위험해."

"이대로 가다가는 최소 투구 완투가 아니라, 실점을 할지도 몰라."

경기를 보던 기자들 역시 느끼고 있었다.

"레즈 타자들은 지금 메이저리그 최고의 타자들이라고 해도 과언이 아닌 상황이야."

"조금 전 안타만 해도 그래. 그건 안타가 나올 수 없는 공이었어."

"안타를 억지로 만든 거지."

지금 레즈 타자들의 상태는 말도 안 되는 상태라고.

"여기서 맞혀 잡는 피칭을 하는 건 이미 터지고 있는 폭탄에 손을 넣는 거지."

반대로 이진용은 이 순간 최소 투구 완투를 위해서는 어떻게든 스트라이크존에 공을 집어넣어야 했다.

"홈런이 나와도 이상할 건 없겠어."

이진용의 무실점 경기가 끝나도 이상할 게 없는 상황. 그런 상황에서 타석에 선 레즈의 1번 좌타자 폴 폴먼이 노리는 건 너무나도 당연했다.

"존에 넣어. 기꺼이 배트를 휘둘러 줄 테니까. 더블 플레이로 끝내보라고."

안타. 대놓고 그 의지를 드러내는 폴 폴먼의 모습에 조 존스는 꿀꺽, 침을 삼켰다.

'심장이 터질 것 같군.'

지금 이 순간 조 존스의 심장은 자신이 야구를 한 이후 가장 크게 뛰고 있었다.

'킴 이후로 이런 미친 짓을 하는 인간이 또 나올 줄이야.'

이진용이 하고자 하는 건 그 정도로 미친 짓이었다.

그렇기에 이 순간 조 존스는 미소를 지었다.

'끝내주는군.'

그런 상황에서 조 존스는 이진용에게 커터를 요구했다. 우완투수가 좌투수를 상대로 던질 경우 몸쪽으로 휘어져 들어가는, 배트를 잘라내기에 가장 좋은 공을!

그 사실에 이진용은 기꺼이 고개를 끄덕였다.

고개를 끄덕인 이진용이 곧바로 공을 던졌다. 그리고 존에 들어오는 그 공에 폴 폴먼은 배트를 휘둘렀다.

빠악!

그 순간 폴 폴먼의 배트가 쪼개졌다.

'저, 저거!'

그라운드로 쪼개진 배트 조각과 공이 유격수를 동시에 날아들었다.

그 순간 이진용이 유격수를 보며 소리쳤다.

"피해!"

이진용의 그 외침에 공을 쫓으려던 유격수가 반사적으로 자리에서 펄쩍 뛰었다.

쉬익!

도약한 유격수의 발밑을 칼날처럼 뾰족하고 날카로운 배트 조각이 섬뜩한 소리를 내며 지나갔다.

당연히 공은 그대로 좌익수 방향으로 굴러갔고, 그사이 1루 주자는 2루에, 타자 주자는 1루에 안착했다.

평소라면 유격수가 병살타로 마무리했을 타구가 삽시간이 무사 1, 2루 상황으로 바뀌는 순간이었다.

"아……."

시티 필드에 짙은 침묵이 번지기 시작했다.

-위험한 순간이었습니다.

-잘 피했어요. 무리해서 타구를 처리했다가는 큰 부상을 입었을지도 모릅니다.

그 침묵 사이로 유격수 아메드 로사리오가 이진용을 향해 당혹감이 담긴 눈빛을 보냈다.

'젠장······.'

아메드 로사리오, 메츠의 유망주로 작년 시즌이 첫 데뷔 시즌인 그에게 이런 상황은 단 한 번도 경험해 본 적 없는 일이었으니까.

'어떻게든 부상을 감수하고서라도 잡았어야······.'

당혹감이란 감정은 이내 자책으로 변하기 시작했다.

그때 이진용이 아메드 로사리오를 향해 말했다.

"호!"

갑작스러운 그 외침에 아메드 로사리오가 고개를 갸웃하는 사이, 메츠의 3루수이자 메츠의 캡틴인 데이비드 라이트가 무언가를 짐작한 듯 크게 소리쳤다.

"우!"

메츠의 정신적 지주와도 같은 데이비드 라이트이기에 가능한 행동이었다.

그제야 아메드 로사리오가 숨을 돌리며, 미소를 지으며 이진용을 향해 말했다.

"호!"

그 말에 이진용이 미소를 지으며 대답했다.

"우!"

그 대화를 끝으로 이진용이 다시 그라운드에 선 채 타석에 선 타자를 바라봤다.

그 모습을 본 김진호가 말했다.

-잘했어. 거기서 피하라고 외치는 게 맞아. 거기서 네가 외

치지 않았다면 사고가 일어났을 거야.

한편 경기를 보던 이들은 이내 탄식을 내뱉었다.

"끝났군."

"설마 저런 식으로 배트 조각하고 공이 같이 날아갈 줄이야."

"그게 아니었으면 더블 플레이였을 텐데."

"운이 없었을 뿐이지. 그뿐이야."

9회를 고작 5구로 소화해야 최소 투구 완투를 할 수 있는 상황에서, 이미 2개의 공을 던졌음에도 무사 1, 2루 상황이 나왔다는 건 누가 보더라도 기록 경신이 불가능한 일이었으니까.

"이제는 현실적으로 봐야지."

"아무렴, 최소 투구 완투 기록은 포기하고 무실점 이닝 기록을 이어가야 해."

때문에 이제는 이진용이 합리적인 선택을 하리라고, 최소 투구 완투 기록을 포기하고 대신에 자신의 무실점 연속 이닝 기록을 지키기 위한 피칭을 하리라고 생각했다.

"왼손을 꺼내 들어서 삼진으로 잡는 게 좋아."

"그래, 그게 정답이지."

"글러브를 바꾸겠군."

타자를 가장 확실하게 뭉갤 수 있는 왼손을 꺼내 들리라 생각했다.

"응?"

"뭐야?"

하지만 이진용은 그런 주변의 생각과는 다르게 글러브를 바꿔 끼지 않았다. 오히려 바로 피칭을 준비했다.

'대체 왜?'

보는 이는 결코 이해할 수 없는 선택.

그러나 반대로 이진용에게는 당연했다.

김진호에게 배웠으니까.

'안타 맞을 게 두렵고, 실점할 게 두려웠으면 마운드에 올라오질 말아야지.'

맞을 게 두렵고, 실점할 게 두려워서 도망칠 생각이라면 그냥 야구를 하지 말라고.

당연히 이진용은 실점이 두려워서 여기서 도망치는 선택을 할 생각은 없었다. 그리고 그게 자신을 상대로 기꺼이 정면 승부를 택해준 레즈에 대한 예의였다.

'난 메이저리거다.'

더 나아가 메이저리그 마운드에 선 메이저리거가 갖춰야 할 기본 예의였다.

그 각오 속에서 이진용이 타석에 선 2번 타자 우타자 하비 로드리게스를 상대로 피칭을 시작했다.

딱!

그렇게 던진 초구를 하비 로드리게스는 파울로 걷어냈다.

"아!"

"끝났다."

신기록 갱신까지 남은 투구수는 2구. 이제부터는 모든 타자가 범타로 물러나도 메이저리그 신기록 갱신은 불가능해진 상황.

딱!

심지어 하비 로드리게스는 이진용이 던진 두 번째 공도 3루 쪽 파울 라인을 벗어나는 파울로 만들었다.

그 파울이 나오는 순간 레즈 선수들은 미소를 지었다.

'끝이다!'

'우리가 해냈다!'

당연히 타석에 선 타자도 생각했다.

'끝이군.'

그 타자를 향해 이진용이 3구째를 던졌다.

타자의 스트라이크존을 향하는 패스트볼. 그 공에 하비 로드리게스는 생각했다.

'포심이다.'

그 공이 포심 패스트볼이며, 스트라이크존 한가운데 몰리는 공이라고. 안타를 치기에 딱 좋은, 이진용 그의 무실점 이닝에 마침표를 찍기에 가장 좋은 공이라고.

'친다!'

하물며 원하는 바를 이룬 하비 로드리게스의 마음에는 망설임이라고는 한 점도 존재하지 않았다.

당연히 그는 곧바로 배트를 휘둘렀다.

그 순간 포심 패스트볼이 하비 로드리게스의 몸쪽으로 붙었다.

'투심?'

빡!

그렇게 부딪친 배트와 공이 격한 소리를 냈고, 그 격한 소리와 함께 공이 3루수를 향했다.

　그 순간 공을 잡은 3루수 데이비드 라이트가 3루 베이스를 밟은 후에 단숨에 2루를 향해 공을 던졌다.

　그러자 어느새 2루 베이스 커버를 들어온 유격수 아메드 로사리오가 2루 베이스를 밟음과 동시에 도약하며 1루를 향해 공을 던졌다.

　펑!

　그렇게 던진 공이 1루 베이스를 밟고 있는 1루수의 글러브에 들어왔다.

　그리고 그 광경을 보던 1루심이 주먹을 움켜쥐었다.

　"아웃!"

　[삼중살에 성공했습니다. 보너스 포인트가 지급됩니다.]

　[최초로 삼중살에 성공했습니다. 플래티넘 룰렛 이용권이 지급됩니다.]

　[메이저리그 최초로 삼중살에 성공했습니다. 플래티넘 룰렛 이용권이 지급됩니다.]

　[메이저리그 신기록을 경신하셨습니다. 다이아몬드 룰렛 이용권이 지급됩니다.]

　-헐?

　"헐?"

이진용, 그가 메이저리그에 또 한 번 전설을 쓰는 순간이었다.

트리플 플레이, 일명 삼중살. 글자 그대로 한 번에 세 개의 아웃카운트를 잡는 것을 말한다.

당연한 말이지만 쉽게 볼 수 없는 일이다. 실력을 떠나 운이 따르지 않고서는 볼 수 없는 일, 굳이 말하면 복권에 당첨되는 것과 같다. 결코 노린다고 해서 할 수 있는 일이 아니다.

하지만 이것 하나만큼은 분명하다.

-리! 그가 드디어 해냈습니다. 1944년 찰스 헨리 바렛이 기록한 58구 완투 기록 경신했습니다! 9이닝 57구!

복권을 사지 않은 자는 결코 당첨될 수 없다는 것.

이진용의 기록은 그랬다.

엄청난 행운이 따르지 않았다면 결코 달성할 수 없는 기록이었지만, 반대로 만약 그 순간 이진용이 무실점 연속 이닝 기록을 지키기 위해 손을 바꿨다면, 도전을 포기했다면 나올 수 없는 기록이었다.

"대단하군. 말이 안 나올 정도로 대단해."

그렇기에 이진용이 기록을 달성하는 순간 기자실을 채운 기자들은 모두가 박수를 쳤다.

짝짝짝!

이진용을 탐탁지 않아 하는 이들조차도 이 순간만큼은 기꺼이 이진용이 만들어낸 새로운 대기록에 박수를 보냈다.

황선우 역시 마찬가지였다.

짝짝!

그 역시 기쁜 마음으로 이진용이 기록한 위대한 대기록을 향해 박수를 보냈다.

물론 이 순간 황선우는 알고 있었다.

'이제 시작이군.'

오늘 이진용의 이 대기록은 끝이 아닌 시작이라는 것을.

메츠의 홈구장에서 치러진 후반기 첫 경기, 그 경기에서 반세기를 넘어 무려 74년 만에 찰스 헨리 바렛의 58구 최소 투구 완투 기록이 깨지고 새로운 기록이 세워진 상황.

당연히 경기가 끝나는 순간 이진용이 인터뷰를 한다는 공지를 하지 않았음에도 인터뷰 룸으로는 기자들이 벌 떼처럼 몰려들었다.

"인터뷰하겠지?"

"당연히 하겠지."

그렇게 모인 이들은 이진용이 인터뷰 룸에 나오기를 하염없이 기다렸다.

그때 메츠 직원 한 명이 등장했다.

그러고는 말했다.

"오늘 리의 인터뷰는 없습니다."

그 말에 기자들의 멍한 표정을 지었다.

'무슨 소리야?'

'이런 대기록을 깬 자리에서 인터뷰를 안 하다니?'

역사적인 순간, 그 순간의 주인공이 인터뷰를 안 한다?

이내 상황을 이해한 기자들의 표정이 사납게, 험악하게 변했다. 기자들은 그 사실을 순순히 받아들일 생각이 없었다.

"무슨 이유 때문입니까?"

"인터뷰를 안 하는 이유가 뭡니까?"

"부상 때문입니까?"

곳곳에서 인터뷰를 하지 않는 이유를 물어보는 질문들이 터져 나왔다.

"그게……."

그 질문에 메츠 직원이 조금은 곤란한 듯한 표정을 지으며 이유를 설명하고자 했다.

물론 기자들은 이유를 듣기 전에 이미 다짐한 상태였다.

'이런 날 인터뷰를 안 하는 건 직무 유기야!'

'이유가 어디 있어? 무조건 나와야지!'

무슨 이유가 됐건 어떻게든 이곳에서 이진용의 입을 통해 신기록에 대한 이야기를 듣겠다고.

"내일 경기에 나오기 위해 휴식을 취해야 한다고, 그 때문에 인터뷰를 할 수 없다고 리가 말했습니다."

"응?"

"뭐?"

하지만 구단 직원의 그 이유에 기자들 모두가 멍한 표정을 지을 수밖에 없었다.

'무슨 소리야?'

'내일 경기에 나오기 위해 휴식을 취한다고?'

'오늘 9이닝을 던졌잖아? 그런데 내일 경기라고?'

'지명타자 출전? 하지만 아메리칸리그팀이랑 붙는 것도 아닌데?'

이해 불가능한 사실 앞에서 기자들의 사고 자체가 정지해 버리는 순간이었다.

그때 한구석에서 사내 한 명이 모습을 드러냈다. 자그마한 체격, 그러나 이제는 메이저리그에서 가장 거대하고 위대한 존재가 된 사내.

이진용, 모습을 드러낸 그는 기자들 앞에서 양팔을 활짝 펴며 말했다.

"서프라이~즈!"

이진용의 등장에 기자들은 여전히 멍한 표정을 짓고 있었다. 기자들의 그 모습에 이진용이 살짝 당황한 듯한 표정을 지은 채 어색한 웃음을 흘리며 말했다.

"인터뷰 안 한다고 해서 놀라셨죠? 장난친 겁니다. 장난! 자, 그럼 인터뷰를 시작하겠습니다."

말과 함께 이진용이 자리에 앉고, 그 뒤를 이어 이영예가 자리에 앉는 순간에도 기자들의 표정 변화는 없었다.

그 광경에 김진호가 한마디 했다.

-야, 내기할래? 이 인터뷰 끝나고 너 정신병 의혹 기사 나올지, 안 나올지? 나온다에 내 돈 모두와 손모가지를 건다.

그 말에 이진용은 대답 대신 어색한 웃음만 흘렸다.

그때 누군가 한 명이 손을 들었다. 황선우 기자였다.

"질문에 앞서 최소 투구 완봉승 기록 달성을 축하합니다."

황선우가 한국어가 아닌 영어로 이진용에게 질문을 했다.

그 덕분이었다.

"그럼 질문하겠습니다. 오늘 최소 투구 완투 기록을 노리고 피칭을 하셨습니까?"

영어로 된 황선우의 질문에 기자들이 하나둘 정신을 차리기 시작했다.

"예, 최소한 적은 투구수로 경기를 마칠 준비를 하고 마운드에 섰습니다."

이진용의 대답이 나올 무렵에는 정신을 차린 기자들이 질문을 던졌다.

그렇게 나온 질문은 일반적인 것들이었다. 오늘 결정구로 삼은 구질을 무엇인지, 어려웠던 고비는 언제였는지, 기록 달성을 예감한 건 몇 이닝이었는지, 9회 초에 삼중살을 노리고 공을 던진 것인지.

그 질문에 이진용은 운이 좋았고, 최선을 다했다, 같은 담담한 답변을 해주었다.

처음 이진용의 서프라이즈한 등장에 당혹감으로 물들었던 인터뷰 룸의 분위기가 평소의 담담한 분위기로 바뀌었다.

그 무렵이었다.

"왜 굳이 실점 위기를 감수하면서까지 투구수를 줄이는 피칭 스타일을 추구하신 겁니까? 체력적인 부담을 느끼시는 겁니까? 그게 아니면 피칭 스타일을 바꾼 이유는 무엇 때문입니까?"

황선우가 질문을 던졌고, 그 질문에 이진용은 대답했다.

"체력적인 부담을 느끼진 않습니다. 그럼에도 피칭 스타일을 바꾼 이유는 보다 많은 경기에 출전하고 싶어서 그렇습니다."

누가 보더라도 우스갯소리.

"하하."

"역시 리는 이게 좋아. 조크를 즐긴다니까."

때문에 기자들 중 일부는 이진용의 말에 미소를 지으며 이진용의 우스갯소리를 즐겼다.

그러나 대답하는 이진용의 얼굴 어디에도 미소나 여유 같은 건 존재하지 않았다. 그 어느 때보다 진지한 표정이었다.

그 표정을 확인한 기자들은 이진용의 조금 전 말이 우스갯소리가 아님을 알 수 있었다. 그렇기에 기자들은 진지하게 생각할 수밖에 없었다.

'더 많은 경기에 나오기 위해 피칭 스타일을 바꿨다? 그게 가능해?'

이진용이 한 말이 정말 말이 되는 말인지.

'리는 한 경기에 120구 정도는 무리 없이 던질 수 있는 투수다. 그런 그가 만약 한 경기에 70구 정도를 던진다면?'

'단순하게 계산하면 100구를 던질 수 있는 체력을 가진 투

수가 50구 남짓 던지는 셈인가?'

'50구면…… 롱릴리프가 2~3이닝 정도 소화하는 수준의 투구수다.'

'가만 그럼 단순하게 계산하면…… 3일 휴식일로 선발 로테이션을 소화할 수 있다는 건가?'

이윽고 계산이 끝났을 때 기자들은 경악으로 물든 눈을 이진용을 바라보고 있었다.

그 표정에 이진용이 만족한 듯한 미소를 지으며 말했다.

"그럼 다음에 뵙겠습니다. 빠른 시일 내에 이런 인터뷰 자리를 다시 가졌으면 좋겠군요."

인터뷰는 그것으로 끝이었다.

[리, 그에게 불가능은 없다!]

57구 완봉승을 거둔 다음 날, 너무나도 당연하게도 메이저리그는 이진용에 대한 이야기로 가득했다. 1944년, 그 무렵에도 믿기기 힘들었던 메이저리그 신기록을 갱신한 충격은 그 정도로 컸다.

그러나 충격은 거기서 끝이 아니었다.

오히려 그게 시작이었다.

-호우맨이 투구수 관리하는 이유 들었어?

└연투하려고 투구수 관리한다면서?

└듣기로는 한국에서 뛸 때도 3일만 쉬고 등판했다는데?

└4일 휴식일도 못 버티고 퍼지는 투수가 대부분인데, 매 경기 완봉승을 거두는 놈이 3일 쉬고 등판이라니!

이진용, 그가 투구수를 관리하는 것이 보다 많은 경기에 출전하기 위해서라는 사실에 메이저리그 팬들은 말을 잊을 수밖에 없었다.

물론 메츠 구단은 말했다.

[메츠, '리를 무리해서 등판시킬 생각은 없다.']

[콜린 감독, '현재 메츠 선발진은 리그 정상급, 리가 무리할 이유는 없다.']

이미 지구 1위, 내셔널리그에서도 승률로는 3위를 달리는 상황에서 굳이 리스크를 감수하면서까지 이진용을 무리해서 기용할 생각은 없다고.

그리고 그게 정상이고, 상식이었다. 때문에 모두가 이진용의 발언을 그저 해프닝 정도로 치부했다.

그러나 이진용은 그것을 해프닝으로 남겨두지 않았다.

[리, 필리스 상대로 80구 완봉승!]

레즈전 이후 등판 경기에서 80구 완봉승을 거둔 이진용은 인터뷰 룸 대신 라커룸에서 기자들에게 말했다.

"만약 지금 우리 선발투수들 중에 누군가 부진하거나, 잠시 부상자 명단에 이름을 올리면 언제든 그 자리를 채울 생각입니다. 전 언제든 준비됐습니다. 3일 휴식일은 물론 이틀만 쉬어도 지금만큼 던질 자신이 있습니다."

이진용이 기자들 앞에서 보다 많은 경기에 출전하고자 하는 의지를 숨기지 않고 드러냈다.

그것도 한 번이 아니었다.

[리, 나는 여전히 배가 고프다!]

이진용은 거듭 자신의 굶주림을 드러냈고, 굶주릴 수밖에 없는 이유를 경기를 통해 보여줬다.

[리, 말린스 상대로 79구 완봉승!]
[리, 이번에는 브레이브스 상대로 72구 완봉승!]

이진용이 본격적인 투구수 관리를 시작했다.

당연히 기자들은 그것을 곧바로 기사로 썼고, 여론 역시 이제는 진지하게 이야기하기 시작했다.

-호우맨 진짜 3일 휴식하고 등판하고 싶은 모양인데?

-한번 시켜보는 거 어때? 지금 메츠 선발 애들도 조금 지친 모양이잖아?

└웃기는 소리 하네. 아무리 투구수가 적다고 해도 3일 쉬고 던지다가 부상 생기면? 리는 이번 메이저리그 시즌이 첫 시즌이야!

└첫 시즌인데 이미 200이닝을 벌써 넘겼지. 다른 투수는 시즌 내내 던져도 200이닝을 못 넘기는데 말이야.

└호우맨에게 첫 시즌이니 뭐니 언급하는 게 웃긴 거지. 그럼 첫 시즌이라서 노히트게임 두 번에 퍼펙트게임 한 번에 쿠어스 필드에서 완봉승 거두고, 최고 투구 완봉승 기록에 무실점 최다 이닝을 세운 건가?

└지구 1위면 충분해. 무리할 필요는 없어.

└호우맨 본인이 원하면 내보내야지!

여론 역시 치열한 찬반 논쟁을 시작했다.

리스크를 감수하고 이진용을 무리시킬 필요가 없다는 의견과 본인이 도전을 원하는데 기회는 줘야 한다는 의견이 팽팽하게 맞서 싸웠다.

그런 논쟁 속에서 나름의 타협책도 있었다.

-선발은 좀 그렇고 마무리로 한두 경기 등판하는 건 괜찮지 않음?

-메츠 요즘 불펜이 약하긴 하더라.

-한번 시도해 봐서 나쁠 건 없잖아?

-호우맨 마무리로 나오면 웃기겠다. 불펜에서 호우맨 나오면 갑자기 분위기 싸해지면서…….

물론 대부분의 이들은 그 타협책을 타협책이라고 생각하지 않았다.

그러나 그는 달랐다.

"이거 괜찮네."

-또 뭔 개소리야? 또 이상한 사이트 들어가서 야한 거 보고 그런 거야? 야, 그런 건 같이 보자니까.

"아니, 그거 말고요. 이거요."

이진용이 말과 함께 자신이 보던 어느 야구 기자의 칼럼 기사를 김진호에게 보여줬다.

-존 스몰츠.

그 칼럼을 본 김진호가 뚱한 표정을 지었다.

존 스몰츠. 브레이브스 영광의 시대를 이끌던 선발투수이며, 메이저리그 명예의 전당에 이름을 위대한 투수.

그런 존 스몰츠를 상징하는 것은 크게 세 가지였다.

하나는 3천 개가 넘는 탈삼진이고, 다른 하나는 포스트시즌에서 보여준 놀라운 퍼포먼스 그리고 마지막 하나는 메이저리그에서 유일무이하게 200승과 150세이브 기록을 동시에 가지고 있다는 점이었다.

물론 존 스몰츠가 거둔 200승과 150세이브는 별개의 시즌이었다. 특히 150세이브는 팀 사정상 4년 동안 마무리 투수로 활

약하며 쌓은 기록이었고 그 외의 시즌에서 존 스몰츠는 언제
든 사이영상을 노릴 수 있는 강력한 선발투수로 활약했었다.

"어때요?"

이진용이 보고 있던 칼럼은 그런 존 스몰츠를 언급하며 이
진용의 마무리 투수 기용을 찬성하는 의견이었다.

"존 스몰츠 사례를 이용하면 감독님을 설득할 수 있지 않을
까요?"

그런 이진용의 생각에 김진호는 대답했다.

-진용아, 그것보다 더 확실한 방법이 있어.

"확실한 방법이요?"

-응, 콜린스 감독을 찾아가서 당장 절 마무리로 써주지 않으
시면 마운드에서 바지를 벗고 똥을 싸겠다고 말하는 거야. 다
른 투수가 그러면 그러려니 하겠지만 네가 그런 말을 하면 믿
어줄 거야. 넌 똥을 싸고도 모자라서 그 자리에 주저앉고도 남
을 또라이니까.

김진호의 그 말에 이진용이 뚱한 표정을 지으며 반문했다.

"그게 말이 됩니까?"

-그렇지? 네가 들어도 어처구니없지?

"예, 귀신 씻나락 까먹는 소리 같네요."

-이런 이야기 들으니까 기분도 더럽지?

"좀 더럽긴 하네요. 아, 김진호 선수가 더럽다는 건 아니고요.
아니, 더럽지 않은 건 아니지만. 여하튼 기분이 좀 더럽네요."

-네가 조금 전 나한테 존 스몰츠 운운하면서 했을 때 내 기

분이 지금 딱 그랬어.

김진호의 말에 이진용이 입을 다물었고, 그 모습을 보던 김진호는 실소를 지으며 말했다.

-이미 다 계획대로 됐는데 굳이 무리하지 마.

계획대로 됐다?

김진호의 그 말에 이진용이 가볍게 고개를 끄덕였다.

사실 이진용 본인도 알고 있었다. 자신이 매 경기를 50구로 완투를 하더라도, 메츠와 콜린스 감독이 그에게 3일 휴식 후 등판을 허락할 일은 없다고. 포스트시즌이라면 몰라도 페넌트레이스에서 그런 리스크를 감수할 이유는 없다고.

그럼에도 이진용은 투구수 관리를 하면서, 거듭 연투의 의지를 밝히고 있었다.

-계획대로 메츠 애들 전부 8월 지났는데도 이 악물고 뛰고 있잖아?

사실 그것은 동료를 자극하기 위함이었다.

말 그대로였다.

이진용은 무작정 3일 휴식 후 등판을 주장하지 않았다. 그는 말을 할 때마다 단서를 붙였다.

선발 로테이션에 구멍이 날 경우, 누군가가 부상으로 이탈하거나 부진으로 이탈할 경우 그곳을 메울 수 있다고. 그렇다면 과연 그 이야기를 들은 메츠 투수들의 마음은 어떠할까?

내가 못해도 이진용이 내 자리를 대신해 줄 테니까 적당히 마음 편히 해도 되겠구나, 그리 생각할까? 아니면 에이스 자리는 몰라도 지금 있는 자리까지 미친 또라이 새끼에게 빼앗길 순 없어, 그리 생각할까?

-메츠 애들도 불쌍하지, 하필이면 이런 또라이 새끼랑 같은 팀이 되어버리다니.

당연히 답은 후자였다.

메츠 투수, 특히 선발투수들은 이진용이 준 자극 앞에서 후반기에도 방심하지 않은 채, 무기력해지지 않은 채 최선의 플레이를 펼치고자 노력하고 있었다.

그 결과는 현재 메츠의 승률로 나왔다. 후반기 시작을 지구 1위로 시작한 메츠의 승률이 오히려 후반기 시작과 함께 오르기 시작했다.

당연히 분위기도 달아오르기 시작했다.

"그래도 제 덕분에 분위기는 좋잖아요?"

그렇게 달아오른 메츠에 방심은 없었다.

동시에 메츠는 압도적인 경기력을 통해 리그의 팀들에게 공포심을 심어주고 있었다. 이제 이진용이 없어도 충분히 월드시리즈 무대를 바라볼 수 있는 팀이 되어 있었다.

-원래 이게 정상이지.

그리고 그것이 바로 김진호가 생각하는 올바른 방향이었다.

지구 1위를 했다고 해서 포스트시즌을 염두에 두고 설렁설렁, 적당히 게임을 해서 도달할 수 있을 만큼 월드시리즈 무대는 가소로운 무대가 아니었으니까.

-월드시리즈에서 우승을 하려면 이렇게 가야지.

그렇기에 김진호는 이진용에게 틀렸다는 말을 할 수는 없었다. 그리고 이진용 본인 역시 자신이 가는 길에 대해 조금의 의구심도 품지 않았다.

"이제 정말 얼마 안 남았네요."

-그래, 이제 8월도 끝나가니까. 한 달 남짓 남았네.

무엇보다 이제 둘의 눈앞에 그토록 바라던 목적지가 보이고 있었다.

그런 상황에서 이제까지 해온 것을 부정하고, 잠시 멈춘 채 숨을 돌린다? 적어도 김진호와 이진용은 그럴 생각이 없었다.

-그래, 이번 기회에 확실하게 하는 게 좋겠지.

"확실하게요?

-다음 주에 컵스랑 붙지?

목적지에 보다 확실하게 닿기 위해 모든 수단과 방법을 동원하는 것.

"예, 컵스랑 4연전 마지막 경기에 선발 출전합니다."

-컵스랑 챔피언십시리즈에서 만날 수도 있으니까 이번 기회에 확실하게 밟아버려.

김진호의 그 말에 이진용이 미소를 지으며 말했다.

"예, 컵스를 김진호 선수 얼굴처럼 만들어 버리겠습니다."

-그래, 컵스를 내 얼굴처럼…… 뭐?

"아주 처참하게, 정말 보는 이가 소름 끼칠 정도로 짓뭉개 버리겠다는 의미입니다."

-야! 내 얼굴이 어때서?

"15금 걸고 보여줄 수준은 아니죠."

-에이, 진짜!

"여하튼 컵스를 김진호 선수처럼 만들겠습니다!"

-닥쳐!

8월 25일.

리글리 필드에서 컵스와 메츠의 4연전이 시작됐다.

[동부 지구 1위 메츠 대 중부 지구 1위 컵스 격돌!]

[포스트시즌 전초전 개막!]

지구 1위 간의 격돌, 사실상 포스트시즌 전초전과 같은 경기에서 두 팀은 조금의 물러섬도 없었다. 두 팀 모두 포스트시즌을 치르듯 승리에 대한 열망을 품은 채 전력을 다했다.

당연히 경기는 페넌트레이스라고는 믿기 힘들 정도였다.

[메츠, 컵스 상대로 1차전 승리!]

[조 존스, 11회 끝내기 홈런!]

1차전부터가 11회까지, 양 팀 합쳐서 무려 10명의 투수가 마운드를 수놓았을 정도로 치열했다.

[컵스, 메츠 상대로 2차전 복수!]
[컵스, 9회 말 메츠를 무너뜨리다!]

더욱이 2차전에서 컵스가 1차전 패배의 복수에 성공하면서 분위기는 더 고조될 수밖에 없었다.

심지어 컵스의 복수는 단순한 복수가 아니라, 메츠의 마무리 투수인 릭 홀랜드를 난타하면서 만들어낸 9회 말 역전승이었다. 당연히 컵스의 분위기는 하늘 끝까지 솟았고, 이틀 연속 블론 세이브를 기록한 메츠의 불펜에 세간은 우려를 표했다.

[컵스 대 메츠 3차전 우천 취소!]

그런 상황에서 3차전은 하염없이 퍼붓는 빗줄기 앞에서 결국 취소될 수밖에 없었다.

하지만 그 사실에 세간은 실망하지 않았다.

[컵스 대 메츠 4차전, 더블헤더 확정!]

모든 게 걸린 4차전이 그들을 기다리고 있었으니까.

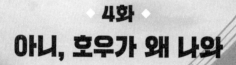

◆ 4화 ◆
아니, 호우가 왜 나와

메이저리그 역사상 월드시리즈 우승이 가장 절박했던 팀은 어디일까? 그 질문에 모든 이들은 일말의 망설임 없이 대답할 것이다.

시카고 컵스!

무려 108년이란 세월 동안 월드시리즈 우승을 이루지 못한 채 세상으로부터 동정과 조롱을 받았던 그들만큼 우승에 목말랐던 팀은 장담컨대 없었다.

물론 컵스는 2016시즌 월드시리즈 우승에 성공했다. 기나긴 저주를 뚫고, 메이저리그 역사에 길이 남을 우승을 이룩했다.

하지만 과연 그것으로 108년 동안 월드시리즈 우승에 목말라했던 컵스의 갈증이 해소됐을까?

당연히 아니었다. 오히려 기나긴 목마름 속에서 세상 그 무엇보다 감미로운 것을 맛본 컵스는 그 누구보다 갈증에 시달리고 있었다.

때문에 컵스는 반겼다.

"메츠랑 붙는다고? 잘됐군."

모든 팀이 두려워하고 피하고 싶어 하는 메츠와의 매치업을 오히려 신이 준 기회라고 여겼다.

"포스트시즌에서 만나기 전에 만나서 다행이지. 정말 제대로 붙어볼 수 있을 테니까."

심지어 그들은 그조차도 두려워하지 않았다.

"그래, 포스트시즌 전에 호우맨을 잡아보자고!"

"놈의 무실점 기록에 오점을 남겨주겠어!"

이진용, 이제는 괴물의 수준을 넘어 절대자로 군림하는 그가 4차전에 나온다는 사실에 컵스는 공포에 몸서리를 치기는커녕 오히려 이진용을 무찌를 준비를 했다.

그리고 컵스에는 그럴 만한 저력이, 월드시리즈 우승을 이룩했던 때보다 더 견고한 전력이 있었다.

"타선이라면 어느 팀하고 비교해도 꿀릴 게 없어."

컵스의 왕자들이라고 할 수 있는 크리스 브라이언트와 앤서니 리조는 여전히 리그 최정상급 타자로 활약 중이었으며, 컵스가 저주를 깨기 위해 거금을 들여 영입한 제이슨 헤이워드도 컵스에 온 이후 최고의 활약을 펼치고 있었다. 그리고 빅게임에서 누구보다 강한 타자이며 2016시즌 월드시리즈 MVP에 빛나는 밴 조브리스트 역시 팀의 중심을 잡아주고 있었다.

투수진도 막강했다. 컵스의 에이스 제이크 아리에타는 에이스다운 기량을 보여주는 중이었고, 존 레스터 역시 여전한 기량을 보여주고 있었으며, 그 누구보다 선진 야구를 추구하는 테오 엡스타인 단장이 불펜 야구의 시대에 맞게 시즌 동안 구축한 불펜진은 리그 최정상급 수준을 자랑하고 있었다.

결정적으로 그들에게는 경험이 있었다.

"108년짜리 저주도 깬 우리야. 고작해야 이번 시즌이 첫해인 신인을 상대로 겁먹을 이유는 없어!"

"까놓고 말해서 호우맨을 잡는 게 월드시리즈 우승보다 어렵겠어?"

월드시리즈 우승, 그것도 메이저리그 역사상 가장 극적이고 어려웠던 것을 해낸 경험이!

그러한 사실을 컵스는 다른 무엇도 아닌 경기를 통해서 보여줬다.

-넘어갔습니다! 브라이언트! 그가 드디어 경기를 1점 차로 줄이는 투런 홈런을 쳐냈습니다!

1승 1패를 주고받은 상황에서 시작된 컵스 대 메츠의 3차전, 사실 시작은 싱거웠다.

-아, 컵스 정말 대단하네요. 경기 초반에서 벌어진 점수를 기어코 좁히네요.

시작과 함께 컵스의 선발투수인 케인 우드가 흔들리면서 결국 3회에 점수 차는 6 대 1, 5점 차로 벌어졌으니까.

그러나 그 이후 컵스는 매 경기 악착같이 점수를 뽑아냈고, 결국에는 7회 말 점수 차를 7 대 6으로 줄이는 데 성공했다.

-이것이 컵스입니다!

그 경기를 통해 무엇보다 확실하게 표현했다.

"그래, 이 기세대로 다음 경기로 가는 거다!"

"Go, Cubs!"

오늘 이진용을 앞세운 메츠를 확실하게 끝장내겠다고!

-진용아, 컵스 애들이 오늘 널 내 친구로 만들어줄 기세인데?

"무슨 소리예요?"

-컵스한테 죽을 거라고.

보는 입장에서도 컵스의 살의가 분명하게 확인될 정도였다.

"제가 죽긴 왜 죽어요? 그리고 죽으면 전 귀신 안 되고 천국 갈 거거든요?"

-천국? 말이 되는 소리를 해.

"지옥은 제가 가면 좆같아서 쫓아내겠지만, 천국 애들은 착하니까 절 받아주겠죠. 안 그래요?"

-그, 그런가?

"그리고 솔직히 야구하다가 죽는 사람이 어디 있어요?"

-여하튼 지금 컵스 타격감은 진짜 투수 하나는 죽여도 이상할 게 없을 정도야! 네가 봐도 그렇잖아?

"그렇죠."

-아마 이대로 놔두면 8회 말에 역전 나올 거다. 컵스 애들은 막을 수 있는 수준이 아니야.

더 나아가 컵스가 보여주는 타격감은 그 김진호와 이진용도 인정할 수 있을 정도로 고조되어 있었다.

'크리스 브라이언트와 앤서니 리조 그리고 제이슨 헤이워드. 이 셋은 정말 끝내주는군.'

실력, 재능, 경험 그리고 갈증까지! 컵스 선수들은 그 모든 것을 가지고 있었으니까.

그렇기에 분명 위험했다.

-그리고 8회 말에 역전에 성공하면 컵스 애들은 그야말로 미쳐 날뛰겠지. 그 상태로 바로 다음 경기가 시작되면…… 캬!

모든 것을 가진 그들에게 만약 기세마저 끼얹어진다면, 그때는 그 누구도 쉽사리 그들을 말릴 수 없을 테니까.

그 사실 앞에서 이진용 역시 긴장할 수밖에 없었다.

"어쩔 수 없죠."

그게 이유였다.

"그럼 분위기를 싸하게 만드는 수밖에."

이진용이 갑작스러운 등장을 준비하는 이유.

그런 이진용에게 김진호가 말했다.

-불펜 가서 몸 풀게?

그 물음에 이진용이 고개를 저었다.

-그럼?

이어진 되물음에 이진용은 턱으로 마운드를 가리켰다.

7 대 6, 1점 차에서 시작된 8회 말.

"Go Cubs!"

"이대로 역전해 버려!"

끈질긴 컵스의 추격전 앞에서 컵스 팬들의 분위기는 그 어느 때보다 뜨겁게 달아올라 있었다.

컵스는 그런 리글리 필드의 분위기에 어울리는 연출을 시작했다.

"안타다!"

선두타자로 나온 6번 벤 조브리스트, 그가 투수의 초구를 노려 안타를 만들어낸 것이다.

"우아아아!"

그 사실에 리글리 필드가 다시 한번 열광으로 흔들렸다.

그리고 그게 시작이었다.

"볼!"

-볼넷입니다!

-아, 이건 크네요. 정말 큽니다.

선두타자 출루 이후 나온 볼넷으로 컵스가 무사 1, 2루 상황을 맞이했다. 그것은 메츠 입장에서 뼈아픈 수준을 넘어 치명적인 일이었다.

"이대로 가겠지?"

"이대로 가야지. 셋업맨을 빼면 올릴 수 있는 게 마무리투수밖에 없는데, 8회 무사 상황에서 마무리투수를 올릴 수 있을 리가 없잖아?"

현재 메츠의 마운드를 책임지는 것은 메츠의 셋업맨으로 이번 시즌 28개의 홀드를 기록한 제리 베이였으니까.

즉, 여기서 제리 베이를 내린다면, 그다음은 마무리를 투입하는 수밖에 없다는 의미.

8회 아웃카운트를 하나도 잡지 못한 상황에서 주자를 1루와 2루에 남겨두고 마무리를 쓴다?

-메츠가 딜레마에 빠졌습니다.

하지만 그렇다고 투수 교체를 하지 않는 것 역시 힘들었다.

-분명한 건 제리 베이가 흔들린다는 겁니다.

선두타자 출루 후 볼넷이 나왔다는 건 투수가 어느 때보다 흔들린다는 증거였으니까.

결국 이 대목에서 콜린스 감독은 포수인 조 존스에게 말했다.

'마운드로 올라가서 상황을 한번 환기하도록.'

그 무언의 말에 조 존스가 마운드에 올라왔고, 그는 제리 베이에게 말했다.

"감독님이 올라가라고 해서 올라왔지만, 난 아무 말도 하지 않겠어. 난 여기서 투수를 다독이기 위한 빈말을 할 줄 모르니까."

그 말에 제리 베이가 대답했다.

"상관없어. 지금 내 밸런스가 무너진 건 확실하니까. 더 큰 문제는 지금 컵스 애들이 미쳤다는 거지. 내 실력으로는 지금 달아오른 컵스의 분위기를 절대 못 끈다는 걸 나도 알고 있어."

제리 베이의 냉철한 판단에 조 존스는 고개를 끄덕였다.

그런 그를 보며 제리 베이가 말했다.

"그러니까 말해줘. 지금 이 순간을 막기 위한 최선의 방법이 뭐지?"

그 말에 조 존스는 간단하게 대답했다.

"투수 교체가 최선이지."

"8회 무사 1, 2루 상황에서 마무리를 투입하자고?"

"아니, 지금 우리 팀의 클로저가 오면 오히려 기름을 더 끼얹는 격이 될 거야. 컵스의 전력분석팀은 우리 팀 불펜에 대한 모든 것을 이미 분석 완료했으니까. 불펜에서 누굴 내보내든 지금 컵스는 못 막아."

"그럼 누구?"

"알아도 못 치는 투수를 올려야지."

그 말에 제리 베이가 놀란 눈으로 더그아웃을 바라봤다.

"하, 하지만…… 불펜에서 몸도 안 풀었잖아?"

그러고는 다급히 질문했다.

그 질문에 조 존스는 냉정하게 대답했다.

"상관없어. 그는 자다 일어나도 자기 피칭을 백 퍼센트 보여줄 괴물이니까."

"그, 그렇지만…… 잠시 후에 선발로 나가야 한다고. 그런데 지금 그가 마운드에 올라오는 게 말이 돼?"

"연습 피칭이라고 생각하면 문제될 건 없잖아?"

거기까지였다.

제리 베이는 대화를 멈춘 후에 곧바로 더그아웃의 콜린스 감독에게 사인을 보냈다. 더 이상 마운드에서 있을 자신이 없다.

그 사인에 콜린스 감독은 긴 한숨을 내뱉으며 투수코치에게 말했다.

"교체하도록."

그 말에 더그아웃에서 누군가 말했다.

"호우."

-제리가 마운드를 내려갑니다.

제리 베이, 그가 마운드를 내려가는 순간 리글리 필드의 모든 관중들은 잠시 숨을 돌렸다. 물론 그것은 더 큰 환호성을 내지르기 위한 숨 돌리기였다.

컵스 팬들은 알고 있었으니까.

'이번 게임은 잡는다.'

'여기서 교체면 사실상 끝이지.'

이 상황에서 메츠가 투수를 교체한다는 건, 사실상 항복 선언이나 다름없다는 것을.

마무리 투수가 올라온다고 하더라도 그건 그저 밑돌을 빼는 것과 다를 바 없다는 것을.

그렇게 숨을 돌린 컵스 팬들은 준비했다.

'누구든 올라와라.'

'마운드에 서는 순간 기를 죽여주마.'

메츠의 새로운 투수가 마운드를 올라오는 순간, 우레와 같은 함성으로 그 투수를 아예 죽여놓을 준비를.

그런 그들 앞에 드디어 제물이 될 투수가 등장했다.

"응?"

"뭐야?"

"왜 더그아웃에서 나와?"

불펜이 아닌 더그아웃에서.

"어?"

그곳에서 자그마한 체구를 가진 투수가 옆구리에 글러브를 낀 채 등장했다.

그의 등장에 컵스 팬들은 저도 모르게 소리쳤다.

"호우가 왜 나와?"

이진용, 그가 등판했다.

'준비는 했다.'

콜린스 감독, 그는 컵스와의 경기가 더블헤더로 잡혔을 때 이미 이진용을 3차전에 불펜으로 투입할 것을 염두에 두고 있었다.

두 가지 이유 때문이었다.

하나는 이진용이 그토록 바라던 대로 그에게 기회를 한번 주기 위함이고, 다른 하나는 이진용이 그토록 바라던 바를 이루었을 때 얻을 수 있는 효과였다.

'이제 결과만 보면 될 뿐.'

만약 여기서 이진용이 세이브를 거두고, 그 기세를 이어 4차전에서 승리투수가 된다면, 그리한다면 메츠는 컵스를 상대로 이번 4차전에서 3승을 거두는 건 물론 포스트시즌에도 영향을 줄 후유증을 남길 수 있을 테니까.

물론 여기까지는 이성이 말하는 이유였다.

가슴이 하는 말은 달랐다.

'그래도 심장이 두근거리는 건 어쩔 수 없군.'

솔직히 말하면 콜린스 감독, 그 역시 보고 싶었다.

더블헤더 경기에서 첫 번째 경기에 나와 세이브를 거둔 투수가 다음 경기에 나와 선발승을 거두는 것은, 어쩌면 콜린스 감독이 죽기 전까지 보지 못할 일이었으니까.

더불어 이진용이 불펜 투수로 마운드에 올라올 것을 예상하고 준비한 건 콜린스 감독만이 아니었다.

"왔군."

"그래, 놈이라면 이럴 줄 알았지."

컵스 선수들 역시 예상하고 있었다.

'그래도 8회에 나올 줄이야.'

'몸도 안 풀고 더그아웃에서 바로 나오다니……'

설마 8회 말에 불펜이 아닌 더그아웃에서 등장할 줄은 몰랐지만, 이진용이 등장할 가능성은 충분하다고 생각했다. 그 무엇보다 신기록과 스포트라이트를 좋아하는 메이저리그의 괴물이 더블헤더라는 무대를 그냥 지나칠 리가 없을 테니까.

'아무래도 좋다.'

어쨌거나 컵스 타자들은 대비를 했다. 대비했기에 그들은 자신했다.

'이건 기회다. 여기서 놈에게 타격을 주면 다음 경기에서 우리가 유리한 고지를 점령할 수 있어.'

이번이 이진용에게 있어서는 패착이 될 것이며, 컵스에는 이진용의 미스터 제로 신화를 무너뜨릴 절호의 찬스가 되리란 것을.

그러한 컵스의 의지는 이진용이 마운드에 오롯이 올라서는 순간 폭발하듯 뿜어지기 시작했다.

-역시 컵스 애들이 네가 나올 걸 예상하고 준비했네. 하긴, 네가 또라이 짓을 한두 번 하는 것도 아니고 이쯤 되면 예상해야지.

그 기세에 김진호가 비릿한 미소를 지었다.

-그보다 이렇게 갑자기 나와도 괜찮아?

그 미소 사이로 이진용에게 걱정 어린 말을 던졌다.

그 말에 이진용이 살짝 놀란 표정을 지었다.

"제 걱정을 해주시고, 웬일이세요?"

자신을 걱정해 주는 김진호의 모습은 정말 보기 힘든 일이었으니까.

"뭐, 괜찮아요. 이미 러닝을 마쳤고, 연습 피칭도 했으니까. 그리고 아시다시피 제가 갑자기 나와서 던지는 건 잘하잖아요?"

이진용의 그 대답에 김진호가 고개를 절레절레 흔들었다.

-아니, 내가 물어본 건 그게 아닌데?

"예?"

-너 똥 안 쌌잖아? 그리고 기저귀도 안 찼고. 정말 괜찮겠어? 바지에 똥오줌 안 지릴 수 있겠어?

그러면 그렇지, 그제야 이진용이 비릿한 미소를 머금었다.

"야구하는데 똥 이야기 좀 그만합시다."

-그럼 야구 이야기를 해야겠네. 그래서 어떻게 잡을래?

김진호의 그 물음에 이진용은 미소를 지으며 말했다.

"제 스타일 모르세요?"

-알지. 사람 뒤통수만 보이면 참지 못하고 후려치는 스타일.

그 대답에 이진용이 왼손에 끼고 있던 글러브를 꺼낸 후에 곧바로 오른손에 꼈다.

그 사실에 좌중은 놀랐다.

"왼손?"

"호우맨 최근에 거의 오른손으로만 피칭했잖아?"

최근 이진용이 투구수 관리를 위해 우완 피칭 비율을 높인 상황.

"투구수 관리해야 하지 않아? 바로 선발로 나오잖아?"

또한 어느 때보다 투구수 관리가 필요한 시점. 더불어 병살타를 유도할 수 있는 맞혀 잡는 피칭이 필요한 이 시점에서는 그 어느 때보다 오른손을 꺼내는 게 당연했으니까.

반대로 모두가 그렇게 생각하기에 이 순간 이진용은 기꺼이 왼손을 꺼냈다. 김진호의 말대로 허의 허를 찌르는 것이 바로 이진용의 피칭이며, 이진용이 김진호로부터 배운 피칭이었으니까.

그렇기에 이진용은 컵스 타자들을 보며 자신 있게 말할 수 있었다.

"컵스, 네놈들을 김진호 선수 얼굴처럼 만들어주마."

-에이, 진짜!

이진용, 그가 메이저리그 공식 무대에서 첫 불펜 투수 데뷔전을 시작했다.

이진용이 마운드에 서는 순간 메이저리그는 다시 한번 들썩거리기 시작했다.

-리글리 필드에 호우 출현!

-오늘 더블 호우 모드다!

-이럴 줄 알았어.

이 황당한 사건의 현장 목격자가 되어버린 리글리 필드의 관중들의 놀람은 더 클 수밖에 없었다.

"아니, 호우가 왜 나와?"

"퍼킹 호우맨!"

황당한 저주에 걸린 기분.

그러나 반대로 컵스 타자들은 당혹감으로 물든 눈이 아닌 결의에 찬 눈으로 이진용을 마주했다. 동시에 냉정하게 분석했다.

'놈은 다음 경기에도 뛰어야 한다. 여기서 절대 무리한 피칭은 할 수 없어.'

'아무리 놈이 대단해도 불펜 피칭도 없이 제 능력을 백 퍼센트 발휘하긴 힘들 거야.'

이진용에 대한 데이터를 지금 이진용이 처한 상황에 접목하며 이진용의 의중을 가늠하고자 했다. 그 덕분에 컵스 타자들은 모두가 동시에 빠른 결과를 도출할 수 있었다.

'오른손이다.'

'오른손으로 맞혀 잡는 피칭을 할 거다.'

이번 경기가 끝나고 곧바로 선발투수로 나와야 하는 상황에서 이진용이 꺼내 들 건 오른손을 이용한 맞혀 잡는 피칭이라고.

'응?'

'뭐야?'

그런 그들 앞에서 이진용이 왼손에 낀 글러브를 빼 오른손에 꽂다. 뒤통수를 한 대 맞는 기분.

'여기서 왼손?'

물론 컵스 선수들은 그 한 방에 넋을 잃지 않았다.

'확실하게 잡겠다, 이건가?'

이진용이 양손투수며 그의 왼손이 무시무시하다는 것을 모르는 메이저리거는 없으며, 오늘 이진용을 상대하는 컵스는 이진용의 왼손에 대한 분석도 했으니까.

'할 수 있어.'

'무사 1, 2루야. 1점은 얼마든지 낼 수 있어!'

그런 그들에게 이진용은 초구로 말해줬다.

펑!

103마일. 그 공으로 컵스 타자들에게 말해줬다.

'그래, 치려면 쳐봐.'

그동안 몰라서 못 쳤냐고.

랜디 존슨. 좌완 파이어볼러 상징과도 같은 선수.

최고 102마일짜리 패스트볼과 90마일짜리 슬라이더를 던지던 그는 그게 전부인 투수였다.

말 그대로였다. 랜디 존슨을 상대하는 타자들은 랜디 존슨이 던지는 공이 패스트볼 아니면 슬라이더라는 것을 알았다. 심지어 몇몇 타자들은 랜디 존슨이 패스트볼과 슬라이더를 던지기 전에 보이는 버릇이 있다는 것도 알고 있었다.

즉, 랜디 존슨이 공을 던지기 전에 슬라이더인지 패스트볼인지 알고 타격에 임하는 타자들도 있었다.

그럼에도 불구하고 그런 타자들 중에서 랜디 존슨을 상대로 안타를 친 타자는 소수에 불과했다.

좌완 파이어볼러라는 건 그런 존재였다. 그저 빠른 공을 던지는 게 아니라, 무엇을 던질지 알고 있음에도 쉽사리 칠 수 없는 공을 던지는 존재.

이진용이 리글리 필드에 있는 모든 이들에게 보여준 건 바로 그거였다.

펑!

"스트라이크, 아웃!"

최고 구속 104마일을 던지는 좌완 파이어볼러의 존재가 얼마나 무자비하고 동시에 불공평한 존재인지.

[412포인트를 획득하셨습니다.]

-리! 그가 갑작스러운 등판 속에서 자신의 임무를 백 퍼센트 달성하고 내려갑니다!

이진용, 메이저리그의 무수히 많은 이들이 지옥에서라도 좌완 파이어볼러를 데려오고자 하는 이유를 그가 보여줬다.

"호우!"

그렇게 야수와도 같은 모습을 보이던 이진용이 환호성과 함께 마운드를 내려갔다.

"아……."

"저 괴물 새끼."

그런 이진용의 모습에 조금 전까지 폭발할 듯한 리글리 필드의 분위기가 식기 시작했다.

물론 열기가 전부 식은 건 아니었다.

"아직 9회가 남았어!"

야구는 9회 말 2아웃, 컵스에게는 여전히 공격 기회가 남아 있었으니까.

"타순도 2번부터야!"

더욱이 2번부터 시작되는 타순은 신의 배려라고 해도 과언이 아닌 기회였다.

"그래, 할 수 있다!"

그 사실에 컵스 팬들은 다시 한번 우레와 같은 함성을 내질렀다.

"9회 초만 막아!"

물론 그 반격의 기회를 위해서는 9회 초 실점 없이 1점 차 상황을 유지해야 했다.

"이 점수만 지켜!"

그렇기에 9회 초 마운드에 올라올 컵스의 투수를 향해 있는 힘껏 격려를 내질렀다.

그때 누군가 말했다.

"그런데 메츠는 누구부터 나오지?"

그 질문에 누군가가 대답했다.

"9번 아니야?"

"9번 누군데?"

"그야 당연히⋯⋯."

그때 더그아웃에 들어갔던 이진용이 모자가 아닌 헬멧을 쓰고, 글러브가 아닌 배트를 든 채 등장했다.

"또 호우야?"

이진용, 그가 9회 초 선두타자로 등장했다.

선두타자의 역할은 여러모로 중요하다. 해야 할 것이 많으니까. 출루도 해야 하고, 투수로 하여금 보다 많은 공을 던지게 하는 것은 물론, 분위기를 이끌어야 하는 의무도 있었다.

그런 관점에서 본다면 이진용의 최고의 선두타자라고 해도 과언이 아니었다.

괜한 소리가 아니었다.

딱!

-또 파울!

-리, 정말 무섭네요.

그 증거로 이진용은 9회 초 선두타자로 나와 투수로 하여금 보다 많은 공을 던지게 했으니까.

-이걸로 리가 12구째를 커트합니다.

12구. 마운드에 올라온 마무리 투수로 하여금 무려 12구나 되는 공을 던지게 했으니까.

-리의 배트 컨트롤과 선구안은 소름이 돋을 정도네요. 빠지는 공도 커트하고 있습니다.

-대개 마무리 투수들은 하루에 마운드에서 20구 내의 공을 던지고는 하지요. 그런 의미에서 마무리 투수에게 리의 모습은 지옥에서 온 괴물처럼 보일 겁니다. 만약 여기서 리를 잡지 못한다면 그 괴물에게 먹힐 가능성이 높지요.

그런 이진용의 존재감은 투수에게 있어는 끔찍한 악몽과도 같은 일이었다.

"빌어먹을 저 새끼 투수 맞아?"

"내셔널리그에 지명타자 도입하라고!"

차라리 지명타자 제도가 있었다면, 여기서 그냥 투수가 아니라 타자가 나왔으면 했을 정도. 하지만 이 순간 진짜 최악의 악몽을 경험하는 건 마운드 위에 있는 투수가 아니었다.

"난 13이라는 숫자가 좋아."

그 마무리 투수의 공을 받아주는 컵스의 포수 조이 콜, 지금 최악의 악몽을 마주하는 건 바로 그였다.

"그렇잖아? 악마의 숫자잖아. 그렇게 생각하지 않아?"

투수가 12구를 던졌다는 건 조이 콜이 이진용으로부터 열두 번이나 말을 들었다는 의미였으니까.

"시끄러워!"

"시끄럽지? 그럼 진작 고의사구로 거르지 그랬어? 그럼 이렇게 고생할 것도 없잖아?"

"퍼킹 호우맨."

심지어 이진용은 그냥 말이 많은 게 아니었다.

"뭐? 호우 소리 듣고 싶다고? 이래서 인기인은 괴롭다니까. 기다려 봐. 바로 들려줄게."

이진용은 어떻게 하면 상대방의 속을 긁을 수 있는지 누구보다 잘 알고 있었고 동시에 그걸 누구보다 확실하게 실천할 줄 알았으니까.

-야! 닥쳐! 내가 시끄럽잖아! 어휴, 진용이 이 새끼는 왜 이렇게 말이 많은 거야? 응? 사내라면 좀 과묵할 줄 알아야지! 젠장, 작년에 영어 한마디도 못 한 놈이 이럴 땐 무슨 현지인보다 영어를 잘하는 거야?

귀신조차 학을 떼게 만들 정도이니 무슨 설명이 더 필요할까?

딱!

그런 상황에서 이진용이 투수가 던진 13구째마저 커트했을 때 조이 콜은 눈앞이 노래지는 기분이었다.

'씨발.'

그리고 속은 욕으로 채워지는 느낌이었다.

"아!"

그 순간이었다.

"오늘 더블헤더였지. 아, 이야기는 여기서 그만해야겠다. 여기서 다 해버리면 다음 경기에서 할 이야기가 없잖아. 안 그래?"

그 순간 나온 이진용의 그 말에 조이 콜은 정신이 멍해졌다.

말 그대로였다. 조이 콜은 잠시 동안 정신이 멍해질 정도로 강력한 충격을 받았다.

그리고 그것은 사고로 이어졌다.

'아! 사인!'

투수에게 사인을 보내야 한다는 사실을 뒤늦게 파악한 조이 콜이 다급히 손가락을 움직이기 시작했다.

조이 콜이 보낸 사인은 다름 아니라 스트라이크존 안으로 들어오는 패스트볼이었다. 이대로 이진용을 볼넷으로 내보낼 바에는 차라리 안타를 맞는 게 나은 상황이었으며, 무엇보다 조이 콜은 이진용을 상대로 수 싸움을 할 자신도, 시간도 없었기에 가장 무난한 공을 요구할 수밖에 없었다.

투수는 포수의 사인에 곧바로 고개를 끄덕였다.

투수 역시 지칠 만큼 지친 상황. 패스트볼이 위험할지도 모른다는 기분이 들었지만, 말 그대로 기분만 들 뿐 그런 생각을 할 힘은 없었다.

그렇게 이루어진 단 한 번의 사인 교환에 이진용은 투수와 포수 사이에 오고 간 사인이 무엇인지 예상할 수 있었다.

'풀카운트 상황에서 다급하게 보낸 사인이라면…… 일단 존에 넣으라는 거겠지.'

그런 이진용의 예상에 대한 대답은 다름 아니라 이진용이 휘두른 배트가 했다.

빠악!

-어? 어? 어!

"호우!"

이진용, 그가 리글리 필드에서 시즌 10호 홈런을 기록했다.

언제나 그렇다. 불을 끌 때는 확실하게 꺼야 한다. 만약 어설프게 껐다가는 남아 있는 불씨가 결국 다시 거대한 불길을 만들고는 하니까.

이진용의 홈런이 그러했다.

-리! 그가 자신의 10호 홈런을 리글리 필드에서 쏘아 올립니다!

투수를 한계까지 몰아넣은 상황에서 나온 이진용의 선두타자 홈런, 그로 인해 이제는 2점 차가 되어버린 스코어 앞에서 컵스 선수들은 모두가 동시에 생각했다.

'아, 야구하기 싫다.'

그냥 이대로 경기가 끝났으면 좋겠다고.

전의가 상실되는 순간이었다.

반면 컵스의 기세 앞에서 꺼져가던 메츠의 전의는 이루 말할 수 없을 정도로 거세게 타오르기 시작했다.

이미 소리부터가 달랐다.

"그렇지!"

"컵스 놈들아, 봤냐? 이게 바로 호우움런이란 거다!"

메츠의 더그아웃에서 뿜어지는 환호의 소리가 리글리 필드 전체를 들썩거리게 했다. 그 절정은 이진용이 베이스 러닝을 마치고 더그아웃으로 들어오는 순간이었다.

그 순간 메츠 선수들은 이진용을 향해 소리쳤다.

"호!"

그 외침에 이진용은 대답했다.

"뭐야? 다들 미쳤어? 갑자기 왜 그래?"

이진용의 정색한 대답에 메츠 선수들이 모두가 잠시 동안 그대로 굳어버렸다.

'응?'

'어?'

이진용의 정색한 표정은 연기라고 보기에는 너무나도 진심이 묻어나 있었으니까.

그리고 실제로도 메츠 선수들이 한 행동이 상식선에서 봤을 때 정상적인 건 아니었다.

그때 이진용이 옅게 웃으며 말했다.

"우!"

그제야 메츠 선수들이 미소를 지었다.

"못 당하겠군!"

"역시 리, 넌 또라이야!"

그 순간 메츠 선수들의 온몸을 옭아매던 긴장과 부담이 사라졌다.

그리고 거기서 이미 승패는 정해진 상황이었다. 긴장과 부담으로부터 해방된 메츠 선수들이 전의의 불씨가 꺼진 컵스를 그냥 놔둘 리 만무했으니까.

무엇보다 메츠는 이제 강팀이었다. 지구 1위, 이제는 내셔널리그를 넘어 메이저리그 승률 1위를 노리는 강팀!

'확실하게 끝낸다.'

'다음 경기조차 하기 싫게 만들어주지!'

결국 메츠는 9회 초 2점을 더 뜯어낸 후에야 컵스 타자들에게 3차전을 마칠 기회를 줄 수 있었다.

물론 9회 말에 기적은 없었다.

-9 대 6, 이제 컵스가 경기를 이기기 위해서는 4점을 내야 합니다.

점수는 3점 차.

-마운드에는 리가 올라옵니다.

마운드에 올라선 투수는 0.00의 방어율을 기록 중인 메이저리그의 괴물.

"젠장."

반면 컵스의 전의는 불씨마저 꺼진 상황. 기적을 일으킬 신조차 외면할 그 상황에서 이진용은 다시 한번 왼손을 꺼내 들었다.

-경기 끝났습니다!

그리고 단순하지만 무자비한 피칭을 통해 단숨에 컵스 타선으로부터 삼자범퇴를 끌어냈다.

[메이저리그 첫 세이브를 기록했습니다. 플래티넘 룰렛 이용권이 지급됩니다.]

-리! 그가 자신의 메이저리그 커리어 첫 세이브를 기록했습니다.

이진용이 또 한 번 메이저리그의 전설을 쓰는 순간, 그 순간 이진용은 자신의 엄지를 치켜들었다.

-저게 뭐야?
-엄지를 들고 더그아웃으로 들어가네? 무슨 의미이지?

이진용의 몸풀기가 끝나는 순간이었다.

컵스 대 메츠의 4연전 시리즈의 3차전이 끝나는 순간 그라운드 정비가 시작되고, 앞서 치러진 9이닝의 혈투의 흔적이 아스팔트 위에 내린 눈처럼 단숨에 사라졌다.

"4차전도 그대로 가져가자!"

하지만 3차전에서 거두었던 승리의 열기는 조금도 사라지지 않은 채 메츠 선수단 분위기를 뜨겁게 만들고 있었다.

"호우!"

무엇보다 이제 이진용이, 메츠의 수호신인 그가 출전한다는 사실이 메츠 선수단을 그 무엇보다 뜨겁게 만들었다.

메츠의 더그아웃이 이진용을 향한 환호로 물들었다.

"호우!"

마치 신을 향해 기도를 하는 듯한 광경, 그러나 그 환호성 사이에서 이진용은 어느 때보다 얌전한 모습을 하고 있었다.

몸이 식지 않도록 점퍼를 입은 채 두 눈을 감은 그는 명상을 하고 있었다.

심지어 김진호조차 이진용과 함께 팔짱을 낀 채 두 눈을 감은 채 그리고 입을 다문 채 명상을 하고 있었다.

그렇게 그 둘은 한마디의 대화 없이 명상을 계속했다.

"리! 이제 시작이다!"

그런 그들의 침묵을 깨운 건 4차전의 시작을 알리는 투수코치의 말이었다.

그 말에 김진호가 입을 열었다.

-준비는 다 됐지?

그 말에 이진용이 눈을 감은 채 말했다.

"무슨 준비 말이죠?"

고개를 갸웃하는 이진용.

그 모습에 김진호가 비웃음을 지으며 말했다.

-설마 내가 모를 줄 알았어? 응? 너한테 야구 가르쳐 준 게 나야, 나.

김진호의 반문에 이진용의 입가에 실소가 그어졌다.

이윽고 이진용이 감았던 두 눈을 뜨면서 말했다.

"그럼 이제 스승님을 넘어보겠습니다."

그 말에 김진호 역시 감았던 눈을 뜨며 말했다.

-호우.

프로 선수에게 있어 기록은 옷과 같다.

사실 기록 자체는 선수의 기량 자체에 아무런 영향도 주지 않는다. 작년 시즌 가장 많은 탈삼진을 기록한 투수라고 해서 구속이 증가할 리 없고, 메이저리그 홈런왕이라고 해서 힘이 더 세질 리 없다.

그럼에도 기록은 중요하다.

그 선수가 남긴 귀중한 결과물이다, 같은 이유 때문이 아니다. 기록이란 놈이 현실에서도 실제로 영향을 미친다는 것이 바로 이유이다.

세상이란 게 그렇다. 똑같은 사람이라도 무슨 옷을 입었냐에 따라서 대우와 처지가 전혀 다른 법이다.

-1회 초가 시작됐습니다. 메츠가 먼저 공격을 시작합니다. 선발투수는 제이크 아리에타입니다.

컵스의 에이스 제이크 아리에타도 마찬가지였다.

그는 정말 많은 옷을 입고 있었다. 2015시즌 내셔널리그 사이영상 수상자, 2015시즌 노히트게임 기록, 2016시즌 월드시리즈 우승…… 메이저리그 대부분의 투수들이 하나조차 얻지 못하는 것을 그는 주렁주렁 달고 있었다.

때문에 대부분의 타자들은 제이크 아리에타를 만나는 순간 기가 죽고는 했다. 제이크 아리에타가 입은 옷이 만들어내는 아우라에 제대로 싸우기도 전에 짓눌리고는 했다.

하지만 오늘은 달랐다.

그 누구도 제이크 아리에타가 입고 있는 옷에 대해서 겁을 먹지 않았다. 겁을 먹기는커녕 관심을 가지는 이조차 없었다.

-진용아, 카메라가 너 찍는다.

지금 이곳에는 그 누구보다 화려한 옷을 입고 있는 선수가 존재하고 있었으니까.

-어서 호우해 봐, 호우. 응? 호우 예보 좀 해봐.

이진용, 그의 존재감은 그 정도였다.

마무리투수라는 옷을 입고 등판했을 때와 달리 이제는 선발투수라는 옷을 입은 그는 굳이 마운드에 올라오지 않아도 자신의 존재감을, 아우라를 뿜어대고 있었다.

당장 카메라에 비친 이진용의 모습은 이전과 달랐다.

앞선 경기에서 이진용은 경기를 보며 미소를 짓거나, 조금은 산만한 분위기를 보였지만 선발투수가 된 이진용은 오히려 날카로운 눈빛과 함께 입을 꾹 다문 채 경기에 집중하고 있었다.

그 표정을 본 모든 이들은 같은 생각을 했다.

'역시 호우맨은 선발이지. 선발이 되는 순간 표정부터가 달라지네.'

'이제야 진짜 호우맨이 나온다는 느낌이 드는군.'

'오히려 평소보다 더 표정이 굳은 걸 보면…… 정말 컵스를 제대로 죽일 속셈인 모양이군.'

앞서서 마무리투수로 등판해 컵스라는 사냥감을 맛만 본 탓에 이진용이 지금 어느 때보다 굶주린 것 같다고. 그래서 표정이 굳은 것 같다고.

물론 진실은 달랐다.

-야, 왜 대답 안 해? 너 나 무시하냐? 새끼, 이래서 검은 머리 호빗은 키우는 게 아니랬어. 개뽀록 운빨 허접쓰레기 투수 데려다가 사람 비슷한 거 만들어줬더니 이제 나 몰라라 하네. 스승한테 이래도 되는 거냐?

'카메라가 찍는 와중에 귀신하고 대화하는 거 찍어서 정신병자 되기를 간절히 소망하며 수작을 부리는 스승한테는 이래도 됩니다만?'

그 표정이 김진호의 수작에 넘어가지 않기 위한 것이라는 걸 아는 이는 없었다.

-새끼, 안 걸리네. 아! 아깝다! 여기서 혼잣말 뱉었으면 내일

아침에 FBI에서 찾아와서 외계인 본다고 잡아갈 텐데!

어쨌거나 이진용의 존재감은 그 정도였다.

그 존재 자체만으로도 경기 전체를 아우르며, 어느 무대에 서든 그곳의 주인공이 될 수 있는 투수.

-그보다 진용아, 예전에 내가 리글리 필드에 대해서 한 말 기억하고 있냐?

리글리 필드, 메이저리그에서 가장 오래된 역사를 가진 야구장이 맞이한 적은 그런 존재였다.

-리글리 필드에서 컵스를 상대로 이기고 있으면 경기장 분위기가 어떻게 되는지.

'귀신의 집이 된다고 하셨죠.'

리글리 필드에게 이제까지 경험해 본 적 없는 치욕을 줘도 이상할 게 없는 존재.

"리! 출전이다!"

그리고 지금 그 괴물이 리글리 필드의 마운드에 올라섰다.

더그아웃을 나온 이진용은 평소와 같은 걸음걸이로 마운드에 올라섰다. 오늘 두 번째로 밟는 마운드. 그러나 앞서 밟을 때와는 느낌이 전혀 달랐다.

일단 그를 보는 좌중의 시선과 소리부터 달랐다.

-그보다 이 소리 들리냐?

마무리투수 이진용은 메이저리그 통산 1세이브를 기록한 게 전부인 투수였다. 놀랍고, 대단하지만 그뿐일 선수.

반면 선발투수 이진용은 달랐다.

메이저리그 최다 연속 탈삼진 기록 보유자, 메이저리그 최소 투구 완투 기록 보유자, 메이저리그 최다 이닝 무실점 기록 보유자, 노히트게임 두 번 그리고 퍼펙트게임 한 번. 기록이 옷이라면, 메이저리그 역사상 가장 압도적인 옷을 입고 있는 셈.

-여기 있는 사람들이 침 삼키는 소리가 들려?

그 이진용의 등장 앞에서 압도당하는 건 너무나도 당연했다.

-새끼, 아주 작정했네. 대답도 안 하는 거 보면.

하지만 이진용은 그 사실에 딱히 의미를 둘 생각이 없었다.

-그래, 한번 제대로 해봐라.

자신이 입은 옷이 무엇인지도 개의치 않았다.

'준비는 다 끝났다.'

지금 이 순간 이진용이 바라는 옷은 하나였으니까.

'오늘 한 경기 최다 탈삼진 기록을, 김진호 선수의 기록을 경신하겠어.'

한 경기 최다 탈삼진, 그것이 이진용이 노리는 기록이었다.

펑!

"스트라이크 아우우웃!"

컵스가 이진용의 피칭을 보며 의심을 품은 건 1회 말에 이진용이 3번 타자인 크리스 브라이언트를 상대로 7구를 던지면서까지 삼진을 잡아내는 순간이었다.

'뭐지?'

'뭔가 다른 거 같은데?'

그 의심의 정체가 무엇인지 깨달은 건 2회 말이었다.

펑!

"스트라이크! 아우웃!"

2회 말 이진용이 네 타자를 상대로 볼넷 하나와 삼진 세 개를 잡는 순간 모두가 생각했다.

'설마?'

'맞혀 잡는 피칭이 아니라 삼진을 작정하고 잡으려는 건가?'

그렇게 품은 의심이 확신이 된 건 3회 말, 마지막 타자로 나온 제이슨 헤이워드가 이진용을 상대로 두 번째 삼진을 헌납하는 순간이었다.

펑!

"스윙, 스트라이크 아우우우웃!"

그 순간 컵스 선수들은 확신했다.

"호우맨이 삼진만 노리고 있어."

"아주 작정하고 삼진 사냥을 시작했군."

이진용이 삼진만 잡기 위한 피칭을 시작했다는 것을.

'대체 왜?'

'갑자기 왜 삼진만 노리는 거지?'

'투구수 관리는?'

그건 컵스 입장에서 조금은 이해하기 힘든 일이었다.

최근 이진용은 오른손을 이용한 맞혀 잡는 피칭을 통해 투구수 관리를 하고 있었으며, 그 이유는 이진용 본인이 줄기차게 말했다. 보다 많은 경기에 나오기 위해서 맞혀 잡는 피칭을 하고, 투구수를 줄이려고 한다고.

'오늘 같은 날 더더욱 투구수 관리를 해야 하는 거 아닌가?'

오늘 더블헤더 경기에서 마무리투수로 먼저 나올 수 있었던 것 역시 그동안 그 투구수 관리를 하는 피칭을 한 덕분이었다.

'앞서 던진 투구수도 적지 않은데 여기서 삼진만 잡는 피칭을 하면 투구수 관리가 안 될 텐데?'

그런데 그 결과가 나온 오늘, 자신이 하던 것의 수확을 거둔 지금 맞혀 잡는 피칭이 아닌 삼진을 잡는 피칭을 한다?

이해하기 힘든 일.

'골치 아프겠어.'

달리 말하면 컵스 타자들이 예상치 못한 일이었다.

다저스전에서 퍼펙트게임을 달성한 6월 이후 석 달 내내 맞혀 잡는 피칭을 하던 투수가 삼진을 잡는 피칭으로 바꿀 것을 어떻게 예상하고, 대처한단 말인가?

'아!'

그렇기에 그 순간 몇몇 이들은 깨달았다.

'그렇군. 놈이 노리는 게 그거였어.'

이진용이 보여주는 것의 이유를.

그리고 그것을 깨달은 이들은 경악으로 물든 눈으로 이진용을 바라봤다.

"미친 또라이 새끼."

"퍼킹 호우맨!"

반면 아직 깨닫지 못한 이들은 갑작스러운 동료의 그 외침에 놀라며 반문했다.

"갑자기 왜 그래?"

"뭔데?"

그런 동료들에게 깨달은 이들은 심각하게 굳은 얼굴로 말했다.

"이제까지 맞혀 잡는 피칭을 한 건 탈삼진 신기록을 깨려고 그런 거야!"

"뭐? 그게 무슨 말이야?"

"한 경기 최다 탈삼진 기록을 위해서 그동안 함정을 팠다고!"

그 말에 몇몇 이들은 눈살을 찌푸리며, 고개를 절레절레 흔들면서 말했다.

"그게 무슨 말도 안 되는 소리야?"

"한 경기 탈삼진 신기록을 위해서 함정을 팠다니, 그게 말이 돼?"

6월 7월 그리고 8월, 무려 세 달에 걸쳐 보여준 맞혀 잡는 피칭이 최다 탈삼진 기록 경신을 위한 함정이었다는 건, 누가 보더라도 과한 수준을 넘어 말도 안 되는 해석이었으니까.

"놈은 호우맨이야!"

"괴물 같은 또라이라고!"

그러나 이 말 한마디에 동료들의 말을 과한 해석이라고 생각했던 이들은 다시 한번 생각해야 했다.

다른 이라면 절대 그런 짓을 안 하고, 못 한다. 하지만 이진용은 달랐다. 그는 이제까지 메이저리그에 존재했던 모든 역사적인 기록을 경신하는 투수!

그런 그가 과연 이대로 시즌을 마치는 것을 원할까?

아니면 마저 깨지 못한 신기록을 깨기 위한 도전을 할까?

답은 이미 나와 있었다.

"맙소사."

이진용, 그라면 그런 준비를 하고도 남는다는 것.

"미친 또라이 새끼!"

3회 말 피칭을 마치고 이진용이 마운드에 들어와 휴식을 취할 무렵.

-어?

그때 김진호가 무언가를 들은 듯 말했다.

-진용아, 지금 컵스 더그아웃에서 무슨 말을 했어.

그 말에 이진용의 눈썹 한쪽이 올라갔다.

무슨 말이요?

-너보고 괴물 같은 또라이 새끼래.

그 순간 이진용이 그러면 그렇지, 하는 표정으로 김진호를 바라봤다.

반면 김진호는 여전히 진지한 표정으로 말했다.

-아니, 진짜라니까? 그런 소리가 들렸다니까? 야, 나 귀신이야, 귀신! 내가 설마 너 놀리려고 일부러 이런 말 지어내겠냐? 그리고 내가 지어냈으면 괴물 같은 또라이 새끼라고 안 하지! 앞에다가 개뾰록 허접쓰레기 땅딸보를 붙였지!

"홍."

그런 김진호의 말에 이진용은 콧방귀를 끼었다.

그러나 컵스 타자들이 이제는 야수가 되어 4회 초 수비를 위해 마운드를 나오는 순간, 굳이 더그아웃에 있는 자신을 바라보는 그들의 눈빛을 보는 순간 이진용은 확신했다.

'눈치챘군.'

컵스가 오늘 이진용이 마련해 둔 함정이 무엇이며, 이진용이 노리는 바가 무엇인지 짐작했음을.

김진호도 그 사실을 확신했다.

-거 봐! 내가 들은 게 맞았다니까! 네 의도를 파악하고 개뽀록 허접쓰레기 땅딸보 미친 또라이 새끼라고 말한 게 분명해!

그렇게 결백을 주장한 김진호가 곧바로 컵스 타자들을 바라보며 말했다.

-그래서 어떻게 할래? 이제 컵스 애들이 삼진 안 당하려고 아득바득 덤벼들 텐데?

그 말에 이진용은 두 손으로 입을 가린 채 말했다.

"덤비라고 하죠."

-어쭈? 자신감이 대단하네?

김진호의 되물음에 여전히 두 손으로 입을 가린, 그러나 눈웃음을 짓고 있던 이진용이 자신 있게 말했다.

"오늘 준비한 피칭 스타일은 제가 하는 피칭 스타일 중에 가장 끝내주는 스타일이거든요."

3회 말이 끝나는 순간 컵스는 이진용의 노림수를 파악했다. 그리고 5회 말이 끝났을 때는 경기를 보던 거의 대부분의 이들이 이진용의 노림수를 파악했다.

"스윙, 스트라이크, 아우우우웃!"

-리! 그가 5회 말 열세 개째 삼진을 잡았습니다!

5이닝 13탈삼진.

압도적인 수준을 넘어 경악스러운 수준의 탈삼진 수집을 시작한 이진용의 피칭을 보고도 그의 의도를 모른다면 야구를 모르는 것이나 다를 바 없었으니까.

기자실에 있는 기자들 역시 이미 그에 맞는 기사를 토해내고 있었다.

[리, 오늘 최다 탈삼진 기록에 도전!]
[리, 마지막 신기록 수집에 나선다!]

이진용의 한 경기 최다 탈삼진 기록 경신에 초점을 맞춘 기사들이 나오기 시작했다.

당연히 기자실을 가득 채운 기자들의 이야기는 이진용의 탈삼진에 대한 이야기뿐이었다.

"대단하군."

"컵스 타자들이 눈치를 채고 대처를 하는데도 속절없이 삼진을 당하고 있어."

기자들 모두가 이진용의 피칭에 감탄했다.

"그동안 맞혀 잡는 피칭만 한 덕분에 효과가 더 크지. 컵스가 설마 이런 걸 예상하고 대비했을 리는 없으니까."

"정말 괴물 같은 놈이야."

"뭐, 이게 호우맨의 원래 모습이었지만."

그렇지만 경악을 할 정도로 놀라는 이들은 없었다.

"그렇지. 시즌 초반에는 정말 말도 안 될 정도로 지독하게 삼진만 잡았지."

"오히려 이게 호우맨의 본래 모습이지. 맞혀 잡는 피칭은 투구수 관리를 위한 선택이었을 뿐이고."

원래 이진용은 메이저리그에서 그 어떤 투수보다 삼진을 잘 잡는 투수였으며, 그 증거가 바로 이진용이 가진 메이저리그 연속 탈삼진 최다 신기록이었다.

그렇기에 이진용의 피칭 스타일에 경악할 이유는 어디에도 없었다.

"그런데 뭔가 좀 이상하단 말이야."

"리의 피칭이 대단하긴 한데…… 뭔가 다른 것 같아."

그러나 기자들 중 몇 명, 메이저리그에서 10년 이상을 버틴 베테랑 기자들은 달랐다. 그들은 이진용의 피칭을 보면서 거듭 고개를 갸웃했고, 무언가를 떠올리기 위해 노력했다.

"선배님."

그중에는 황선우의 후배 기자도 있었다.

"이진용 선수 피칭 스타일이 평소 때랑 조금 다른 것 같지 않아요?"

후배 기자의 질문에 황선우는 의문을 표하는 대신 옅은 미소를 지었다. '이 녀석 봐라? 그걸 어떻게 알았지?' 그런 느낌의 미소.

그 미소를 본 후배 기자가 곧바로 질문했다.

"뭔가 아시는 거죠?"

그 질문에 황선우는 말했다.

"알고 자시고 할 것도 없지. 지금 이진용의 피칭 스타일은 내가 가장 잘 아는 투수의 스타일이니까. 너도 알고 있을 거야. 그리고 여기 있는 대부분이 알고 있겠지."

"누군데요?"

"생각해 봐. 메이저리그에서 오른손으로 최고 100마일까지 나오는 공을 공격적으로 집어넣으면서, 스플리터와 체인지업으로 타자를 농락하고 삼진을 잡아내며 마운드를 지배했던 투수가 누구인지."

"아!"

그 설명에 후배 기자는 곧바로 떠올렸다.

그런 후배 기자에게 황선우는 확실하게 대답해 줬다.

"그래, 김진호가 저렇게 던졌었지."

룰렛에서 파이어볼러가 나오던 날. 이진용이 104마일짜리 공을 던질 수 있게 된 바로 그날.

그날 이진용은 그 어느 때보다 흥분된 기색을 감추지 못했었고, 그건 너무나도 당연했었다. 자신이 그토록 바라던 것을 할 수 있게 됐으니까.

물론 그토록 바라던 것이 104마일짜리 공을 던질 수 있게 된 것을 말함은 아니었다.

'이제 김진호 선수의 야구를 제대로 보여줄 수 있다!'

자신의 오른손이 김진호만큼의 위력을 가진 공을 던질 수 있게 되었다는 것. 이진용에게 있어서는 그 사실이 104마일, 그 말도 안 되는 공을 던질 수 있게 됐다는 사실보다 더 중요하고, 감격스러운 일이었다.

당연한 말이지만 이진용은 준비했다.

그리고 지금 이진용은 김진호의 가르침을 자신의 오른손으로 완벽하게 소화해 내고 있었다.

펑!

'도망가는 피칭을 할 바에는 그냥 혀 깨물고 뒈져라.'

일단 이진용은 공격적인 피칭을 했다.

스트라이크존을 향한 저돌적인 공격을 했다.

두려움은 없었다.

'안타를 맞고, 홈런을 맞고, 점수 내줄 게 두려우면 그냥 야구를 하지 말아야지.'

실점이 두렵다면, 그냥 이대로 마운드를 내려가서 못 던지겠다고 말하면 될 테니까.

'하지만 똑같은 공은 던지지 말 것. 100구를 던진다면 100가

지 공을 던질 준비를 해라.'

대신에 이진용은 스트라이크존과 경계면, 그곳으로 결코 같은 공을 던지지 않았다. 구속, 코스, 구질을 전부 다르게 했다. 던지는 모든 공을 각기 다른 구질로 했다.

그렇다고 해서 마운드에서 무슨 공을 던질지, 그것을 고민하는 데 오랜 시간을 허비하는 건 아니었다.

'경기 시작 전에 타자를 상대로 삼진을 잡을 방법을 준비해 두어라.'

이미 사전에 컵스에 있는 모든 타자, 투수들마저 대타로 나올 때를 대비해 그들을 삼진으로 잡을 방법을 강구해 두었으니까.

이진용이 보여준 결과는 그러한 과정의 산물이었다.

펑!

"스윙, 스트라이크 아웃!"

7이닝 17탈삼진.

-리! 그가 다시 한번 삼진을 추가합니다! 이것으로 리는 로저 클레멘스와 랜디 존슨 그리고 케리 우드와 맥스 슈어저, 마지막으로 진호 킴! 그들이 세운 한 경기 최다 탈삼진 기록인 20개까지 3개만을 남겨두었습니다!

이 압도적인 피칭 앞에서 리글리 필드는 이렇다 할 투정조차 부리지 않았다.

"퍼킹 호우맨……."

그저 참담한 심정을 토해낼 뿐.

심지어 메츠 선수단조차도 이진용의 피칭 앞에서 기세가 죽을 수밖에 없었다.

'정말 말이 안 나오는군.'

'최다 탈삼진 기록을 경신하기 위해 이렇게 함정을 판 것도 믿기 힘든데, 진짜 기록을 경신하려고 할 줄이야.'

'리와 같은 팀이라서 다행이야. 정말 다행이야.'

'부디 리와 평생 같은 팀이 되어주기를 신께 빌어야겠어.'

동료들조차, 이진용이란 말을 탄 자들조차 이진용의 존재감에 압도당할 정도.

그런 이진용의 피칭 앞에서 제 할 말을 할 수 있는 자는 세상천지에 오로지 한 명뿐이었다.

-야야, 제대로 던져.

김진호만이 이진용의 피칭에 말문이 막히지 않았다.

"그게 7이닝 17탈삼진 투수한테 할 말이에요?"

-내 스타일대로 했으면 7이닝에 내 신기록은 깼어야지!

"7이닝 21탈삼진을 잡으라고요? 그게 말이 됩니까?"

-새끼, 스승이 까라면 까야지 무슨 말이 이렇게 많아? 그리고 솔직히 말해서 아까 크리스 브라이언트 상대로는 삼진 잡을 수 있었잖아? 패스트볼이 아니라 커브로 타이밍을 빼앗았으면 삼진 잡았을걸? 응? 안 그래? 내 말이 틀려?

"에이, 진짜."

-에이 진짜는 무슨 진짜야? 내 말이 틀리냐고?

"몰라요."

-자기 불리할 때만 모르지? 응?

김진호는 결코 이진용의 피칭을 칭찬하지 않았다.

"젠장, 내가 한 경기 27탈삼진을 하든가 해야지."

-해보시든가.

그 덕분이었다. 7회 말 피칭이 마치는 순간 더그아웃에 들어온 이진용은 조금도 기쁜 기색을 드러내지 않은 채 오히려 불만으로 가득 찬 표정을 지었다.

그 표정은 곧바로 방송국 카메라를 통해 전 세계에 퍼졌다.

-호우맨 표정이 왜 저래?

-그러고 보니 평소보다 호우 소리가 작긴 했음.

-표정을 보니까 오늘 피칭이 마음에 안 드는 모양인데?

  └7이닝 17탈삼진이 마음에 안 든다고?

그 광경을 본 전 세계 야구팬들이 경악으로 물들었다.

그리고 리글리 필드의 라커룸에서 이진용의 표정을 TV를 통해 본 컵스 선수들도 경악으로 물든 채 말했다.

"이것조차 만족 못 한다는 건가?"

"말이 안 나오는군."

격투기로 따지면 피투성이를 넘어 인사불성이 된 상태로 맞고 있는데, 때리는 상대는 이것조차 부족하다고 표정을 짓는 상황. 소름이 돋는 게 당연했다.

때문에 이진용의 그 표정을 본 컵스 선수들은 생각했다.

"이건 밖의 선수들에게 말하지 말자고."

"그래야지."

이진용의 이 표정을 동료들에게 알리지 말자고.

그런 상황 속에서 8회 초가 시작됐다.

8회 초, 메츠는 추가 득점에 성공했다.

-5 대 0, 이제 메츠가 확실히 승부를 굳힙니다.

5점 차. 이제 2이닝만 남은 상황에서는 사실상 경기가 뒤집히기 힘들어지는 순간이었고, 오롯하게 한 명만을 위한 무대가 만들어지는 순간이었다.

-8회 말이 시작됩니다. 리, 그가 이제 메이저리그 한 경기 최다 탈삼진 신기록에 도전합니다.

그렇게 이진용의 신기록을 위한 무대가 되어버린 리글리 필드. 물론 리글리 필드는 도망치지 않았다.

우우우우!

컵스 팬들은 여전히 자리를 떠나지 않은 채 야유를 쥐어짜냈다. 어떻게든 이진용을 흔들기 위해 그들이 할 수 있는 모든 것을 했다.

컵스 선수들 역시 마찬가지였다. 대기록의 희생양이 될지도 모른다는 사실 앞에서 그것으로부터 도망치려고 하지 않았다. 그리고 그게 컵스라는 팀이었다.

'젠장, 또 이런 꼴을 당하는군.'

'이제는 더 이상 놀림당할 일은 없을 것 같았는데……'

108년 동안 우승이 없다는 사실에 조롱을 받으면서도, 포기하지 않고 도전한 팀. 결국에는 그토록 바라던 바를 바는 이룬 팀. 그 어떤 조롱과 모욕 앞에서도 도망치기는커녕 오히려 그것을 마주 보며 견고해졌던 팀.

'그래, 어디 한번 해보자.'

'오늘 이 빚, 어떻게든 포스트시즌에서 갚는다.'

때문에 컵스는 이 순간 이진용 앞에서 보다 단단해졌다.

'아니, 오늘 그냥 여기서 1점 낸다.'

'게임은 이기지 못해도, 마지막 자존심은 살려보겠어!'

그들은 이진용을 상대로 피투성이가 되는 상황 속에서, 그에 대한 분노를 키웠다.

-리가 마운드에 오릅니다.

그리고 그들 앞에 이진용이 등장했다.

왼손에 낀 글러브로 입을 가린 채 등장하는 그의 모습에 리글리 필드를 가득 채우던 야유 소리마저 잦아들었다.

이진용과 마운드 사이의 거리가 줄어들수록 적막감이 더 짙어지기 시작했다.

-진용아, 내가 가장 강조하던 거 기억해?

그 적막감 덕분에 이진용은 김진호의 말을 분명하게 들을 수 있었다.

들었기에 분명하게 대답했다.

"기억하죠."

-뭐였지?

"중요한 순간에는……."

-중요한 순간에는?

"노팬티를 입어라."

-노팬티, 그래 노팬티를 꼭 입어야…… 에이 진짜! 야! 너 진지하게 야구 안 할래?

김진호의 말에 이진용이 미소만 지었다.

거기까지였다.

이진용은 바로 입을 가린 글러브를 치운 채 마운드에 섰다. 더 이상 이야기를 하지 않겠다는 모습을 보여줬다.

그리고 대답이 필요하지도 않았다.

'만족하지 마라.'

김진호의 가르침은 중 가장 중요한 그 가르침을 이진용이 모를 리 없지 않은가?

당연히 이 순간 이진용은 만족할 생각이 없었다.

"호우."

짧은 숨소리와 함께 이진용의 8회 말 피칭이 시작됐다.

펑!

포수 미트를 파고드는 그 소리가 들리는 순간 조용하던 기자실에도 소리가 들렸다.

타닥!

기자들의 손가락이 노트북 키보드를 파고드는 소리였다.

그 소리와 함께 곧바로 무수히 많은 기사들이 송출됐다.

[리, 8회 세 타자 연속 탈삼진!]
[리, 8회에 20탈삼진 기록!]
[리, 8회에 메이저리그 한 경기 최다 탈삼진 타이기록 달성!]
[이제 남은 건 신기록뿐!]

그렇게 모든 작업을 마친 후에야 기자들이 입을 열었다.

"말이 안 나오는군. 설마 8회에 한 경기 최다 탈삼진 타이기록을 달성할 줄이야."

이 순간 메츠의 9회 초 공격에 관심을 가지는 이들은 없었다. 심지어 기자들은 이진용이 신기록에 도전한다는 사실 자체에도 관심을 가지지 않았다.

"이 기세라면 신기록을 깨는 건 당연하겠어."

"당연한 정도가 아니지. 이대로라면 최소한 한 경기 22탈삼진은 할 기세라고. 22탈삼진!"

"설마 이러다가 나중에는 27개 아웃카운트를 전부 삼진으로 잡는 거 아닐지 몰라."

"그럴 것 같아서 무섭군."

이진용이 오늘 이곳 리글리 필드에서 한 경기 최다 탈삼진 신기록을 세우는 걸 의심하는 이는 없으니까.

이미 기록 달성은 당연했고, 때문에 기자들은 그다음을 이야기했다.

"이 기세라면 포스트시즌에서도 메츠가 우승하겠군. 솔직히 디비전시리즈나 챔피언십시리즈에서 호우맨을 어떻게 막겠어?"

"호우맨의 연투 능력을 고려하면 시리즈마다 최소한 2경기 이상은 나올 테니까. 2승은 먹고 들어가는 거지."

"내가 보기에 호우맨은 아마 디비전시리즈와 챔피언십시리즈를 합쳐서 5경기 이상 나올 가능성이 커. 봤잖아? 맞혀 잡는 피칭으로 연투를 하면 3일은 물론 투구수 관리만 잘하면 이틀 휴식이라도 나올 수 있으니까."

이제 한 달 남짓 남은 페넌트레이스 이후 시작될 진짜 벼랑 끝 승부, 그 승부에서 이진용이란 괴물이 보여줄 모습을 이야기했다.

그런 기자들의 대화는 9회 초가 끝난 후에야 잦아들었다.

9회 말이 시작됐고 그에 맞추어 이진용이 마운드에 오르는 순간 다시 기자실이 침묵으로 물들었다.

그 순간이었다.

"응?"

"뭐야?"

기자실에서 의문이 터져 나오기 시작했다.

"왼손?"

9회 말 이진용이 오른손에 글러브를 끼고 등장했을 때 모두가 그 사실에 놀랐다.

-오른손에 글러브?
-왜 여기서 왼손이지?

8회까지 무려 20개나 되는 탈삼진을 오른손만으로 잡은 투수가 신기록 달성을 앞에 두고 왼손을 꺼낸다는 건 분명 예상치 못한 일이었으니까.

-왜긴 왜야, 왼손이 더 세니까 들고 온 거지.
-호우맨 왼손 무시함?
-오른손으로만 잡으면 왼손이 섭섭하잖아.

하지만 이해 못 할 일은 아니었다.

이미 앞선 경기에서 왼손만으로 2이닝을 단숨에 먹어치운 이진용의 왼손은 오른손 이상으로 포악한 괴물이라는 것을 지금 경기를 보는 이들 중에 모르는 이는 없었으니까.

컵스 선수들 역시 마찬가지였다.

그들은 작정하고 좌완 파이어볼러가 되어 마운드에 등장한 이진용을 앞에 두고 당황하지 않았다.

"아……."

"끝났다……."

그저 긴 한숨을 내쉴 뿐.

그렇게 나온 한숨 소리가 이미 적막으로 가득 찬 리글리 필드의 마운드를 채우기 시작했다.

그 한숨 속에는 안도의 한숨도 있었다.

'그래, 그냥 이걸로 끝내자.'

'괴물 같은 놈에게 기록을 헌납하는 게 우리가 처음도 아니잖아?'

이제 더 이상 괴로울 일도, 놀랄 일도 없다는 사실에 대한 안도의 한숨.

그 무렵이었다.

-쯧.

그 한숨 소리 사이로 혀 차는 소리가 들렸고, 그 혀 차는 소리 사이로 나지막한 읊조림이 들렸다.

"리볼버."

주문을 외운 이진용이 바로 공을 던질 준비를 했다.

던지고자 하는 건 당연히 포심 패스트볼이었다. 그러나 그건 이제까지 이진용이 던진 포심 패스트볼과 전혀 다른 패스트볼이었다.

펑!

그 사실을 리글리 필드의 관중들이 깨달은 건 이진용의 공이 포수 미트를 파고드는 순간, 그로부터 몇 초가 더 흐른 다음이었다.

"저, 저거!"

"전광판에 저거!"

"백…… 오?"

105마일, 메이저리그 역사상 가장 빠른 공이 등장했다.

숫자가 찍히는 순간 이진용은 곧바로 공을 던지지 않았다. 대신 모두가 그러하듯 전광판을, 그러고는 자신의 왼손을 바라봤다.

그런 이진용의 입에서 말이 흘러나왔다.

"김진호 선수 덕분입니다."

그 말에 김진호는 대답하지 않았다.

"김진호 선수 아니었으면 깜빡하고 룰렛 안 돌릴 뻔했네요."

그 순간 김진호가 뱉었다.

-빌어먹을 쓰레기 게임! 이렇게 전부 퍼줘야 속이 시원했냐!

그 짙은 푸념 소리에 이진용이 미소를 지은 채 곧바로 등을 돌렸다. 그리고 다시금 타석에 있는 타자들을 바라봤다.

그런 이진용의 눈빛은 평소와 같았다. 먹잇감을 노려보는 굶주린 맹수 눈빛. 그는 그 눈빛으로 분명하게 말했다.

염소의 저주가 끝났으니, 새로운 저주를 주겠다.

'내가 메이저리그에 있는 동안 우승할 생각은 하지 못하게 해주지.'

그 눈빛과 함께 이진용이 다시 피칭을 시작했다.

물론 결과는 모두가 예상한 바였다.

[메이저리그 최다 탈삼진 기록을 경신하셨습니다. 다이아몬드 룰렛 이용권이 지급됩니다.]
[메이저리그 최다 탈삼진 기록을 경신하셨습니다. 다이아몬드 룰렛 이용권이 지급됩니다.]
[메이저리그 최다 탈삼진 기록을 경신하셨습니다. 다이아몬드 룰렛 이용권이 지급됩니다.]
[완봉승에 성공했습니다. 보너스 포인트가 지급됩니다.]

이진용, 그가 메이저리그 한 경기 최다 탈삼진 기록을 23개로 바꾸었다.

◆ 6화 ◆
디비전시리즈

9월 30일 메츠의 홈구장 시티 필드.

-메츠가 이번 시즌 마지막 아웃카운트를 하나 남겨두고 있습니다.

메츠와 필리스의 2018시즌 페넌트레이스 마지막 경기가 치러지는 그곳은 틈 하나 찾을 수 없을 정도로 많은 숫자의 메츠 팬들로 가득 차 있었다.

-이제 피칭을 시작합니다.

그럼에도 불구하고 시티 필드는 믿기 힘들 정도로 고요했다. 4만 명이 넘는 인원이 모인 곳이라는 것이 거짓말처럼 보일 정도로, 숨소리조차 들리지 않았다. 모두가 숨을 죽이고 있었다.

그 고요한 시티 필드 안에서 둔탁하기 그지없는 소리 들렸다.

딱!

그 소리는 파문처럼 번졌다.

파바밧!

그 사이로 주자가 된 타자가 달리는 소리와 야수들의 발소리가 추가되기 시작했다.

텁!

유격수의 글러브가 공을 덥석 무는 소리도 들렸다.

펑!

그 후 1루수의 글러브 안으로 공이 부딪치는 소리가 들렸다.

"아웃!"

마지막으로 1루심이 주먹을 불끈 쥐었을 때, 그때 고요했던 시티 필드가 소리를 내지르기 시작했다.

호우!

호우!

4만 명이 넘는 이들이 오로지 단 하나의 환호성만을 내지르기 시작했다.

"호우!"

그 속에는 메츠 선수와 코칭스태프, 메츠 구단 관련 관계자들도 있었다.

-게임 끝! 메츠가 이번 정규시즌을 메이저리그 승률 1위로 마감했습니다!

그렇게 메츠와 관련된 모든 이들이 페넌트레이스 메이저리그 승률 1위로 시즌을 마쳤다는 사실에 대한 환호를 내질렀다.

그 광경을 바라보던 김진호가 이내 고개를 절레절레 흔들었다.

-호우 또라이 4만 명이 한 곳에 모여 있다니…… 이보다 더 최악인 곳은 없을 거야.

김진호의 그 푸념에 이진용은 대답하지 않았다. 대신 자신의 가방에서 무언가를 주섬주섬 꺼내기 시작했다.

그 모습을 본 김진호가 긴 한숨을 내쉬며 말했다.

-방금 한 말 취소. 이제부터 더 최악의 꼴을 보겠군.

그 말이 끝날 무렵 이진용이 가방에서 원하던 것을 꺼냈다.

꺼낸 것은 메츠의 유니폼이었다.

이진용은 꺼낸 유니폼을 곧바로 입었다.

그러자 유니폼에 찍힌 등번호 1번, 이제는 이진용을 뜻하는 숫자가 가장 먼저 보였다. 그러나 그 등번호에 적힌 이름은 이진용을 뜻하는 Lee가 아닌 다른 글자가 적혀 있었다.

그 유니폼을 입은 이진용이 곧바로 더그아웃 밖으로 모습을 드러냈다.

"리다!"

"호우맨!"

이진용의 등장을 발견한 메츠 팬들은 앞서 보여준 것은 몸풀기에 불과했다는 듯 더 열광적으로 이진용의 등장에 환호했다. 그 환호 속에서 이진용은 대답 대신 엄지손가락으로 자신의 등을 가리켰다.

당연히 사람들은 주목했다.

이진용, 그의 등번호 위에 적힌 Howoo라는 글자를!

호우!

호우!

그 순간 시티 필드가 이제까지 나왔던 그 어떤 환호성보다 거대한 환호성으로 채워지기 시작했다.

그 환호성 속에서 이진용은 마지막 비밀 병기를 꺼냈다. 유니폼의 가슴팍을 열어, 하얀 티셔츠 위로 본인이 직접 쓴 글자를 모두에게 보여줬다.

Again 1986.

메츠의 월드시리즈 마지막 우승의 해.

그것은 이진용이 메츠 팬들은 물론 메이저리그 팬들을 향해 보내는 선포였다. 월드시리즈 우승을 향한 전쟁 선포!

"김진호 선수 때문에라도 월드시리즈 우승하겠습니다."

동시에 이진용은 김진호에게도 선포했다.

-짜식, 눈물 나오게 하……

"우승해서 어떻게든 성불시켜 버려야지. 빌어먹을 총각 귀신이 붙어서 그런지 연애 한 번 못 하네."

……기는 개뿔. 여하튼 우승 같은 소리 하네. 딱 봐도 너도 나처럼 우승 못 하고 귀신될 팔자야! 개뽀록 투수 주제에 무슨 우승이야! 그리고 연애 못 하는 게 무슨 내 탓이야? 나 총각 귀신 아니거든? 나 카사노바였거든?

그렇게 포스트시즌이 시작됐다.

메이저리그 포스트시즌은 크게 4가지 과정이 있다.

일단 지구 1위를 하지 못한 팀 중에서 승률이 가장 높은 상위 2팀이 와일드카드 결정전을 치른다.

이렇게 치러진 와일드카드 결정전에서 와일드카드 자격을 얻은 팀과 내셔널리그 지구 우승 팀 중 가장 승률이 높은 팀이, 그리고 다른 지구 우승을 한 두 팀이 디비전시리즈를 치르게 된다.

그 경기의 승자들이 내셔널리그 챔피언을 가리는 챔피언십 시리즈를 치르게 되며 내셔널리그 챔피언이 되면 아메리칸리그 챔피언과 붙는 월드시리즈를 치르게 된다.

당연한 말이지만 이 모든 경기는 벼랑 끝 승부였다. 지는 순간 이제까지 이룩했던 모든 것이 그저 신기루와 같은 것이 되어버리는 승부!

특히 이 경기 중 가장 먼저 치러지게 되는 와일드카드 결정전은 그 어느 때보다 치열할 수밖에 없었다.

[와일드카드 결정전 시작!]
[월드시리즈를 향한 벼랑 끝 전쟁이 시작!]

지구 2위, 결국 패배자인 그들이 단숨에 왕위를 찬탈할 수 있는 역전의 기회였으니까.

[내셔널스 대 다이몬드백스, 와일드카드 결정전 시작!]

더욱이 내셔널리그의 와일드카드 두 팀은 월드시리즈 우승도 노릴 전력을 가진 팀이었다.

메츠에 밀렸을 뿐, 다른 지구였으면 지구 1위를 하고도 남았을 전력을 가진 내셔널스와 잭 그레인키와 폴 골드슈미트와 같이 언제든 시리즈 MVP가 될 수 있는 예측할 수 없는 전력을 가진 다이아몬드백스에는 월드시리즈 우승을 위한 저력이 충분했다.

그러나 막상 그렇게 개막한 두 팀의 싸움은 생각보다 그다지 치열하지 않았다.

-생각보다 와일드카드 결정전이 심심하네.
-두 팀이 붙어서 대박이라고 했는데, 경기력은 좀…….
-열심히 하는 것 같긴 한데, 이상하게 절박한 느낌이 없단 말이야.

열심히 하지 않은 건 아니었다.

하지만 두 팀은 마치 골인 지점을 보지 못한 채 무작정 열심히 달리는 달리기 선수의 모습처럼 보였다.

물론 세상은 그 이유를 알았다.

-올라가면 호우맨 만나는데, 나 같으면 그냥 여기서 질 듯.

-호우맨 만나서 치욕 당하느니, 그냥 와일드카드 결정전에서 떨어지는 게 좋을 듯?

-와일드카드 패자 상품 = 휴식.

└와일드카드 승자 상품 = 호우맨이 호우해 줌.

치열한 전쟁 끝에 마주하게 되는 것이 기회가 아니라 이진용이라는 메이저리그의 괴물을 뛰어넘는 절대자라는 사실 앞에서 힘을 내는 건 정말 쉽지 않은 일이었으니까.

그래도 승자와 패자는 나뉘는 법.

[내셔널스 승리! 와일드카드 획득!]

내셔널스가 다이아몬드백스를 상대로 와일드카드 결정전에서 승리를 거두면서 메츠와 디비전시리즈를 치르게 됐다.

[메츠 대 내셔널스, 컵스 대 다저스 디비전시리즈 개막!]

그리고 디비전시리즈의 시작과 함께 네 팀은 드디어 전쟁의 서막을 알린 선봉장을 내세웠다.

[다저스, 클레이튼 커쇼 1차전 선발 확정!]
[컵스, 제이크 아리에타에게 1차전 선발 맡긴다!]

다저스와 컵스는 정면 승부를 택했다.

[내셔널스, 1차전 선발로 지오 곤잘레스 출전!]

반면 내셔널스는 1차전 선발로 3선발투수인 지오 곤잘레스를 투입했다.
그건 누가 보더라도 도망치는 모습이었다.

-내셔널스가 호우맨을 피하려고 하네.
-호우맨 1차전 나올 게 뻔하니까 슈어저랑 스트라스버그는 다음으로 미루네.
-솔직히 이게 현명한 거지. 호우맨에 붙어서 이길 확률이 있기나 하겠어?

하지만 그 사실을 조롱할지언정 잘못됐다고 비난하거나 비판하는 이는 없었다. 오히려 그 무엇보다 합리적인 선택이라는 의견이 주를 이루었다.

그런 상황 속에서 메츠도 1차전 선발투수를 결정했다.

[메츠, 1차전 선발로 제이콥 디그롬 결정!]

그 사실에 모두가 놀랐다.

-뭐야? 호우맨이 아니고 디그롬이라니?

35경기 출전, 317이닝 소화, 35승 0패 1세이브, 방어율 0.00의 메이저리그 역사상 가장 완벽하고 확실한 승리 카드! 그런데 그 카드를 이토록 중요한 벼랑 끝 전쟁에서 내세우지 않고 감춰둔다?

당연히 사람들의 의견이 분분해졌다.

-호우맨 몸에 이상 있는 거 아님?
└몸에 이상이 있어서 시즌 마지막 경기에서 105마일 던짐?
-빅게임에서 약한 걸지도 모르지. 커쇼 봐봐.
└빅게임 약해서 35경기 동안 방어율 0점 유지함?

그 분분한 의견은 오래 가지 않았다.
이 모든 논란의 장본인이 직접 말했으니까.
"1차전 선발로 출전하지 않은 이유는 간단합니다."

기자들이 모인 인터뷰 룸.

"일단 메츠에는 저 말고도 매우 뛰어난 선발투수들이 있습니다. 디그롬은 이번 시즌 가장 완벽한 시즌을 치렀습니다. 신더가드와 하비 역시 리그 최고의 선발투수들이죠. 장담컨대 그들은 어느 팀을 상대로도 완벽한 승리를 챙길 수 있는 투수들입니다."

그곳에서 이진용은 말했다.

"하물며 그런 훌륭한 선발들 뒤에 강력한 불펜 카드가 더해지면, 이보다 더한 건 없죠."

자신이 1차전 선발로 나오지 않은 이유를.

"예, 맞습니다. 전 불펜 투수가 될 겁니다."

이진용, 그가 불펜을 자처했다.

"물론 전 평범한 불펜 투수가 될 생각은 없습니다."

하지만 평범한 불펜 투수를 자처하는 건 절대 아니었다.

"몇 이닝이고 상관없습니다. 만약 내일 디그롬이 3이닝을 소화하고 힘들다고 하면 제가 남은 이닝을 소화할 겁니다. 신더가드가 1이닝을 소화하고 힘들다고 판단되면 제가 8이닝을 던질 겁니다. 하비가 한 타자만 상대하고 물러서더라도 제가 남은 이닝을 전부 소화할 겁니다."

오히려 반대, 이진용은 말했다.

"내셔널스 선수들은 이것만 기억하면 됩니다. 당신들 앞에 있는 선발투수가 실점 상황에 빠지거나 흔들리는 순간 제 얼굴을 볼 수 있다는 걸."

이제부터 메츠를 상대하게 된 내셔널스 타자들은 모든 경기 그리고 그 경기의 모든 순간 동안 이진용의 등장을 기다리며 두려움에 떨어야 한다고.

"그럼 경기 때 뵙겠습니다."

이진용, 그가 다시 한번 새로운 전술을 꺼내 들었다.

메츠와 내셔널스가 붙는 디비전시리즈 1차전 무대인 시티 필드. 이제는 패배하는 순간 이룩한 모든 것이 물거품이 되어 버리는 무대를 앞둔 메츠 선수단의 분위기는 생각보다 부드러웠다.

그 중심에는 당연히 그가 있었다.

'디그롬만 해도 솔직히 믿음이 가는데, 그 뒤에 리가 버티고 있다니……'

'내셔널스 애들 입장에서는 와일드카드 결정전을 이긴 게 짜증이 날 정도겠군.'

이진용. 전무후무한 전설을 만든 그가 가지고 온 전무후무한 전술은 메츠 선수단에게는 이루 말할 수 없는 자신감을 심어줬다.

그리고 그것이 이진용이 노리는 바이기도 했다.

"예상한 대로 좋은 분위기군요."

-그래, 확실히 좋은 분위기야.

이진용, 그는 김진호로부터 페넌트레이스와 포스트시즌의 차이점을 누누이 들었다. 제아무리 페넌트레이스에서 강했던 팀이라고 해도 포스트시즌에서는 무기력한 모습을 보이며 고배를 마실 수 있다는 것을.

-작년 시즌 하락세에 빠진 팀이 포스트시즌을 이런 분위기로 시작하는 게 쉬운 일은 아니니까.

더욱이 작년 2017시즌 참담하기 그지없을 정도로 나락에 떨어진 메츠가 포스트시즌에서 미끄러질 가능성은 충분했다. 적어도 메츠 선수들에게 포스트시즌 무대는 익숙한 무대가 아니었으니까.

-무엇보다 네 존재감을 유지할 수 있는 게 크지.

더욱이 메츠 선수들에게 이진용이 가장 믿을 수 있는 존재라는 것도 문제였다.

사실 지금 메츠는 이진용을 배제해도 충분히 월드시리즈 무대를 노릴 수 있을 만큼 전력이 갖춰져 있었다. 그럼에도 메츠 선수들은 이진용 없이는 월드시리즈 무대를 자신하지 못하고 있었다.

이진용의 존재감이 너무 커진 게 도리어 이제는 하나의 약점이 되어버린 셈.

문제는 거기서 시작됐다.

만약 1차전에서 이진용이 선발로 나온다면?

이기는 건 당연하다. 그러나 다음 경기에서는? 과연 메츠 선수들은 승리를 자신할 수 있을까?

전력으로는 자신하지 못할 이유가 없다. 하지만 앞서 말했듯이 이진용의 부재에서 메츠는 도리어 그들이 가진 것보다 더 나약해질 수밖에 없는 상황이었다.

그래서 이진용은 이번 전술을 꺼냈다.

"그래서 어때요? 제 전술이?"

-네 머릿속에서 나온 것치고는 훌륭했어.

모든 경기에 선발로 나오는 건 불가능하겠지만, 모든 경기에 불펜으로 나오는 건 안 될 게 없었으니까.

-그 세 명이라면 전부 완봉승을 거두어도 이상할 게 없는 투수들이니까.

더욱이 이진용을 뒤에 두게 된 메츠의 3인방은 이진용 없이도 완봉을 할 만한 기량을 가진 투수이자, 그를 따라 한 시즌을 따르며 발전한 투수였다.

그렇기에 김진호도 인정했다.

-메츠 선수단도 그렇고, 내가 보기엔 내셔널스와의 디비전시리즈는 쉽게 3승 0패로 가져갈 수 있겠어. 정규시즌에서 내셔널스 상대로 이진용, 네가 제대로 트라우마를 심어준 효과도 분명 있을 테니까.

이진용의 전술이 내셔널스를 상대로 손쉬운 승리를 가져가기란 사실을.

그렇기에 김진호는 질문했다.

-그런데 진용아.

"예."

-만약 세 명이 전부 완봉승이나 그에 준하는 승리를 거두면 어떻게 되는 거냐?

"예?"

-그렇잖아? 지금 분위기를 탄 메츠라면 쉽사리 질 거 같지 않은데, 너 나올 수 있겠어?

그 질문에 이진용은 대답했다.

"에이, 그게 말이 됩니까? 내셔널스가 약팀도 아닌데, 설마 제가 나올 경기가 한 경기도 없겠어요?"

대답과 함께 이진용이 슬그머니 라커룸 분위기를 살폈다.

그때 선수들이 소리쳤다.

"리가 이렇게 해주는데 이번에는 우리가 보여주자고!"

"그래, 리 없이도 이길 수 있다는 걸 보여주자고!"

"리는 한 경기도 못 나오게 해주겠어!"

그 외침에 이진용이 조금은 당황한 목소리로 나지막이 말했다.

"……설마, 아니겠지. 설마 세 명이 전부 완봉승이나 완투를 하겠어? 하다못해 세이브 기회라도 오겠지."

그런 이진용에게 김진호가 말했다.

-진용아 나도 그랬어. 네가 룰렛에서 스킬 마스터 3번 연속 나올 때 설마 나오겠어, 그랬다니까?

그 말에 이진용의 표정이 굳어졌다.

그런 그의 표정에 김진호가 웃으며 말했다.

-이러다가 너 한 경기도 안 나오고 월드시리즈 우승하면 웃기긴 하겠다.

모든 프로스포츠가 그렇지만, 0 대 0 상황만큼 짜증 나고 미치는 상황은 없다.

-메츠와 내셔널스의 디비전시리즈 3차전이 치러지고 있는 내셔널스파크.

지금 내셔널스파크의 상황 그랬다.

-7회 초 현재 스코어는 0 대 0.

디비전시리즈, 패배가 곧 낭떠러지에서 떨어지는 것과 같은 무대. 그런 무대에서 무려 7회까지 양 팀 모두 점수를 내지 못한 채 0 대 0 상황을 맞이했다는 건 보는 이들 입장에서는 짜증 나고 미치는 수준을 넘어 피가 마르는 상황이었다.

-1사 만루 상황, 메츠가 오늘 어쩌면 두 번 다시 오지 않을 득점 찬스를 맞이했습니다.

그런데 지금 메츠가 그 균형을, 피가 마르고도 남을 상황을 끝낼 수 있는 상황을 맞이했다.

당연한 말이지만 이 순간 경기를 보는 모든 이들은 전부 똑같은 행위를 했다.

"제발, 제발!"

메츠 유니폼을 입은 이들은 두 손을 모아 저마다의 신에게 기도를 했다.

"제발, 제발……!"

내셔널스 유니폼을 입은 이들 역시 두 손을 모은 채 혼신의 힘을 다해 기도를 했다.

개중에는 이진용도 있었다.

'제발, 제발…….'

더그아웃 벤치에 앉아 두 손을 모아 기도하는 그 모습이 마치 순교자를 떠올리게 할 정도였다. 지금 이 순간 기도를 하는 이들 중에서 가장 간절한 이는 이진용이라고 해도 될 정도.

그 정도로 이진용은 절실하게 기도하고 있었다.

'제발 점수 나오지 마라.'

점수가 나오지 말라는 기도를.

'병살타 나와라. 제발.'

착각이 아니었다. 이진용은 정말로 이 순간 점수가 나오지 않기를 누구보다 간절하게 기도하고 있었다.

그 이유는 간단했다.

-만약 여기서 점수가 나온다면, 메츠가 이번 3차전을 가져갈 가능성이 크겠군요.

-그리고 이번 3차전을 가져간다면 메츠는 3승 0패로 챔피언
십시리즈 무대에 오르게 되겠지요.

-그렇습니다.

-리는 단 한 번도 사용하지 않은 채 말이지요.

만약 여기서 점수가 나온다면 이진용의 디비전시리즈 데뷔
는 내년으로 미루게 된다는 것.

'아니, 디비전시리즈인데 한 경기는 나와야지! 그러니까 제
발 이대로 가자.'

-캬!

당연한 말이지만 이 상황을 김진호는 조용히 지켜만 보지
않았다. 그 어느 때보다 기쁨으로 가득한 표정으로 간절히 기
도하는 이진용의 옆으로 다가온 김진호는 놀리듯 말했다.

-이게 이렇게 되네. 그래, 인정한다. 진용아, 넌 최고의 전략
가다. 어떻게 한 경기도 안 나오고 이렇게 이길 수 있는 거냐?

"닥쳐요."

이진용이 나지막이 그러나 날카롭게 반문했다.

하지만 김진호는 말을 멈추지 않았다.

-왜? 나 지금 칭찬하는 거야. 아무렴 칭찬해야지. 네 뛰어난
전략 덕분에 디그롬이 1차전에서 완봉승을 거두었으니까.

김진호의 말에 이진용의 머릿속으로 내셔널스와의 디비전
시리즈 1차전 경기가 떠올랐다.

경기 내용은 떠올리는 건 어렵지 않았다.

9이닝 무실점 12탈삼진. 1차전은 제이콥 디그롬에 의한 그리고 그를 위한 무대였으니까.

-아직도 선명하게 기억나네, 디그롬이 완봉승 거두는 순간 너를 향해서 호우 외치는 순간, 네가 똥 씹은 표정 짓던 게. 진짜 똥을 씹어본 사람만 지을 수 있는 표정이었어.

당연한 말이지만 이진용이 1차전에 나올 틈은 없었다. 불펜으로 들어가서 몸을 푸는 일조차 없었다.

-물론 진짜 끝내주는 표정은 2차전에 나왔지.

그 후 시작된 2차전.

메츠는 선발투수로 노아 신더가드를 내보냈고, 내셔널스는 맥스 슈어저를 선발로 내보냈다.

1차전과 다르게 박빙의 승부가 예상됐고, 예상대로 경기 내용은 치열하기 그지없었다.

5회까지 두 투수는 합쳐서 무려 20개의 삼진을 잡아내며 탈삼진 전쟁을 시작했다.

-6회에 조 존스가 쓰러런 칠 때 네 표정을 봤다면 뭉크가 절규 대신 네 얼굴을 그렸을 거야.

그러나 6회 말에 터진 조 존스의 3점 홈런이 팽팽하던 승부를 단숨에 기울게 했다.

결국에 맥스 슈어저는 무너졌고, 마운드의 오롯한 주인이 된 노아 신더가드는 9회까지 마운드를 지키며 9이닝 1실점 완투승으로 2차전 승리를 지켜냈다.

그리고 지금 치러지는 3차전 역시 2차전과 비슷한 양상이었다. 메츠의 선발투수로 나온 맷 하비와 내셔널스의 선발투수로 나온 스티븐 스트라스버그, 메이저리그를 대표하는 두 투수가 승리를 위해 자신들이 가진 모든 것을 꺼내놓으며 7회까지 0 대 0 균형이 이어졌다.

그런데 지금 그 균형이 무너질지도 모르는 상황이 온 것이었다. 메츠 입장에서는 3차전 승리에 쐐기를 박을지도 모르는 상황. 내셔널스 입장에서는 3차전 패배와 함께 이번 시즌을 끝내야 할지도 모르는 상황.

-어쨌거나 여기서 점수 나오면 네가 나올 일은 없을 것 같다. 네가 생각해도 그렇지?

이진용 입장에서는 디비전시리즈 데뷔를 내년으로 미뤄야 할지도 모르는 상황.

"닥쳐요."

-응? 뭐라고? 디비전시리즈에서 1구도 못 던진 쩌리 투수가 하는 말이라서 잘 안 들리는데?

"젠장."

그때였다.

딱!

둔탁한 소리가 그라운드를 채웠다.

그 소리에 메츠의 더그아웃이 무겁게 가라앉았다. 소리뿐이었지만, 그것이면 충분했다.

"쳇."

"젠장."

이 공이 내야 뜬공으로 되는 공이라는 사실을 파악하는 데에는.

-공이 높게 뜹니다.

그리고 모두의 예상한 결과가 나왔다.
내야 뜬공이 나왔고, 1사 만루 상황이 그대로 2사 만루 상황이 되었다.

-아웃! 스트라스버그가 당장의 위기를 벗어납니다!

마운드에 있던 스티븐 스트라스버그 입장에서는 크나큰 위기를 벗어나는 순간이었다.
그 순간 모두가 직감했다.
'이번 경기 어려워질지도 모른다.'
'스트라스버그는 이 위기만 벗어나면 얼마든지 회복하고도 남는 선수다.'
마운드에 있는 스티븐 스트라스버그는 이런 식의 기회를 많이 주지 않은 선수이며, 그런 그를 상대로 이 기회를 놓치는 건 뼈아픈 일이 될지도 모른다고.
그렇기에 모두가 힐끔 바라보기 시작했다.
'가장 확실한 건 역시⋯⋯.'
그들 모두가 이진용을 바라봤다.

'여기서 리를 투입하는 거겠지.'

'리를 투입하면 이길 때까지 던져줄 거야.'

기회 뒤에 위기라는 말처럼, 만약 메츠가 7회 초에 얻은 만루라는 기회를 살리지 못하면 7회 말에 내셔널스가 점수를 낼 가능성이 높은 상황에서 이진용의 존재감은 더욱 강렬해질 수밖에 없었다.

그 시선에 이진용이 드디어 기도하던 손을 풀었다. 동시에 곁눈질로 콜린스 감독을 바라봤다.

'7회부터 등판인가?'

자신을 보며 투수코치와 대화를 나누는 콜린스 감독의 모습에서 이진용은 확신했다.

'디비전시리즈 데뷔전은 할 수 있겠군.'

자신이 나설 때가 됐음을.

더 나아가 이진용은 생각했다.

'어쩌면 대타로 나갈지도 모르겠군.'

투수가 아니라 대타로 디비전시리즈 데뷔를 하게 될지도 모른다고.

실제로 2사 만루 상황에서 메츠가 가장 믿을 수 있는 타자는 둘밖에 없었다.

'그러면 지금 타자가…….'

언제든 대타로 나갈 수 있는 이진용과 지금 타석으로 향하는 조 존스!

'아차!'

그 순간 조 존스를 확인한 이진용의 표정이 구겨졌고, 그런 이진용을 향해 김진호가 말했다.

-역시 지략가 이진용 선생다운 안목! 조 존스를 뽑은 값을 톡톡히 치르시겠네요!

김진호의 그 말이 끝나기 무섭게 타석에 선 조 존스가 스티븐 스트라스버그가 던진 초구를 상대로 소리를 냈다.

빠악!

조 존스, 그가 내셔널스파크를 뒤흔드는 소리를 내질렀고, 그 소리만으로도 모두가 알 수 있었다.

"호우움런이다!"

조 존스가 사실상 디비전시리즈의 마침표를 찍었다는 것을.

-푸하하하!

"아, 젠장……."

그리고 이진용의 디비전시리즈 데뷔전이 내년으로 미루어졌다는 것을.

[메츠, 내셔널스 상대로 3승 0패! 완승!]
[메츠, 이제는 챔피언십시리즈다!]
[조 존스, 디비전시리즈 MVP 수상!]

메츠 대 내셔널스의 디비전시리즈의 결과는 모두가 예상하는 것처럼 메츠의 승리로 끝이 났다.

-호우맨은 나오지도 못했다.
-호우맨 없이도 내셔널스를 잡네.
-압살이네, 압살!

놀라운 사실은 그 압승 속에 이진용의 이름이 없다는 점이었다.

-메츠 전력 겁나네…….
-호우맨 없어도 우승하겠는데?
-설마 호우맨 없이 우승하는 거 아니야?
└지금 이대로 가면 가능할 듯.

그 사실에 메이저리그 야구팬들은 더 섬뜩하기 그지없는 공포감을 느낄 수밖에 없었다.
그 공포감을 느끼는 이들 중에는 그도 있었다.
"이대로는 안 되겠어요."
이진용, 그 역시 공포감을 느끼고 있었다.
그런 이진용의 모습에 김진호가 고개를 절레절레 흔들며 말했다.
-분명 개소리이겠지만, 어떤 개소리인지는 들어주마. 무슨 의미야?

"이대로 챔피언십시리즈에서도 같은 전술을 쓰면 한 경기도 못 나오게 생겼어요."

내셔널스를 상대로 했던 전술을 그대로 쓴다면, 챔피언십시리즈에서도 제대로 경기에 나올 가능성이 한없이 낮았으니까.

그 정도로 메츠의 전력은 놀라운 수준이었다. 굳이 이진용이 없어도 월드시리즈 우승을 논할 정도.

실제로 메츠는 원래 강력한 전력이었다. 당장 2년 전까지만 해도 월드시리즈 무대를 노릴 정도로 막강한 선발진을 구축하고 있지 않았었는가? 더욱이 이번 시즌 메츠는 이진용 외에도 막강하기 그지없는 전력 보강이 있었다.

"조 존스가 미쳐 날뛰니까 답이 없네요."

조 존스!

디비전시리즈에서 무려 5안타 8타점을 기록한 그는 그야말로 전성기 시절의 모습을 완벽하게 보여주고 있었다.

그리고 그게 조 존스의 본래 모습이기도 했다. 레드삭스, 메츠보다 더 우승이 절실했던 그 팀에 무려 두 번이나 우승을 선사했던 타자!

그런 조 존스의 존재감과 실력은 혼자 힘으로 팀을 우승시키기에 부족함이 없었다.

-진용아.

그런 이진용에게 김진호가 진지하게 말했다.

-나한테 좋은 방법이 있어.

"이상한 소리 하려는 거 아니죠?"

-일단 방법 자체는 확실해. 이 방법대로라면 아마 네가 챔피언십시리즈에서 최소 3경기는 나올 수 있을 거야.

진지한 김진호의 표정에 이진용 역시 굳은 표정으로 물었다.

"그게 무슨 방법이죠?"

-진용아, 그거 알아? 사람은 상한 육회를 먹으면 아주 심각한 배탈 설사를 한다는 거?

김진호의 그 말에 이진용이 표정을 구기며 말했다.

"젠장, 진지하게 들은 내가 병신이지……."

-그래도 네가 병신인 건 알아서 다행이네. 네가 생각해도 잘나가는 팀 놔두고 제발 못 나가기를 바라는 게 병신 같긴 하지?

"후우……."

김진호의 말에 이진용이 긴 한숨을 내뱉었다.

사실 김진호가 맞았다.

메츠가 보여준 건 단순한 승리가 아니었다. 그들은 이진용에게 괜한 말이 아닌 플레이를 통해 보여줬다.

메츠라는 팀은 당신에게 어울리는 팀이라고. 당신이 여기까지 우리를 데리고 왔으니, 이제는 우리가 당신을 위로 데려가겠다고. 절대 당신의 발목을 잡지 않고, 당신의 날개가 되기 위해 모든 것을 불사를 준비가 되어 있다고.

그런 그들의 플레이에 불만을 품고, 그들이 못하기를 바란다는 것은 김진호의 말대로 병신 같은 생각, 그 이상도 이하도 아니었다.

-이제 굳이 꼼수 같은 건 쓸 필요가 없어.

달리 말하면 이진용은 군이 더 이상 동료의 부족한 부분을 자신이 무리해서 메워줄 필요가 없다는 의미이기도 했다.

-동료를 믿어.

김진호 말대로 이제는 이진용이 모든 것을 해내기 위해 머리를 굴릴 필요 없이 동료를 믿을 때였다.

"아."

그 말에 이진용이 무언가를 깨달은 듯 고개를 끄덕이며 말했다.

"예, 동료를 믿어야죠."

그런 이진용의 눈빛에 배고픔 속에서 사냥감의 살점 한 덩어리조차 먹지 못한 맹수의 광기가 번들거렸다.

-응?

그 눈빛을 본 김진호가 말했다.

-이 새끼 눈빛이 왜 이래? 또 무슨 또라이 짓을…….

그리고 이진용의 챔피언십시리즈 상대가 정해졌다.

[다저스, 컵스 상대로 3승 1패!]
[다저스, 작년에 이어 챔피언십시리즈 진출!]

컵스 대 다저스, 두 팀의 승자는 다저스였다.

작년 시즌 애스트로스를 상대로 고배를 마신 다저스가 기어코 다시 한번 월드시리즈 무대를 향한 도전을 시작했다.

물론 세상은 그런 다저스에게 말해줬다.

[다저스, 리 앞에 서다!]
[다저스는 과연 리 공포증을 이겨낼 것인가?]

이번에 다저스가 맞이한 적은 이제까지 다저스의 월드시리즈 우승을 막았던 그 어떤 장애물보다 크다는 것을.
그 사실 앞에서 다저스는 선택했다.

[다저스, 1차전 선발은 켄 로빈슨!]

괴물과의 정면 승부를 피하는 것.
다저스는 메츠 그리고 이진용 앞에서 정면 승부 대신 다른 방법으로 메츠를 공략하고자 했다.

[다저스, 1차전 포기하나?]
[다저스, 리와의 정면 승부를 피하다!]

자존심을 버렸다. 그 대신 어떻게든 살아남고자 하는, 월드시리즈 무대에 오르고자 하는 소망을 택했다.
반면 메츠는 고민할 것이 없었다.
메츠에는 역사상 그 어떤 투수보다 믿을 수 있으며, 심지어 이제는 굶주림마저 느끼는 투수가 있었었으니까.

[메츠, 1차전 선발 리 확정!]
[메츠, 정면 승부를 택하다!]

내셔널리그 챔피언을 가리는 전쟁이 시작됐다.

7화
챔피언십시리즈

챔피언십시리즈.

문자 그대로 리그의 챔피언을 가리는 무대다. 7판 4선승제로 치러지는 이 무대는 그 존재 자체만으로도 충분히 가치가 넘치는 무대였다.

리그 챔피언이 되는 무대 아닌가? 때문에 메이저리그 구단들은 챔피언십시리즈에서 우승을 차지할 때를 기념하기 위해 기념 반지를 만들고, 챔피언십시리즈 무대가 그만한 가치가 있음을 흔적으로 만들고는 한다.

-챔피언십시리즈? 솔직히 말해서 별거 없지. 난 챔피언십 우승 반지 받은 거 어디에 있는지도 몰라.

그러나 세상은 챔피언십시리즈란 무대에 큰 가치나 의미를 부여하지 않았다.

-그렇잖아? 물론 리그 챔피언이란 게 애들 장난인 건 아니야. 열심히 한 결과물이지. 하지만 세상은 말이야, 리그 챔피언 같은 건 아무도 기억하지 않아요.

실제로 세상은 시즌이 끝나면 아메리칸리그 우승 팀과 내셔널리그 우승 팀을 챔피언으로 기억하지 않았다.

-시즌 끝나면 딱 두 개만 남아. 월드시리즈 우승 팀과 준우승 팀.

대신 그 둘을 월드시리즈 우승 팀과 준우승 팀으로 기억할 뿐.

-월드시리즈 우승 반지 옆에선 챔피언십시리즈 우승 반지도 기념품이 되겠지만, 월드시리즈 우승 반지 없는 챔피언십시리즈 우승 반지는 기념품이 아니라 상처야, 상처. 만약 그게 기념품처럼 느껴진다면 은퇴할 때가 된 거겠지.

그렇기에 월드시리즈 준우승 팀이 느끼는 좌절감과 패배감은 이루 말할 수 없을 정도로 처참했다. 챔피언이지만, 챔피언 대우는커녕 코앞에서 원하는 바를 놓친 패배자 취급을 당하니까.

-여하튼 그렇게 준우승 한 번 한 팀은 미쳐 버리지. 월드시리즈 우승을 위해선 악마와도 거래할 수 있을 정도랄까?

다저스가 그러했다. 2017시즌, 그들은 내셔널리그 챔피언이었지만 세상은 그들을 애스트로스에게 첫 월드시리즈 우승을 준 제물이자, 또 한 번 월드시리즈 앞에서 미끄러진 패배자로 기억할 뿐이었다.

다저스는 그 비참함 속에서 2018시즌을 준비했다.

-악마와 거래할 정도인데 자존심 굽히는 건 일도 아니고.

당연히 메츠를 맞이한 다저스는 정규시즌 동안 이진용에게 짓눌렸던 다저스의 모습이 아니었다. 그들은 메츠를 잡기 위해서는 그야말로 영혼을 불사르다 못해 팔 각오를 품고 있었다.

더욱이 세상은 메츠보다는 다저스의 편을 들어줬다.

[다저스, 정규시즌 상대 전적으로는 메츠보다 우위!]

당연한 일이었다.

일단 다저스는 메츠와는 비교할 수 없을 정도로 전 세계적인 인기를 가진 팀이었다. 다저스 편을 들어주는 언론인은 메츠 편을 들어줄 언론인들보다 곱절이나 많았다.

동시에 메이저리그 관계자들, 선수들은 소망했다.

-여기서 메츠에게 월드시리즈 우승을 넘겨주면, 호우맨이 메츠에 남는 한 월드시리즈 우승은 없다고 생각해야 돼.

-제발 다저스가 막아줬으면……

부디 다저스가 이진용을 막아주기를. 이 압도적인 괴물에게 상처를 조금이라도 많이 내주기를.

하지만 세상은 몰랐다.

"그래서 하고 싶으신 말이 뭡니까?"

-뭐 그렇다고. 챔피언십시리즈 별거 아니니까 그냥 깔끔하

게 끝내라고.

이진용에게는 다저스보다 월드시리즈 우승이 더 절실한 이유가 있다는 것을.

"예."

그렇게 1차전이 시작됐다.

시티 필드.

2015년 이후 3년 만에 다시금 챔피언십시리즈를 치르게 된 메츠의 홈구장에는 두 가지 감정이 공존하고 있었다.

호우!

그 무엇보다 믿음직한 투수를 향한 열광, 그리고 그 열광과 정반대되는 것이 있었다.

"아, 이상하게 불안해."

"나도 이상하게 불안하단 말이야."

불안감, 시티 필드를 가득 채운 메츠 팬들의 가슴 속에는 그 감정이 존재했다.

"어쩐지 2015년이 될 것 같은 느낌이 들어."

그 불안감의 원흉은 다름 아니라 2015시즌이었다.

그해 메츠는 조롱이 아닌 진정한 의미의 어메이징 메츠였다. 놀랍고도 굉장한 시즌을 보냈고 심지어 정규시즌 내내 상대 전적에서 밀리던 컵스를 챔피언십시리즈에서 만나 4승 0패로 꺾고 월드시리즈 무대에 올라갔다.

"그때 정말 최악이었지."

"최악인 정도가 아니었지."

하지만 월드시리즈 무대에서 메츠는 로얄스를 만나 참패했다. 그리고 그 참패에 대해 호사가들은 많은 이유를 붙였다.

"그 빌어먹을 놈의 챔피언십시리즈 스윕의 저주……."

개중 하나가 바로 챔피언십시리즈 스윕의 저주였다. 챔피언십시리즈에서 스윕을 하고 월드시리즈에 올라온 팀은 우승할 수 없다는 내용의 저주.

물론 어처구니없는 내용의 저주였다. 말도 안 되고, 합리적이지도 못하고, 상식적이지 못한 저주.

"그렇다고 1패를 자처할 수도 없고……."

그러나 메이저리그는 그런 저주로 점철된 세상이었다.

당장 컵스는 염소의 저주에 1세기를 넘게 시달렸고, 레드삭스는 밤비노의 저주를 풀기 위해 엄청난 노력과 고역을 치러야 했다. 그런 관점에서 본다면 지금 메츠 팬들이 불안감을 느끼는 건 타당했다.

그리고 그 불안감은 메츠 선수단에게도 퍼져 있었다.

"오늘은 당연히 이기겠지?"

"아무렴. 리가 나오는 경기잖아!"

오늘 경기의 승리에 대한 자신감은 충분했다.

그러나 그 자신감 아래에는 불안감이 크게 싹트고 있었다.

'하지만 만약 리가 안 나오는 경기에서 진다면…….'

'리가 너무 많은 경기를 나오는 것도 최악이다.'

'다저스는 실리를 택했다. 오늘 메츠에 패배를 각오하고 게임을 하겠지.'

'내일 2차전에서 다저스는 리가 없는 우리를 상대로 전력을 다해 덤벼들 거야.'

상황이 디비전시리즈 때와는 다른 탓이었다.

'디비전시리즈와는 다르다. 리가 뒤를 받쳐주는 게 아니야.'

디비전시리즈 때와 다르게 이진용의 위엄을 더 이상 빌릴 수 없었을뿐더러 결정적으로 챔피언십시리즈에서는 무슨 일이 일어나도 이상할 건 전혀 없었다.

그리고 실제로 일어났다.

내셔널리그 챔피언십시리즈 1차전 1회, 세상 모두가 예상치 못한 일이.

야구에서 경기 초반 점수가 나오는 일은 많지 않다.

특히 1회에 점수가 나오는 게임은 적다.

일단 야구라는 것이 안타만 놓고 본다면 타자보다 투수에게 유리한 스포츠였다. 때문에 타자들은 경기 초반을 탐색전의 무대로 삼고는 했다.

빠악!

그러나 이진용은 그 사실을 가뿐하게 무시했다.

-아!

1회 초, 투수로 마운드에 올라와 삼자범퇴로 이닝을 마친 이진용은 1회 말이 되는 순간 1번 타자로 가장 먼저 타석에 섰다.
그 타석에서 켄 로빈슨이 던진 초구를 노렸다.

-넘어갔습니다.

그리고 단숨에 켄 로빈슨의 공을 펜스 너머로 날려 버렸다.

-리! 그가 일찌감치 경기의 균형을 무너뜨리는 점수를 기록했습니다.

모두가 예상은커녕 상상조차 못 했던 상황.
'넘어간 건가?'
'1회에 선두타자가 홈런이라고?'
'초구를 노려서?'
그 상황 속에서 시티 필드는 준비했던 것마저 못 했다. 환호성마저 내지르지 못한 채 멍하니 자신들의 눈앞에서 일어난 일을 바라봤다. 그리고 베이스 러닝을 시작한 이진용을 바라봤다.
이진용도 마찬가지였다.

베이스 러닝을 시작한 이진용은 다른 어디도 아닌 관중석을 바라보기 시작했다. 1루 베이스를 밟을 때는 1루 쪽 관중석을 바라봤고, 2루 쪽을 향할 때는 외야 관중석을 그리고 3루 쪽 관중석을 바라봤다. 마지막으로 홈 베이스를 밟는 순간에는 잠시 동안 꼿꼿하게 그 자리에 선 채 포수석 뒤편의 관중들을 바라봤다.

그런 이진용의 눈빛은 마치 이렇게 말하는 듯했다.

'아!'

저주 같은 건 믿지 마라!

'그렇구나!'

대신 나를 믿어라!

그 사실에 메츠 팬들의 불안감으로 가득 찬 심장이 힘차게 두근거리며 불안감을 부수기 시작했다.

이윽고 메츠 팬들은 소리쳤다.

우아아아!

그제야 뒤늦은 함성이 시티 필드를 가득 채우기 시작했다.

그 소리에 이진용은 고개를 절레절레 흔들었고, 그 모습을 본 김진호는 피식 웃었다.

-이제는 못 당하겠네, 거기서 팬들을 단숨에 사로잡다니…….
대단하다, 대단해.

김진호조차 이진용이 보여준 모습에 진심으로 감탄을 토해 냈다.

"예?"

반면 이진용은 김진호의 물음에 고개를 갸웃했다.

"무슨 소리예요?"

-응?

김진호도 고개를 갸웃했다.

-아니, 너 조금 전 홈런 치고 관중들 향해서 눈빛으로 말한 거 아니었어?

"뭘요?"

-나를 믿고 따라오라고.

"제가요?"

-그런 느낌 아니었어?

김진호의 그 말에 이진용은 영문을 모르겠다는 표정으로 말했다.

"그냥 호우 콜 안 나와서 바라본 건데요?"

그 진심 가득한 대답에 김진호는 얼빠진 표정으로 이진용을 말없이 바라봤다.

-아, 이 또라이 새끼 진짜…….

이윽고 내뱉은 그 말과 함께 김진호는 다저스의 더그아웃을, 마운드 위에서 고개 숙인 켄 로빈슨을 보며 말했다.

-그래도 너무한 거 아니냐? 초구 정도는 봐줬어야지?

김진호의 말에 이진용이 마운드를 보며 말했다.

"1차전을 먼저 포기하겠다고 한 건 제가 아니라 다저스예요."

그 말 뒤로 이진용이 나지막한 목소리로 혼잣말을 뱉었다.

"그럼 포기한 대가를 톡톡히 치러야지."

마치 맹수가 으르렁거리는 듯한 혼잣말이었다.

메츠와 다저스의 챔피언십시리즈 1차전은 모두가 예상한 바 대로 진행되었다.

-아웃! 삼진 아웃! 리! 그가 오늘 경기 일곱 번째 삼진을 잡았습니다!

이진용을 앞세운 메츠는 그야말로 완벽한 철벽이 되어 다저스에게 득점을 허락하지 않았다.

-안타! 리! 그가 다시 한번 자신의 확고한 승리를 위한 2타점 적시타를 때려냅니다!

그 상황 속에서 이진용을 앞세운 메츠의 타선은 에이스가 아닌 투수를 마운드에 올린 다저스를 상대로 매 이닝 꾸준하게 점수를 뽑아냈다.

-공이 높게 뜹니다. 멀리 뻗지 못합니다. 리가 콜을 외칩니다. 리! 6회 초, 다저스가 여전히 득점을 내지 못했습니다. 점수는 6 대 0입니다.

결국 6회가 지났을 때 다저스의 패색은 더 이상 다른 무언가로 덧칠할 수 없을 정도로 짙어진 상태였다.

-다저스가 켄 로빈슨을 다시 마운드에 올립니다.

그런 상황에서 다저스는 5이닝 6실점을 기록한 선발투수 켄 로빈슨을 마운드에 올렸다.

이상한 조치는 아니었다.

"여기서 굳이 투수를 낭비할 필요는 없지."

"다저스 입장에서는 켄 로빈슨이 많은 이닝을 소화할수록 남는 장사가 됐군."

"질 거면 이렇게 깔끔하게 지는 게 나을 수도 있지."

다저스 입장에서는 애초에 승리보다는 패배를 각오한 경기에서, 이미 점수가 벌어진 이 상황 속에서 굳이 무리해서 투수를 소모할 이유는 조금도 없었으니까.

"선배님, 이진용 선수가 무난히 완봉승을 거두겠네요."

이진용의 포스트시즌 첫 승이 완봉승으로 기록되는 것이 어느 때보다 확실해진 순간이었다.

"그럼 기사 제목은 어떻게 할까요?"

일찌감치 경기 후 써먹을 기사 타이틀을 정해두어도 될 정도.

그런 후배 기자의 질문에 황선우는 대답했다.

"좀 더 보자고."

"좀 더 본다고요?"

"오늘 이진용이 완봉승에 만족할 것 같지 않거든."

"예?"

반문하는 후배 기자의 모습에 황선우가 여전히 경기에만 집중한 채 질문을 던졌다.

"이진용 올해 성적이 어떻게 되지?"

그 물음에 후배 기자는 조금의 주저 없이 말했다.

"35승 0패, 방어율 0점! 메이저리그 역사에 두 번 다시 나오지 않을 성적이죠."

듣는 것만으로도 아득해지는 성적.

그러나 황선우는 그 말에 별다른 감흥을 표현하지 않았다. 그가 원하던 대답이 아닌 탓이었다.

"그거 말고 타격."

"타격이요? 잠깐만요."

황선우의 질문에 후배 기자가 곧바로 머릿속으로 기억을 더듬었다.

"타율은 분명 4할 5푼이었고…… 14홈런에 42타점인가 그랬죠."

"만약 이진용이 투수가 아닌 타자로 풀타임을 소화했으면 어떤 성적이 나왔을 것 같아?"

황선우의 질문에 후배 기자는 별다른 고민 없이 말했다.

"엄청났겠죠."

"다저스는 그런 타자가 1번 타자로 배치된 팀을 상대로 지금 어설픈 투수를 내보낸 셈이지."

말을 하던 황선우가 TV에 비친 이진용의 모습을, 이제는 타석에 설 준비를 하는 그의 모습을 바라보며 말했다.

"6이닝 동안 투구수는 49구. 거기다가 오늘 경기는 오른손만으로도 소화한 상황. 여기서 만약 점수 차가 8점 차가 된다면 메츠에는 두 가지 선택지가 생기지."

"두 가지요?"

"이진용에게 챔피언십시리즈 첫 완봉승을 주거나 아니면 내일도 나올 기회를 주거나."

그 말에 후배 기자가 저도 모르게 침을 꿀꺽 삼켰다.

그로부터 몇 분 후 기자실로 캐스터의 목소리가 들렸다.

-멀리 날아갑니다! 리! 그가 다시 한번 홈런, 아니 호우움런을 기록합니다.

그 사실에 모두가 감탄사를 토해냈다.

"차라리 내년 시즌에는 타자로 데뷔하는 게 나을 지경이군."

"이 정도면 그냥 아메리칸리그로 이적한 후에 지명타자로 타석을 소화하는 게 낫겠어!"

"그야말로 베이브 루스의 재림이군. 최고의 투수와 최고의 타자였던 그 말이야."

그러나 그 감탄은 오래 가지 않았다.

"어?"

"호우맨이 왜 안 나와?"

이닝이 종료되고 7회가 시작됐을 때 마운드에는 이진용이 올라오지 않았으니까.

-경기가 끝났습니다. 8 대 2, 메츠가 챔피언십시리즈 1차전 승리를 가져갑니다.

챔피언십시리즈 1차전을 메츠가 가져가는 순간.
그러나 그 순간 사람들의 관심은 메츠의 승리를 향하지 않았다. 모든 이들의 관심은 오로지 하나였다.

-호우맨 왜 6이닝만 던진 거야?
-아니, 완봉을 밥 먹듯이 하고, 더 던지고 싶다고 하던 놈이 알아서 마운드를 내려가다니?
-챔피언십시리즈 첫 완봉 기회를 날리다니, 호우맨답지 않잖아?

이진용이 마운드를 일찌감치 내려간 이유, 모든 이들이 궁금한 건 바로 그것이었다.
당연히 1차전 승리 후 마련된 인터뷰 타임에서 기자들은 가장 먼저 그 질문을 던졌다.
"오늘 6이닝까지만 던진 이유가 무엇입니까?"
그 질문에 이진용은 일단 표정으로 대답했다. 그 질문을 이해 못 하겠다는 표정.
그 표정을 지은 채 이영예에게 무어라 말을 건넸고, 이영예가 곧바로 통역을 해주었다.

"정말 그 질문이 궁금해서 하신 것인지, 그렇게 물어봤습니다."

그 순간 기자들 모두가 침묵에 빠졌다.

사실 다들 알고 있었다. 이진용이 그 순간 마운드를 내려가는 이유는, 굳이 남은 이닝을 소화하지 않은 이유는 하나뿐이라는 것을.

"내일 선발로 출전하실 겁니까?"

그 질문에 이진용은 통역조차 필요 없을 정도로 모두가 이해할 수 있는 대답을 했다.

"호우!"

포스트시즌 무대에 다음은 없다.

어제 선발로 뛴 투수가 오늘 다시 불펜 투수로 나오는 경우는 포스트시즌에서 얼마든지 볼 수 있는 일이다.

그러나 이번 경우는 달랐다.

[리, 2차전 선발 출전!]
[리, 이번에는 왼손이다!]

이진용, 그의 잇따른 등판은 이제까지 존재했던 투수들의 분투, 역투와는 전혀 달랐다.

-호우맨이 작정하고 다저스를 죽이려고 하네.

압살, 그리 부를 수밖에 없는 행위였다.
더 놀라운 건 세간의 반응이었다.

-그런데 호우맨 이틀 연속 선발해도 될까?
 └못 할 게 뭐임? 못 나와서 안달이 난 놈인데.
 └어차피 어제 오른손으로 50구밖에 안 던짐. 호우맨 스타일이면
오늘 완봉이라도 할 걸?
 └디비전시리즈 한 게임도 안 나왔는데 힘이 넘쳐서 문제겠지.

세간은 선발투수가 이틀 연속 선발로 등판한다는 사실에
이렇다 할 우려를 표하지 않았다.
오히려 우려의 대상은 다저스가 됐다.

-호우맨 피하려다 오히려 1차전만 내준 셈이군.
-2차전은 이겨도 본전이고, 지면 그야말로 끝장이겠군.

실리를 위해서 자존심을 팔아치운 것에 대한 그 어떤 대가
도 받지 못하게 됐으니까.
동시에 그 경기를 통해 세상은 깨달았다.

-호우맨을 상대로 꼼수는 안 통해.

-패배를 당하는 것도 전력을 다해야지.

-지기 위해 죽기 살기로 뛰어야 해.

이진용을 상대로 정말 승리를 거두고 싶다면, 패배하는 게임조차 전력을 다해야 한다는 것을.

그렇게 2차전이 시작됐다.

홈경기가 가지는 이점은 이루 말할 수 없다.

일단 일방적인 응원을 받을 수 있다. 최소 4만 명이 넘는 인원들에게 일방적인 응원을 받는다는 건 이루 말할 수 없을 정도로 큰 힘이 된다.

반대로 그 응원의 반대편에 있는 입장에서는 이루 말할 수 없는 부담감이 된다.

그러한 부담감은 이진용의 경기에서는 곱절을 뛰어넘어, 아득한 악몽으로 변한다.

지금 시티 필드가 그러했다.

경기가 시작되기까지 제법 시간이 남아 있음에도 시티 필드의 관중들은 이미 자신들의 열기를 한계까지 끌어올린 상태였다.

그리고 그 사실을, 자신들이 얼마나 뜨거운지를 하나의 외침으로 표현했다.

호우!

"대단하군."

"소름이 돋을 지경이야."

"진다는 생각이 조금도 없는 거야. 그게 아니고서는 이런 분위기가 나올 리가 없잖아?"

이 순간 메츠 팬들의 머릿속에 패배라는 글자는 없었다.

"어제보다 더 뜨거운 것 같군."

사실 1차전 때만 해도 이러지 않았다.

"단순히 상황을 보면 어제보다 나을 게 없는데 말이야."

더불어 2차전인 오늘 경기는 어제 경기보다 승산이 훨씬 더 낮은 경기였다. 1차전에서 승리를 거두었지만, 마주한 팀은 작년 시즌 월드시리즈 준우승 팀이자 메이저리그를 대표하는 명문 구단 중 하나인 다저스!

"그렇지. 어쨌거나 커쇼이니까."

심지어 다저스가 내놓은 카드는 자존심을 버리면서까지 아껴놓은, 메이저리그 사이영상 3회 수상에 빛나는 현존하는 최고의 좌완투수인 클레이튼 커쇼!

"반면 리는 분명 어제 던진 여파가 없진 않을 테고."

반면 2차전에 나오는 이진용은 어쨌거나 1차전에서 6이닝을 소화한 상황이었다.

그럼에도 메츠 팬들은 자신했다.

"이대로 그냥 시리즈 스윕을 가는 거다!"

"호우!"

더 나아가 메츠 선수들도 오늘 승리를 자신했다.

그러한 광경 속에서 1회 초 등판을 앞둔 채 마운드를 바라보던 이진용이 미소를 지었다.

그것은 지금 상황에 만족하는 미소가 아니었다. 더 큰 무언가를 준비한 이의 미소였다.

이진용 대 클레이튼 커쇼.

두 투수는 기량만 놓고 본다면 단 한 점도 내주지 않은 채 9이닝을 마쳐도 이상할 게 없었다.

장담컨대 만약 그들이 수치로만 하는 단순한 게임을 했다면 그 두 투수는 9회는 물론 10회나 11회에도 마운드에 올라와 무실점 피칭을 했을 것이다.

실제로 그 투수는 기량에 어울리는 피칭을 했다.

"스트라이크, 아웃!"

-삼진 아웃! 리! 그가 오늘 왼손만으로 여섯 번째 삼진을 잡아냈습니다!

이진용은 클레이튼 커쇼를 마주해 오른손이 아닌 오로지 왼손만을 이용해 다저스 타자들을 무자비하게 두드렸고, 최고 105마일까지 나오는 이진용의 왼손 앞에서 다저스 타자들이 할 수 있는 것은 아웃카운트를 내주는 것밖에 없었다.

"스윙, 스트라이크! 아우-우-우웃!"

-커쇼! 그가 다시 한번 커브로 삼진을 잡아냅니다! 오늘 커브로만 무려 다섯 개의 삼진을 잡아냅니다!

클레이튼 커쇼 역시 전력을 다한 피칭을 통해 메츠 타선을 완벽하게 틀어막았다.

개중에는 이진용과 조 존스도 있었다.

"조, 네가 보기에 오늘 커쇼의 공은 어때?"

"본인이 실투를 하기 전까지는 틈이 없을 정도야."

그 둘마저 머리를 맞대도 답이 나오지 않을 정도.

"커쇼가 커쇼답게 던지고 있군."

"그래, 커쇼가 커쇼답게 던지고 있는 거지."

그리고 그게 클레이튼 커쇼라는 투수였다.

사이영상을 세 번이나 수상하며, 메이저리그의 살아 있는 전설과도 같은 투수! 한 시즌 동안 1점대 방어율을 찍을 수 있는 기량의 투수!

그런 투수가 제 기량을 발휘한다는 건 타자 입장에서는 사형 선고와 마찬가지였다.

그런 클레이튼 커쇼의 피칭 앞에서 다저스의 분위기는 점차 달라지기 시작했다.

'그래, 저쪽도 괴물이지만 이쪽도 괴물이다.'

'우리에게도 커쇼라는 괴물이 있다!'

빛 한 점 보이지 않은 아득했던 지옥 속에서 드디어 자신들 만을 비춰주는 광명 한 줄기에 다저스 선수들은 점차 상황을 냉정하게 바라보기 시작했다.

'지금 커쇼라면 완봉도 가능하다. 반면 리는 어제 던진 여파

가 분명 남아 있어.'

'연장으로 갈 가능성도 없지 않지. 하지만 최소한 연장으로 가면 호우맨은 내려간다.'

'불펜은 마에다를 비롯해 켄리 젠슨까지, 우리 쪽이 훨씬 강하다.'

이진용의 피칭에서 틈을 찾긴 힘들지만, 이진용이 오늘 모든 이닝을 소화할 수 없다는 사실에 다저스 선수단은 가능성을 느끼기 시작했다.

비단 다저스만 그런 게 아니었다.

-이대로 가면 최소한 7회까지는 점수 안 나올 것 같은데?

-커쇼는 몰라도 호우맨이 오늘 경기에서 7이닝 이상 던지기는 힘들 거야.

-그럼 불펜 싸움인데, 불펜은 다저스가 위 아닌가?

└훨씬 위지.

└이거 잘하면 다저스가 연장까지 가서 잡을지도 모를 듯?

경기를 보는 모든 이들이 흐름의 변화를 파악했다.

다저스만을 향했던 참담함과 절망감이 점차 메츠 쪽으로 몰려오는 것을 느꼈다.

'이대로 지는 거 아니야?'

'설마 오늘 패배하는 거야?'

메츠 팬들의 머릿속으로 패배라는 단어가 스멀스멀 피어오르기 시작했다.

'호우맨이 나오고 패배하면 어떻게 되는 거지?'

그런 메츠 팬들의 머릿속으로 자연스레 패배했을 때 메츠가 치러야 하는 대가에 대한 상상이 시작됐다.

시티 필드 분위기가 어수선해지기 시작했다.

그러나 그 상황 속에서 메츠 선수단과 코칭스태프는 별다른 기색을 보이지 않았다.

당연했다.

"어느 정도 예상대로 흘러가는군."

메츠는 이미 이런 상황을 충분히 예상하고 있었으니까.

"역시 커쇼는 커쇼니까요."

그리고 예상하지 못하는 게 이상한 일이었다.

다저스는 명문 구단의 자존심을 버리면서까지 승리를 위해 2차전에 클레이튼 커쇼를 배치했다. 배수의 진을 치고 2차전을 준비했고, 그런 상황에서 마운드에 오른 클레이튼 커쇼가 단순한 피칭이 아닌 자신의 모든 것을 불사르는 피칭을 한다는 건 너무나도 당연한 일이었다.

그런 커쇼를 상대로 점수를 내는 것이 얼마나 힘들고 어려운 일인지도 모두 알고 있었다.

"그럼 슬슬 긴 전쟁을 준비해야겠군."

당연히 이런 상황을 염두에 두고 작전을 준비했다.

"디그롬에게 몸을 풀라고 전해주게."

보다 확실하게 이기기 위한 작전을.

경기 분위기가 바뀌기 시작한 건 6회 초였다.

"스윙, 스트라이크 아웃!"

이진용이 이진용답게 6회 초 두 번째 아웃카운트를 잡을 무렵.

"호우!"

이진용이 자신이 잡아낸 아웃카운트에 대한 환호성을 내지를 무렵.

호우!

그리고 시티 필드의 메츠 팬들이 그 환호성에 기꺼이 환호성으로 대답할 무렵.

'응?'

-어?

그 순간 이진용과 김진호는 분명하게 느꼈다.

-소리가 아까보다 작네?

메츠 팬들의 환호성 소리가 작아졌다는 것을. 팬들의 이목 중 일부가 자신이 아닌 다른 곳을 향하고 있다는 사실을.

그 사실에 이진용은 미소를 지은 채 곁눈질로 불펜 투수들이 있는 곳을 바라봤다.

"드디어 몸 푸나 보네요."

이진용과 김진호, 그 둘은 어째서 환호 소리가 줄어들었는지 알고 있었다.

모를 리 없었다.

-그래, 디그롬이 몸을 푸는 모양이다.

애초에 이진용이 오늘 2차전에 등판하는 건 그가 혼자서 기획하고, 준비한 시나리오가 아니라 메츠라는 팀이 기획하고 준비한 시나리오였다.

이진용이 2차전에 선발로 올라오고, 그 뒤를 이어서 제이콥 디그롬이 나오는 것!

사실 이상할 건 없었다.

원래 예정대로라면 2차전 선발로 제이콥 디그롬이 올라오게 된 상황이었고, 그런 그가 2차전에 나오는 건 이상한 일이 아니지 않은가? 단지 예상하긴 힘든 일일 뿐.

"뭐야? 디그롬이 불펜이라고?"

"디그롬을 아끼려고 호우맨을 올린 거 아니었어?"

메츠가 이진용을 내보낸 것이 선발투수를 아끼기 위함이라고 생각한 이들은 제이콥 디그롬이라는 팀에서 두 번째로 강력한 선발 카드를 불펜으로 쓴다는 걸 상상하는 건 불가능한 일이었기에.

그렇기에 충격은 더 클 수밖에 없었다.

-디그롬이 불펜이라니, 이거 어떻게 되는 거냐?

-맙소사, 호우맨하고 디그롬 조합이었어?

-누가 메츠 불펜이 부족하다고 했냐? 호우맨+디그롬, 18이닝 무실점도 가능한 조합이잖아!

세상 모든 이들이 놀랐다.

물론 개중에서 가장 놀란 건 다저스였다.

'맙소사……'

'디그롬을 불펜에 준비할 줄이야……'

제이콥 디그롬이 불펜에서 몸을 풀기 시작한다는 이야기를 듣는 순간 다저스는 침묵했다.

이 말도 안 되는 상황 속에서 탄식조차 나오지 않았다.

딱!

그런 다저스의 더그아웃 안으로 소리 하나가 들어왔다. 이진용이 외야 플라이로 6회 초 마지막 아웃카운트를 잡아내는 소리였다.

이제 다저스가 그라운드 위에서 메츠의 타자들을 막을 때가 됐음을 알려주는 소리이기도 했다.

그럼에도 불구하고 다저스의 더그아웃을 채운 야수들은 쉽사리 움직이지 못했다.

'리 다음 디그롬이라고?'

'디그롬은 이번 시즌 2점대 방어율을 기록하면서 작년 시즌과 전혀 다른 수준의 투수가 됐다.'

'똑같은 100마일짜리 투수라는 걸 제외하면 둘은 전혀 다른 타입인데……'

제대로 준비하지 못한 채 또 다른 괴물을 맞이해야 한다는 사실 앞에서 혼란을 느끼지 않을 선수는 없었으니까.

때문에 다저스 선수들은 느끼지 못했다.

-어때? 다저스 애들?

"놀라서 말도 안 나오는 것 같네요."

-커쇼는?

"고민 중이겠죠. 이 분위기 속에서 이기기 위해서 자신이 무엇을 해야 하는지."

자신들을 주시하는 이진용의 시선을.

"분명 연장전을 위해선 자신이 1이닝이라도 더 많은 이닝을 소화해야 한다고 생각하고 있겠죠. 저라도 같은 생각을 할 테니까."

드디어 상대의 틈을 발견한 맹수의 시선을.

그렇게 6회 말이 시작됐다.

타순은 1번, 이진용부터 시작이었다.

클레이튼 커쇼. 리그 최고의 투수.

그의 피칭을 본다는 것 자체가 야구팬에게 있어서는 평생의 추억이나 기념이 될 만한 투수.

당연한 말이지만 그런 투수를 기량만으로 상대할 수 있는 타자는 리그에 손에 꼽을 정도밖에 없었다. 마이크 트라웃, 골든 슈미트같이 언제든 리그 MVP를 받을 수 있는 수준의 타자들.

그럼 그 외의 타자들, 기량만으로 클레이튼 커쇼 같은 위대한 투수를 상대할 수 없는 타자들은 어떻게 해야 할까?

답은 이미 나와 있다. 기량적인 면이 아닌 부분을 공략하는 것. 6회 말 선두타자로 나온 이진용이 노리는 바는 그 점이었다.

'이제부터는 투구수 관리를 시작하겠군.'

일단 이진용은 변화를 포착했다.

1회부터 5회까지, 완벽함만을 추구하던 클레이튼 커쇼가 이제는 완벽함 대신 효율적인 피칭을 추구한다는 사실을.

'그래, 그래야지. 그래야 디그롬이 불펜에 나온 보람이 있는 거지.'

그리고 그 역시 이미 이진용이 기획한 시나리오 속의 내용이었다.

제이콥 디그롬이 불펜 피칭을 4회도, 5회도 아닌 6회 초에 시작한 건 결코 아무런 노림수도 없이 이루어진 게 아니었다.

'그럼 내 역할은 간단하지.'

이런 상황에서 이진용은 당연히 자신이 해야 할 바가 무엇인지도 잘 알고 있었다.

'최대한 물고 늘어지는 것.'

투구수 관리를, 효율적인 피칭을 하는 투수를 그러지 못하게 방해하는 것. 그럼으로써 다저스의 마운드에 균열을 만드는 것.

그렇기에 타석에 서는 순간 이진용은 배터 박스의 하얀 라인을 짓밟으며, 포수를 향해 말했다.

"Do you know Howoo?"

다저스의 악몽이 시작됐음을 알리는 소리였다.

투수가 가장 짜증 나는 상황은 무엇일까?

홈런을 맞는 순간? 분명 짜증이 나는 일이다. 그러나 의외로 홈런을 맞는 순간 짜증은 크지 않다. 대개 홈런을 맞는 순간 투수들은 짜증보다는 자책을 시작하니까.

야수가 실책을 하는 순간? 이 역시 투수 입장에서는 짜증 나는 일이다. 하지만 투수들은 안다. 야수들이 평소에 자신을 위해 얼마나 많은 훈련을 하고 노력을 하는지. 그리고 실책을 한 야수를 질책해서 얻을 수 있는 건 아무것도 없다는 사실을.

사실 이 부분에 대한 정답은 없다.

그러나 만약 지금 이 메츠와 다저스의 경기를 보는 이들은, 이진용과 클레이튼 커쇼의 승부를 보는 이들은 그 질문에 대해서 이렇게 말할 것이다.

-볼넷! 볼넷입니다!

타자를 상대로 13구나 던지고도 아웃카운트를 잡기는커녕 볼넷으로 타자를 내보내는 경우만큼 짜증이 나는 일은 없을 거라고.

-리! 그가 커쇼와의 13구 승부 끝에 결국 승리합니다.

그것을 이진용이 해냈다.

클레이튼 커쇼, 메이저리그 최고의 투수를 상대로 무려 13구나 되는 공을 던지게 한 후에 볼넷으로 살아남았다.

-크네요, 이건 어떤 의미에서 홈런보다 크네요.

홈런을 친 것보다 대단한 일.

그 일에 이진용은 당연히 자신의 기쁨을 숨기지 않았다. 배트 플립에 가까울 정도로 깔끔하게 배트를 내던지며 1루로 향했고, 그러면서 1루 관중들을 향해 손가락을 가리켰다.

당연히 1루 관중들, 메츠 팬들은 그 손가락질에 소리쳤다.

호우!

메츠의 홈이기에 가능한 환호성이 터져 나왔다.

반면 다저스의 분위기는 참혹할 정도로 무너져 있었다. 욕은커녕 푸념조차 내뱉지 못할 정도.

하지만 메츠는 그런 다저스가 참담한 분위기를 추스를 시간을 줄 생각이 없었다. 오히려 이제야 보이기 시작한 다저스의 틈을 어느 때보다 살벌한 눈빛으로 바라봤다.

그 상황 속에서 타석에 2번 타자가 섰다.

-조 존스가 곧바로 타석에 섭니다.

타석에 선 타자는 조 존스. 레드삭스를 우승으로 이끌었던 월드시리즈 MVP 경력을 가진 타자였다.

빠악!

순간이었다. 승부의 향방을 알 수 없던 메츠와 다저스의 챔피언십시리즈 2차전은 6회 말에 터진 조 존스의 2점 홈런과 함께 끝났다.

'졌다.'

2점이란 점수는 언제든 뒤집혀도 이상할 게 없었지만, 다저스 선수단은 그 2점을 도무지 뒤집을 수 있다는 생각이 들지 않았다.

그리고 그럴 수밖에 없었다.

그 2점은 클레이튼 커쇼, 다저스의 에이스가 무너졌다는 증거임과 동시에 이제 7회부터 제이콥 디그롬이라는 리그 최정상급 우완 투수를 상대해야 한다는 예고였으니까.

- 아! 백투백 홈런! 데이비드 라이트! 메츠의 캡틴이 해냅니다!

그런 상황 속에서 메츠의 3번 타자 데이비드 라이트가, 메츠의 캡틴인 그가 다시 한번 추가점을 얻어내는 순간 다저스는 더 이상 역전을 꿈꾸지 않았다. 이제는 몸부림을 치는 것조차 포기했다.

- 진용아, 뭐 해?

"글러브 챙겨요."

- 글러브? 7회에도 던지려고?

"딱 한 타자만 상대하려고요."

하지만 다저스는 몰랐다.

-한 타자만? 무슨 소리야?

"6이닝 내내 100마일짜리 좌완 파이어볼러 공만 보다가 100마일짜리 우완 파이어볼러 공을 보면 느낌이 어떨까요?"

-좆같겠지.

"그런데 그 사이에 80마일짜리 우완 투수가 갑자기 끼어들면?"

-······악마 같은 새끼.

이진용, 그는 이 상황에 만족할 생각이 없다는 것을.

◆ 8화 ◆
월드시리즈

[챔피언십시리즈 2차전, 메츠 5 대 0 승리!]
[메츠, 다저스를 두 번 죽이다!]

챔피언십시리즈 2차전의 승자는 메츠였다.

이진용 그리고 제이콥 디그롬, 혼자서도 게임을 완봉할 수 있는 두 투수의 조합 앞에서 다저스는 클레이튼 커쇼를 내보내고도 결국 패배할 수밖에 없었다.

다저스 입장에서는 치명적일 수밖에 없는 패배였다.

그러나 정말 다저스를 아프게 하는 것은 단순히 1패를 했다는 사실이 아니었다.

-내가 보기에 다저스보다 메츠가 더 절실해.

┗무슨 근거로?

┗그렇잖아? 메츠는 2차전에 이기려고 호우맨과 디그롬을 1+1으로 썼어. 승리를 위해서는 수단과 방법을 가리지 않겠다는 거야.

┗하긴 거기서 디그롬을 쓸 줄은 아무도 몰랐지. 디비전시리즈 완봉승 투수를 챔피언십시리즈 2차전에서 불펜으로 쓴 셈이니까.

월드시리즈 우승에 대한 간절함만큼은 메츠보다 강하다고 생각했던 다저스는 메츠와의 2차전을 통해 깨달았다. 월드시리즈 우승을 향한 목마름과 간절함조차 메츠를 이길 수 없다는 것을.

그런 다저스에게 메츠는 가장 확실한 쐐기를 박았다.

[메츠, 3차전 선발도 리!]
[리, '월드시리즈 우승을 위해선 무엇이든 할 것.']

하루 휴식일을 치른 후 다저스타디움에서 치러지는 3차전에 이진용을 선발로 내보냈다.

[리! 5이닝 무실점!]
[신더가드, 4이닝 퍼펙트!]

그리고 시작된 3차전에서 이진용은 5이닝 무실점 피칭으로 자신의 무실점 전설을 이어갔으며, 그런 이진용의 뒤를 이어 나온 노아 신더가드가 4이닝 무실점을 기록하며 3차전마저도 메츠가 3 대 0 승리를 가져갔다.

거기서 이미 게임은 끝이었다. 만약 복싱이었다면 하얀 수건이 링 위로 날아왔을, 혹은 레프리가 KO를 선언했을 상황.

그러나 야구에 KO는 없었다.

[메츠, 월드시리즈까지 1승만 남았다!]
[메츠, 4차전 선발로 맷 하비 낙점!]

그리고 시작된 4차전, 승자는 모두가 예상한 바였다.

[메츠, 4차전 승리!]
[리, 3승 0패! 챔피언십시리즈 MVP!]
[메츠, 이제는 월드시리즈다!]

메츠, 그들이 월드시리즈에 올라섰다.

포스트시즌이 모두의 축제라는 사실에 의구심을 가지는 이는 없다.

그러나 축제에도 종류가 있는 법.

포스트시즌은 과거 로마 시민들이 즐긴 축제와 비슷했다. 과거 로마 시민들이 콜로세움에서 검투사들이 싸우는 것을 보고 즐기는 것과, 전 세계 야구팬들이 페넌트레이스란 긴 전쟁을 치르며 피투성이가 된 선수들이 벼랑 끝에 올라선 채 살아남기 위해 처절하게 전쟁을 치르는 것을 보고 즐기는 것에는 큰 차이가 없으니까.

그 정도였다. 포스트시즌 무대에 올라선 이들이 감수하고, 맞이해야 하는 전쟁의 치열함은.

그런 치열한 전쟁의 마지막 무대가 등장했다.

[양키스가 해냈다!]
[양키스, 레인저스를 꺾고 월드시리즈 무대에 오르다!]

양키스, 메이저리그의 상징과도 같은 그들이 2018시즌 아메리칸리그 챔피언이 되며 월드시리즈 무대에 올랐다.

[양키스 대 메츠!]
[뉴욕 서브웨이 월드시리즈 개막!]
[뉴욕에서 메이저리그 왕좌의 주인을 가린다!]

메츠 대 양키스, 뉴욕을 연고지로 삼는 두 팀이 세계 최고를 가리는 전쟁을 시작했다.

그 사실에 세상은 열광했다.

-서브웨이 월드 시리즈가 다시 열리다니!

-2000년 이후 처음이지?

물론 그 열광은 뉴욕을 연고로 하는 두 팀이 2000시즌 월드시리즈 이후 처음으로 월드시리즈 무대에서 만났다는 사실 때문이 아니었다.

-그때는 진짜 재미없었는데.
-시청률도 최악이었지?
-뉴욕에서만 월드시리즈를 치렀는데 시청률이 좋을 리가 있나?

오히려 당시 월드시리즈는 인기가 없었다.
뉴욕에서만 치러지는 월드시리즈에 다른 지역의 메이저리그 팬들이 관심을 가질 이유는 없었으니까.

[월드시리즈 시청률 역대 최고 예상!]
[월드시리즈 시청률, 슈퍼볼을 뛰어넘나?]

그럼에도 불구하고 이번 월드시리즈에 세상이 열광하는 이유는 오로지 한 명 때문이었다.

-그때는 양키스가 악의 제국이었는데, 이제는 오히려 상황이 완전히 역전됐군!
-이제는 악의 제국은 메츠라고 해야겠지.

-아무렴, 호우맨이 있는 메츠야말로 악의 제국이지!

이진용. 악마조차도 몸서리를 치며 고개를 돌리게 할 정도로 무시무시한 그의 존재가, 메이저리그는 물론 다른 스포츠 팬들까지도 월드시리즈를 볼 수밖에 없게 만들었다.

-제발 양키스가 호우맨을 잡아줬으면 좋겠다.
-이제는 양키스만 믿는다!
-양키스, 악의 제국으로부터 세상을 구해줘요!

그리고 모두가, 메츠 팬들은 제외한 모두가 양키스가 이진용의 우승을 막기를 소망했다. 부디 이 말도 안 되는 괴물에게 월드시리즈 우승이라는 보물만큼은 지켜내기를.
-진용아, 전 세계 모든 사람들이 네가 월드시리즈 무대에서 눈물, 콧물 질질 짜기를 바라는데?
세상 모든 것이 이진용의 적이 되어버린 상황.
-어때? 전 세계 모든 이들을 위해서 마운드에서 눈물, 콧물에 오줌까지 지려보는 게? 혹시 모르잖아? 전 세계인들을 한마음으로 모은 업적을 기려서 노벨 평화상을 줄지?
그 사실 앞에서 이진용은 말했다.
"마운드에서 눈물, 콧물, 오줌 지리는 건 김진호 선수 하나면 충분하죠."
그딴 건 관심도 없다고.

-야! 내가 언제 그랬어? 난 마운드에서 땀 말고 흘려본 적이 없는 사람이야!

"눈물 한 방울도? 내기할래요? 유튜브 영상 검색해 볼까요?"

-무, 물론 눈물은 조금 흘리긴 했지. 하지만 그건 어디까지나 사나이의 눈물이었어!

말 그대로였다.

-그래서 이번에는 어떤 전술을 쓸 거냐? 이번에도 디비전시리즈 때처럼 호가호우위 전략으로 갈 거냐?

"호가호우위는 뭐예요?"

-여우가 호우의 위세를 빌려서 깝친다, 그런 의미이지. 그래서 이번에는 어떻게 할래?

이진용은 세간의 저주나 다름없는 바람에 응답할 생각도, 대응할 생각도, 관심을 가질 생각도 없었다.

"어떻게 하긴요."

애초에 그가 해야 할 건 하나였으니까.

"그런 꼼수가 통하는 무대가 아니잖아요?"

이제는 가진 모든 것을 불태우는 것.

"제 전부를 보여줄 겁니다. 제가 월드시리즈 우승에 어울리는지 아닌지."

그 모습에 김진호는 더 이상 장난기 어린 표정을 짓지 않았다. 이제는 품을 떠나 훨훨 날아가는 새를 바라보는 어미 새와 같은 미소를 지을 뿐.

그런 김진호에게 이진용이 말했다.

"그러니까 좀 일찍 성불해 주시면 안 될까요? 저 우승했다고 치고? 예?"

─……잠시나마 널 믿고 감동에 빠진 내가 병신이지.

"에이, 그러지 말고요. 저 우승했다고 치고 여기서 성불합시다."

-안 해! 성불 안 해! 너 죽을 때까지 붙어 다닐 거야!

그렇게 이진용 그리고 김진호의 월드시리즈가 시작됐다.

월드시리즈! 문자 그대로 세계 최고를 가리는 이 무대는 언제나 많은 전설을 남기고는 했다.

그리고 지금 그 월드시리즈 무대에 한 선수가 새로운 전설을 쓰기 위한 도전을 한다.

이진용. 메이저리그에서 얻을 수 있는 모든 것을 먹어치우며, 이제는 월드시리즈 반지만이 남은 괴물.

"과연 월드시리즈에서는 리가 어떤 피칭을 할지 궁금하군."

사람들은 과연 그 괴물이, 이제까지 언제나 놀라운 방법으로 원하는 것을 무자비하게 강탈했던 괴물이 월드시리즈 우승 반지를 얻기 위해 무엇을 할지 궁금해했고 또한 두려워했다.

"분명한 건 양키스는 피할 생각이 없다는 거겠지."

더욱이 양키스는 이미 이진용을 상대하기 위한 방법을 정해 둔 상황이었다.

"정확히는 양키스에게 선택권이 없었지."

아니, 양키스에 선택권은 없었다.

이진용이 디비전시리즈에서 내셔널스를 상대로, 챔피언십

시리즈에서 다저스를 상대로 보여줬다. 자신으로부터 도망치는 방법 따위로는 절대 승리를 가져갈 수 없다는 사실을. 정말 자신을 상대로 이기고 싶으면 패배하는 게임에서조차도 전력으로 부딪치는 수밖에 없다는 것을.

"정면 승부지. 그래서 다나카를 1차전에 배치한 거잖아?"

그것이 양키스가 자신들의 에이스 카드라고 할 수 있는 다나카 마사히로를 1차전 선발로 배치한 이유였다.

"양키스 불펜 역시 만반의 준비를 했고."

"양키스도 월드시리즈 우승에 목이 마를 수밖에 없어. 누구보다 월드시리즈 우승을 많이 해본 팀이니까. 0 대 0 상황은 물론 2점 차 내 상황이라면 기꺼이 필승조를 투입할 거야."

여기에 아롤디스 채프먼을 포함해 리그 최정상급 수준의 불펜 역시 언제든 투입할 준비를 마쳤다.

"호우맨이 올라오는군."

그런 모두의 기대와 두려움 속에서 월드시리즈 1차전이 시작됐다.

1회 초, 이진용이 마운드에 올랐다.

0.00, 보고도 믿기 힘든 방어율. 심지어 메이저리그에서 가장 많은 이닝. 놀란 라이언의 시대였던 1970년대 이후에는 더 이상 보기 힘들어진 300이닝이 넘는 이닝을 소화하며 기록한 그 방어율은 공포를 넘어 경이의 대상이었다.

하지만 그렇다고 해서 메이저리그 구단들이 그런 이진용을 그저 말없이 바라만 본 건 아니었다.

오히려 무수히 많은 구단들이 처참하게 깨질 것을 알면서도 이진용과 부딪쳤다. 도망치기는커녕 오히려 덤벼들었다.

그 과정 속에서 메이저리그 구단들은 이진용이라는 괴물을 상대할 방법을 하나둘씩 찾아내기 시작했다.

"일단 놈의 목적을 파악해야 해."

뉴욕 양키스, 메이저리그의 상징이라고 할 수 있는 그들 역시 이진용을 상대하기 위한 나름의 방법을 준비했다.

"놈이 우리를 상대로 무엇을 준비했는지, 그것을 파악한 후에 거기서 허점을 노려야 한다. 그게 아니고 무작정 싸우면 결국 놈의 무실점 제물이 될 뿐이야. 놈은 괴물이다. 기량도, 멘탈도 우리와는 비교조차 안 되는 괴물."

일단 양키스는 인정했다. 메이저리그 최고의 스타들인 자신들보다 이진용이 훨씬 머리 위에 있는 존재임을 받아들였다.

"솔직히 이기려고 해서는 안 돼."

때문에 양키스는 그 괴물을 상대로 승리라는 엄청난 것을 가져올 생각을 하지 않았다.

"냉정하게 생각해서 우리가 노려야 하는 건 1점이다."

노리는 것은 1점.

"그마저도 안타로 점수를 내는 건 불가능해. 그러니까 우리는 홈런을 노려야 해."

더불어 양키스는 자신들이 이진용을 상대로 점수를 낼 수 있는 방법은 홈런이 유일하다고 생각했다.

이진용이 자신들을 상대로 연속해서 안타를 허용해 주리란 생각은 조금도 하지 못했으니까.

"그러니까 섣부르게 배트를 휘두르지 마. 공 하나를 치더라도 전력을 다하는 거다."

그렇게 각오를 머금은 양키스가 이진용을 상대로 가장 먼저 내놓은 타자는 양키스의 1번 타자 브렛 가드너였다. 2011시즌 아메리칸 리그 도루왕에 빛나며 2017시즌을 기점으로 매 시즌 20개가 넘는 홈런을 때려내는. 타석에서 그 무엇도 할 수 있는 타자가 된, 양키스가 내세울 수 있는 최고의 1번 타자.

물론 그는 기적을 일으키지 못했다.

펑!

"스윙 스트라이크, 아우우웃!"

삼진. 브렛 가드너는 이진용은 월드시리즈 1차전에서 이진용을 상대로 첫 타자로 나와 첫 삼진의 제물이 되었다.

하지만 기적을 일으키지만 못했을 뿐, 브렛 가드너는 삼진을 준 대가를 나름 얻어냈다. 이진용을 상대로 5구를 던지게 했고, 더 나아가 한 타석만으로 그는 알아냈다.

"놈이 작심하고 삼진을 노리고 있어."

오늘 이진용이 어떤 얼굴을 하고 마운드에 섰는지.

이진용 본인 역시 굳이 자신이 무슨 의도로 마운드에 섰는지 숨기지 않았다.

펑!

"스윙, 스트라이크 아웃!"

양키스의 2번 타자를 상대로도 이진용은 5구를 던지면서 삼진을 잡아냈다.

그 정점은 3번 타자인 애런 저지와의 승부였다.

이진용은 애런 저지를 맞이해 오른손으로 스플리터만 3개를 던져내며 애런 저지의 헛스윙 삼진을 끄집어냄으로써 말했다.

"확실하군."

오늘 자신은 양키스의 모든 타자들을 삼진으로 잡아 죽이겠다는 의지를!

"투구수 관리를 할 생각은 추호도 없어."

"괜한 꼼수가 아니라, 이길 때까지 던지겠다는 거겠지."

오늘은 죽을 때까지 마운드에서 내려가지 않겠다는 의지를!

그 의지를 경기를 보는 모든 이들이 바로 느낄 수 있을 정도로 노골적으로 드러냈다.

당연히 그 사실에 더 이상 의문을 가지는 이들은 없었다.

대신 경기를 보는 이들은 새로운 의문을 가졌다.

"그런데 왜 삼진을 노리는데 삼진을 잡고도 조용한 거지?'

"호우맨이 호우를 안 하는군."

이진용이 세 타자를 상대로 삼진을 잡고도 아무런 환호성을 내지르지 않았다는 것.

"뭐, 메츠 팬들이 알아서 질러주니 상관없겠지만."

물론 그 사실에 당장 의문을 품는 이들은 없었다.

"원래 또라이잖아? 또 뭔가 이상한 짓을 준비하는 모양이지."

"알아서 마음 내키면 지르겠지."

그러나 4회가 됐을 때 모든 것이 달라졌다.

김진호는 말했다.

-월드시리즈 무대는 무슨 일이 일어나도 이상할 게 없어.

월드시리즈 무대는 그 무엇도 일어날 수 있는 무대라고.

당연한 말이지만 그것은 결코 방심하지 말고, 안심하지 말라는 의미에서 한 말이었다.

-그래서 모두가 끝까지 전력을 다하지. 뒤 따위는 돌아보지 않아. 가다가 넘어지더라도 어떻게든 가. 기어서라도 앞으로 가려고 하지.

제아무리 유리한 상황이라고 해도 상대 팀은 경기가 끝날 때까지 포기하지 않는다는 것을 잊지 말라는 조언.

비단 김진호만 알고 있는 조언이 아니었다. 메이저리그를 보는 이들이라면 모두가 알고 있는 조언이었다.

때문에 그 누구도 월드시리즈 1차전에서 이진용이 보여주는 피칭에 의구심을 가지지 않았다.

"스윙, 스트라이크, 아우우웃!"

3회 말. 이진용이 9번 타자로 나온 다나카 마사히로를 상대로 5구나 던지면서 기어코 삼진을 잡아내는 것을 보고 투구수 낭비를 했다고 생각하는 이들은 단 한 명도 없었다.

-호우맨이 오늘은 정말 삼진만 노리네.

-이상할 건 없지. 삼진보다 확실하게 아웃카운트를 잡을 수 있는 건 없으니까.

-그렇지. 삼진이야말로 이기기 위한 최선이자, 최고의 방법이지.

더 나아가 다나카 마사히로를 상대로 잡은 삼진이 그날 경기의 아홉 번째 삼진이자, 아홉 타자 연속 탈삼진이라는 사실에 대해서도 세상은 놀라지 않았다.

"이걸로 아홉 타자 연속 탈삼진이군."

"이 말을 몇 번이나 했는지 모르지만, 정말 대단하군."

"더 대단한 건 이런 기록을 세웠어도 기사를 쓸 필요가 없다는 점이겠지."

"그렇지. 다른 투수가 이런 기록을 했다면 기사를 수십 개를 올려야겠지만 호우맨은 다르지."

메이저리그 연속 타자 최다 탈삼진 기록인 11타자 연속 탈삼진 기록 보유자인 이진용에게 있어 9타자 연속 탈삼진은 놀랄 것 없는 일이었으니까.

오히려 사람들이 의문을 가지는 건 다른 부분이었다.

'그런데 대체 왜 리가 오늘은 조용한 거지?'

'삼진을 잡는 동안 호우를 한 번도 안 하다니? 무슨 일이지?'

이진용이 아홉 타자를 전부 삼진으로 잡는 와중에 단 한 번의 환호성도 내지르지 않았다는 것.

-호우가 호우를 안 함.

-무슨 일이지?

-성대 혹사당한 거 아님?

└300이닝 넘게 던져서 나온 부상이 성대 부상이면 웃기긴 할 듯.

중계 방송을 통해 이진용의 상태를 누구보다 확실하게 파악하는 시청자들은 물론 시티 필드를 가득 채운 메츠 팬들 역시 그 사실을 느끼고 있었다.

'호우 안 하잖아?'

'그럼 우리도 안 해야 하는 거 아닌가?'

'일단 그만해 보자.'

이진용이 삼진을 잡을 때마다 이진용을 대신해 환호성을 내지르던 메츠 팬들이 이진용의 고요함을 눈치채고는 점차 목소리를 낮추기 시작했다.

그때 기자실의 누군가 말했다.

"연속 타자 탈삼진 신기록을 세우면 그때 환호성을 내지르겠지. 설마 그때도 조용하겠어?"

이진용이 오히려 신기록을 앞두고 환호를 아끼고 있다고.

그 말을 들은 기자들은 놀랐다.

"대단하군. 월드시리즈 무대에서 자기 기록을 깨려고 하다니."

"괴물다워."

동시에 기다렸다.

'그럼 12타자 연속 탈삼진 기록을 세우면 환호성을 내지르겠군.'

'멋진 장면이 나오겠어.'

'역시 쇼맨십을 아는 녀석이군. 월드시리즈 무대에서 이런 장면을 연출하려고 할 줄이야.'

이진용이 다시 한번 메이저리그 연속 타자 탈삼진 신기록을 경신하는 순간을!

메츠 팬들은 그 순간을 기다리며 목소리를 아꼈고, 기자들은 그 순간을 앞에 두고 일찌감치 기사를 작성했다.

그리고 4회 초가 되었을 때 이진용은 기어코 해냈다.

"스윙, 스트라이크, 아웃!"

3번 타자로 나온 애런 저지를 다시 한번 삼진으로 잡아내며 자신이 기록했던 메이저리그 연속 타자 탈삼진 신기록을 다시 한번 갱신했다.

그 사실에 시티 필드가 참고 있던 것을 토해냈다.

호우!

시티 필드는 물론 뉴욕시마저 뒤흔들린 게 아닐까 착각이 들 정도로 거대한 함성이었다.

그 함성을 통해 메츠 팬들은 이진용에게 신기록 경신 사실을 분명하게 알려줬다.

[메이저리그 연속 타자 탈삼진 신기록을 경신하셨습니다. 다이아몬드 룰렛 이용권이 지급됩니다.]

베이스볼 매니저 역시 이진용이 또 한 번 신기록을 경신했음을 알려줬다.

그러나 이진용의 입은 열리지 않았다.

애런 저지를 삼진으로 잡은 이진용은 환호성을 내지르기는 커녕 입을 꾹 다문 채 흐트러진 모자를 고쳐 쓰고는 그대로 더그아웃을 향해 발걸음을 내디뎠다.

'뭐지?'

'무슨 일이지?'

그 모습에 더 이상 이진용을 향해 환호성을 내지르는 이들은 없었다.

시티 필드에 아무도 예상치 못한 고요함이 찾아왔다.

사람이 환호성을 내지를 때는 언제일까?

원하는 바를 이루었을 때다.

달리 말하면 원하는 바는 이루지 못한 이는 결코 환호하지 않는다.

펑!

"스윙 스트라이크, 아웃!"

그게 이유였다.

[메이저리그 연속 타자 탈삼진 신기록을 경신하셨습니다. 다이아몬드 룰렛 이용권이 지급됩니다.]

8회 초, 이진용이 스물세 타자 연속 탈삼진 신기록을 세우는 순간 환호성을 내지르지 않은 이유.

말 그대로였다.

이진용, 그가 원하는 바는 스물셋 타자 연속 탈삼진이 아니었기에 환호성을 내지를 이유는 없었다.

그리고 이제는 그 사실을 경기를 보는 이들도 어느 정도 짐작하고 있었다.

'아직 남았다, 이거지?'

'미친 또라이 새끼!'

이진용이 어째서 이 말도 안 되는 상황 속에서 환호성을 내지르지 않고 있는지.

그런 상태에서 이진용은 곧바로 타석에 선 6번 타자, 게리 산체스를 바라봤다.

이진용의 눈에 비친 게리 산체스는 겁에 질려 있었다. 괴물이라는 표현조차 이제는 무색한 존재를 마주하는 수준을 넘어 상대해야 한다는 사실이 게리 산체스를 그렇게 만들었다.

그런 게리 산체스를 향해 이진용이 피칭을 시작했다.

스플리터와 스플리터 그리고 또 스플리터. 세 개의 스플리터 앞에서 이번 시즌 29개의 홈런을 때려낸 게리 산체스의 배트는 세 번 춤을 추었고, 그 사실에 주심은 이제는 너무 많이 한 탓에 어색해진 그 소리를 다시 한번 내질렀다.

"스윙, 스트라이크 아웃!"

그 사실에 여전히 이진용은 환호성을 내지르지 않았다. 그리고 이제는 시티 필드의 관중들도 환호성을 내지르지 않았다.

[메이저리그 연속 타자 탈삼진 신기록을 경신하셨습니다. 다이아몬드 룰렛 이용권이 지급됩니다.]

[메이저리그 한 경기 최다 탈삼진 신기록을 경신하셨습니다. 다이아몬드 룰렛 이용권이 지급됩니다.]

베이스볼 매니저의 목소리만이 적막한 공간을 어렴풋이 적실 뿐.

그렇게 8회 초 제 역할을 마친 이진용이 마운드를 내려왔다.

-리, 그가 오늘 다시 한번 신기록을 경신했습니다. 그러나 환호성은 없었습니다.

그렇게 이진용이 더그아웃으로 사라진 후에야 시티 필드의 관중들은 입을 열 수 있었다.

"보고도 믿기지 않는군."

"스물네 타자 연속 탈삼진이라니……."

그러나 말을 뱉기만 할 뿐, 메츠 팬들의 정신 상태는 정상적이지 못한 상태였다.

모두가 마치 꿈을 꾸는 듯했다.

물론 지금 이루어지는 건 꿈이 아닌 현실이었다.

이진용, 그가 지금 말도 안 되는 대기록을 향해 이제 고작 3개의 삼진만을 남겨두었다는 건 분명한 현실이었다.

-이제 8회 말이 시작됩니다. 스코어는 0 대 0, 이제 메츠가 남은 두 번의 공격 기회 중 한 번을 소모하게 됐습니다.

그리고 현재 스코어가 0 대 0이라는 것도 분명한 현실이었다.

"리의 대기록도 대기록이지만, 설마 여기까지 0 대 0 상황이 이어질 줄이야."

"솔직히 말하면 오늘 주심의 스트라이크존 판정이 너무 후했어. 메츠에도, 양키스에도."

"그렇다고 해도 이런 상황이 나올 줄이야……."

"그야말로 신의 장난이군."

어느 기자의 말대로 신의 장난이라고 볼 수밖에 없는 현실이었다.

"만약 리가 9회 초에 퍼펙트 오브 퍼펙트를 달성했는데 9회 말에 점수가 안 나온다면……."

메이저리그 역사에도 존재하지 않았던 전설이 0 대 0 연장 승부라는 이유로 비공인 기록이 될지도 모르는 상황을 신의 장난이 아니라면 과연 무엇이라고 표현할 수 있을까?

"양키스 타자들은 이미 죽은 시체고, 메츠 타자들은 죽어가는 시체 꼴이겠군."

"부담감이 엄청날 거야."

그 사실에 대한 부담감은 메츠 선수들, 개중에서도 타자들의 목을 죄고 있었다. 아니, 죄는 정도가 아니었다.

'토할 것 같아, 아니, 차라리 토했으면 좋겠군.'

'숨이 막힌다.'

지금 이 순간 메츠의 더그아웃을 가득 채운 부담감은 교수형을 당하는 사형수의 교수대 밧줄처럼 메츠 타자들을 숨조차 쉬지 못하게, 질식사하게 만들었다.

코칭스태프도 마찬가지였다.

모든 코치들은 이 순간 그 어떤 말도 할 수 없었다.

메이저리그 역사에 존재치도 않았던 이 상황에서 코칭을 한다는 것 자체가 불가능했다. 그저 누군가가 무언가를 해내기를, 부디 신이 이 장난을 멈추기를 기도하며 기다릴 뿐.

그러나 이진용은 달랐다. 그는 신에게 이 장난을 끝내달라는 기도를 하지 않은 채 그저 자신의 차례가 오기를 기다렸다. 그뿐이었다.

김진호 역시 그런 이진용에게 괜한 말을 건네지 않은 채 두 눈을 감고 기다렸다.

그로부터 얼마나 시간이 흘렀을까?

빠악!

뇌성을 떠올리게 하는 날카로우면서도 강렬한 한 줄기의 시티 필드를 반으로 갈랐다.

-아!

그 소리와 함께 타구가 만들어낸 포물선이 시티 필드를 반으로 갈랐다.

-조 존스!

조 존스, 메츠가 양키스로부터 받아준 그 골칫거리가 시티 필드를 반으로 갈랐다.

그 순간 메츠 더그아웃은 물론 이제까지 고요했던 시티 필드가 동시에 소리를 내질렀다.

호우!

목이 아닌 심장이 소리를 내질렀다.

"호우우우!"

"호우우움런!"

"호우! 호우!"

메츠 더그아웃에서 이성을 잃은 짐승들이 미친 듯이 소리를 내질렀다.

그러나 그 소리 앞에서 이진용은 여전히 침묵했다. 그는 환호하지 않았다. 아직 원하는 바를 이루지 못했으니까.

그런 이진용에게 9회 초가 찾아왔다.

그제야 이진용이 감았던 눈을 떴다.

-리, 그가 마운드에 오릅니다. 메이저리그 역사를 넘어 야구의 역사에 영원불멸할 전설을 만들기 위해 마운드에 오릅니다.

이제 세 타자 연속 삼진을 잡는다면 메이저리그에 영원불멸

할 전설이 탄생하는 순간. 그 순간 시티 필드는 마치 태초의 세상처럼 조용했다.

모두가 입을 다물었다. 어린아이들조차 제 고사리 같은 손으로 입을 가린 채 숨소리조차 가렸다.

처벅, 처벅, 처벅…….

그 고요한 세상의 중심을 향해 이진용이 걸음을 내디뎠다.

그런 이진용을 향해 그 누구도 말을 건네지 못했다. 오늘 단 하나의 아웃카운트도 잡지 않은 야수들은 물론 오늘 이진용과 함께 스물네 개의 아웃카운트를 잡은 조 존스조차, 이진용을 위해 홈런을 때려낸 그조차 이진용에게 말을 건네지 못했다.

이제는 괴물이라는 수준을 벗어나 버린 이진용을 향해 메츠 선수단을 비롯해 모든 이들이 경외를 품기 시작했다.

그런 이진용을 향해서 오직 한 명만이 말을 건넸다.

-진용아.

김진호, 1회부터 8회까지 마운드 뒤편에 팔짱을 끼고 선 채 이진용의 피칭을 묵묵히 바라보던 그가 처음으로 이진용을 불렀다.

그 말에 이진용은 고개를 돌리지 않았다. 대신 글러브로 입을 가린 채 타석에 서는 타자를 바라만 보고 있었다.

하지만 김진호는 개의치 않고 말했다.

-네가 최고다.

그 말에도 이진용은 대답할 생각도 없다는 듯이 자신의 입을 가리고 있는 글러브를 치웠다.

그러자 글러브 너머로 숨겨져 있던 이진용의 깊은 미소가 세상에 모습을 드러냈다.

그 미소 어디에도 긴장감은 없었다.

당연히 이진용의 피칭에도 망설임은 없었다.

7번부터 시작되는 타순, 그 타순을 향해 이진용은 이제까지 한 작업은 반복했다.

공을 던졌고, 스트라이크를 잡았고, 삼진을 잡았다.

[메이저리그 연속 타자 탈삼진 신기록을 경신하셨습니다. 다이아몬드 룰렛 이용권이 지급됩니다.]

[메이저리그 한 경기 최다 탈삼진 신기록을 경신하셨습니다. 다이아몬드 룰렛 이용권이 지급됩니다.]

고요한 세상 속에서 베이스볼 매니저의 목소리만이 들렸다.

이윽고 이진용이 그토록 원하던 소리가 나왔다.

[퍼펙트게임을 달성하셨습니다.]

그제야 원하는 바를 이룬 이진용이 환호성을 내질렀다.

"호우!"

그 순간 더 이상 마운드 위에서 메이저리그를 공포에 물들게 하던 괴물은 없었다.

마운드 위의 절대자만이 있을 뿐.

2018년 10월 27일.

뉴욕의 풍경은 이제 겨울과 진배없는 풍경이었다. 사람들은 저마다 윗도리를 두른 채 하얀 입김을 간간이 토해내며 뉴요커답게 분주하게 발걸음을 놀렸다.

자동차들 역시 마찬가지였다. 뉴욕답게 가지각색의 자동차들이 도로 위를 분주하게, 제 목적지를 향해 최선을 다해 움직이고 있었다.

뉴욕의 택시기사인 알버트 리 역시 마찬가지였다.

"어?"

손님을 찾아 헤매던 그는 이내 손님을 발견하고는 곧바로 손님 앞에 차를 세웠다.

그리고 손님이 차를 타는 순간 알버트 리는 잽싸게 백미러로 손님의 특징을 분석했다. 혹시라도 질이 안 좋은 손님이면 잽싸게 대비하기 위한 본능적인 행동이었다.

실제로 그 손님의 행색은 의심 가는 구석이 몇 있었다. 목도리를 두른 채 얼굴을 가리고, 모자를 쓰고 있었으며 심지어 선글라스마저 쓴 채 자신의 정체를 감추고 있었다.

솔직히 보통의 경우에 알버트 리는 그 손님을 절대 태워주지 않았을 것이다.

"메츠 팬이시군요."

만약 그 손님이 쓰고 있는 모자와 목도리 그리고 입고 있는 점퍼가 전부 뉴욕 메츠의 것이 아니었다면.

"그럼 당연히 목적지는 양키스타디움이시겠죠?"

반대로 그렇기에 알버트 리는 기꺼이 손님을 태워줬다.

"목적은 월드시리즈 4차전이겠고요."

말을 하던 알버트 리가 뒷좌석의 손님이 볼 수 있도록 자신이 쓴 모자를 건드렸다.

그의 모자에도 뉴욕 메츠의 로고가 새겨져 있었다.

그뿐만이 아니었다. 그의 운전석 대시 보드에는 메츠의 선수들로 만들어진 보블 헤드 인형이 잔뜩 있었다.

알버트 리, 그가 메츠에 영혼을 바쳤다는 증거들이었고, 기꺼이 이 수상한 메츠 팬을 받아들인 이유였다

"혹시 제가 틀린 건 아니죠?"

알버트 리의 그 되물음에 손님은 고개를 저으며 말했다.

"정확하시네요. 양키스타디움으로 가주세요."

그 대답에 알버트 리가 미소를 지었고 곧바로 그의 자동차가 힘차게 바퀴를 움직이기 시작했다.

물론 운전과 동시에 알버트 리의 입도 힘차게 움직이기 시작했다.

"정말 끝내주는 시즌이죠? 제가 메츠 팬이 된 지 20년이 됐는데, 이런 시즌은 처음입니다. 아마 메이저리그 모든 이들이 이런 시즌은 처음일 겁니다. 선수 한 명이 혼자서 월드시리즈 우승을 쟁취하다니, 메이저리그 역사에 없던 일이죠."

말을 하던 알버트 리의 머릿속으로 짧게 회상이 지나갔다.

"퍼펙트 오브 퍼펙트라니, 그 경기를 직접 현장에서 봤는데도 여전히 그날이 믿기지 않을 정도입니다."

나흘 전에 뉴욕에서 일어난 역사적인 순간을 떠올렸다.

"현장에서 보셨다고요?"

"뉴욕에서 택시 기사로 10년 넘게 일하다 보면 월드시리즈 티켓 한 장은 얻을 수 있으니까요. 물론 아주 높은 자리인 탓에 솔직히 보이는 건 없었습니다만, 뭐 그게 중요합니까? 안 그래요? 그 전설이 쓰이는 현장에 있었던 게 중요한 거지. 그날 티켓도 이미 액자에 보관했어요. 내년에 액자째로 가져가서 리의 사인을 받을 겁니다."

말을 하던 알버트 리는 다시 한번 자신의 모자를 툭툭 건드리면서 말했다.

"물론 여기에도 받아야죠. 아마 리가 좋아할 겁니다. 그는 사인을 해주고 싶어서 안달이 난 선수이니까요. 정말 여러모로 끝내주는 선수죠."

말을 하던 알버트 리는 곧바로 이야기 주제를 다음으로 넘겼다.

"사실 거기서 이미 월드시리즈는 끝이었죠. 퍼펙트 오브 퍼펙트게임이라니, 베이브 루스는 물론 사이영조차 못 한 걸 해냈는데 무슨 게임이 더 필요하겠어요?"

월드시리즈 2차전과 3차전에 대한 이야기였다.

"2차전과 3차전에서 양키스 정신을 못 차린 게 눈에 보이더군요. 덕분에 쉽게 이길 수 있었죠. 특히 어제는 양키스타디움에 양키스 팬보다 메츠 팬이 더 많이 가더군요. 양키스 팬들도 직감한 거죠. 이 게임은 이길 수 없다는 걸 말이죠."

그렇게 하던 이야기는 곧바로 현재로 왔다.

"아마 오늘은 더 심할 겁니다. 호우맨이 나오는 경기이니까요."

대화는 거기까지였다.

애초에 시티 필드에서 양키스타디움까지의 거리는 직선거리로는 10킬로미터를 조금 넘는 수준에 불과한 거리였을뿐더러 이미 양키스타디움으로 가는 길목은 주차 자리를 찾아 헤매는 자동차들로 이미 주차장이나 다름없는 신세가 되어 있는 탓에 더 이상의 진입은 불가능했다.

"여기서부터는 걸어가는 게 아마 차로 가는 것보다 열 배는 더 빠를 겁니다."

차라리 걸어가는 게 나을 정도.

알버트 리의 그 말에 손님은 고개를 끄덕이며 곧바로 알버트 리에게 요금을 지불했다.

"아, 괜찮습니다."

그때 알버트 리가 요금을 사양했다.

"메츠를 응원하기 위해 양키스타디움까지 오시는 메츠 팬에게 돈을 받을 순 없죠. 하물며 월드시리즈 우승하는 날 아닙니까? 물론 아직 이르지만, 의심할 여지는 없죠."

홈인 시티 필드도 아닌 적지인 양키스타디움까지 홀몸으로 오는 메츠 팬에게 알버트 리는 자신이 해줄 수 있는 최선의 응원을 해줄 속셈이었다.

그 사실에 손님은 굳이 요금을 내기 위해 노력하지 않았다.

"감사합니다."

고마움을 표시했고, 그런 손님의 말에 알버트 리가 밝은 미소와 함께 말했다.

"감사합니다, 그럼 호우!"

알버트 리의 그 말에 손님이 대답했다.

"호우."

그 말과 함께 손님이 문을 열고 내렸다.

'어?'

그 순간 알버트 리는 손님의 옷차림이 달라진 것을 확인했다. 모자와 목도리, 점퍼로 무장했던 손님에게서 더 이상 모자가 보이지 않은 것을 확인했다.

"모자 놓고 가셨습니다! 모자!"

그 사실에 놀란 알버트 리가 곧바로 운전석 창문을 내리며 떠나는 손님을 향해 소리쳤다. 그러나 손님은 이미 양키스타디움으로 향하는 인파 속에 사라진 상황이었다.

"아, 이런⋯⋯."

결국 알버트 리는 손님을 부르는 것을 포기했다.

대신 그는 직접 움직이고자 했다.

'어떻게든 모자를 돌려줘야지.'

만약 그 손님이 시티 필드를 방문한 거라면 메츠 모자쯤은 얼마든지 구할 수 있겠지만, 양키스타디움에서 메츠 모자를 구하는 것은 절대 불가능한 상황. 알버트 리는 같은 메츠 팬이 그런 추억을 가지는 것을 용납할 생각이 없었다.

곧바로 운전석에서 내린 알버트 리가 뒷좌석 문을 열었다.

그러자 손님이 놓고 간 모자가 보였다.

'어?'

그리고 손님이 놓고 간 야구공도 보였다.

'야구공?'

그 사실에 놀란 알버트 리가 야구공을 손에 쥐고 살폈다. 그리고 그는 볼 수 있었다.

"호, 호우!"

이진용, 그가 자신만을 위해 남겨준 특별한 사인을.

양키스타디움.

메이저리그에서 가장 고고하고, 위엄이 넘치는 야구장.

-안녕하십니까, 메이저리그를 사랑하는 야구팬 여러분. 오늘 양키스타디움에서 월드시리즈 4차전, 어쩌면 이번 시즌 마지막 경기가 될지도 모르는 경기가 펼쳐질 예정입니다.

그러나 오늘 양키스타디움은 탄생 이후 가장 참담한 상황을 맞이하고 있었다.

-만약 오늘 경기를 메츠가 가져간다면 4승 0패로 1986년 이후 세 번째 월드시리즈 우승을 차지하게 됩니다.

오늘 양키스타디움에서 양키스는 제물이 될지도 몰랐으니까.

-그리고 그 승리를 위해 메이저리그 역사상 유일무이한 기록, 퍼펙트 오브 퍼펙트게임을 기록한 리가 등판합니다.

이진용, 그가 이제는 메이저리그의 절대자가 됐음을 알리는 대관식의 제물이.

당연히 양키스타디움의 분위기는 월드시리즈 분위기라고는 믿기 힘들 정도로 참담했다.

-그래, 이거지. 난 이런 분위기를 느끼고 싶었다.

하지만 김진호, 그는 달랐다. 그는 양키스타디움의 분위기에 너무나도 만족한 듯한 미소를 짓고 있었다.

그런 김진호의 모습을 이진용이 실소를 머금은 채 바라봤다.

-뭘 봐?

그 시선을 느낀 김진호가 고개를 돌려 퉁명스러운 모습으로 이진용을 바라봤다.

그렇게 그 둘이 잠시 동안 말없이 눈빛을 교환했다.

그때 이진용이 입을 열었다.

"오늘 제가 여기서 승리투수가 되면 김진호 선수를 다시 보지 못할지도 모르겠군요."

그 말에 김진호가 피식 웃었다.

-그래서 기분 좋냐? 응? 좋아?

"나쁠 건 없죠."

-오냐, 나도 좋다.

말을 뱉은 김진호가 고개를 휙 돌렸다.

"오늘 경기 중에는 말하지 못할지도 모르니까, 그러니까 미리 말해둘게요."

-뭘?

"Thank you."

짧은 단어, 그러나 그 단어에 김진호의 비틀어진 입꼬리가 올라가기 시작했다.

-뭐라고? 잘 안 들리는데? 다시 한번 말해줄래?

김진호의 이어진 요청에 이진용이 미소를 지으며 말했다.

"진호야 고마워."

-그래, 나도 고마…… 응? 너 갑자기 왜 반말이냐? 너 지금 나 귀신이라고 무시하냐?

"아니, 영어에 반말 존댓말이 어디 있어요? 그렇잖아요?"

-야, 그건 영어일 때 이야기이지 너 조금 전에 한국어로 말했잖아?

"아, 제가 한국어를 자주 쓸 일이 없어서 실수를 한 모양이네요. 정정하겠습니다."

-야이 또라이 새끼야! 미국에서 이제 1년도 안 된 놈이 실수는 무슨 실수야! 야! 다시 제대로 해! 똑바로 자세 잡고 아홉 번 절하면서 감사하다고 인사해! 빨리!

"어차피 오늘 성불할 주제에 뭘 그렇게 불만이 많아요?"

그때였다.

"리!"

더그아웃 안으로 들어온 조 존스가 이진용을 발견하고는 다가오며 말했다.

"누구랑 이야기 중이었나?"

그 물음에 이진용이 미소를 지으며 말했다.

"아니, 기도하는 중이었어."

"기도? 월드시리즈 우승을 확정하게 해달라는 기도?"

조 존스의 되물음에 이진용이 고개를 저으며 말했다.

"내게 찾아온 기적에 감사하다는 기도를 했어."

"월드시리즈 우승이 아니라?"

거기까지였다.

이진용이 자리에서 일어나며 조 존스의 어깨를 두드리며 말했다.

"월드시리즈 우승은 굳이 기도할 필요가 없잖아."

"그렇지."

그렇게 월드시리즈 4차전이, 2018시즌 마지막 경기로 기록
될 경기가 시작됐다.

마운드를 떠올리게 하는 봉분.

그 봉분 앞에 추운 날씨임에도 말끔한 정장 차림을 하고 있
는 사내가 두 손을 모은 채 기도를 했다.

이윽고 기도를 마친 사내가 품에서 무언가를 꺼냈다.

꺼낸 것은 고급스러운 반지 함이었다.

사내가 그 반지 함을 열자 화려하기 그지없는 반지 하나가
그 모습을 드러냈다.

"김진호 선수, 당신이 그토록 바라던 월드시리즈 반지입니다."

2018시즌 뉴욕 메츠의 월드시리즈 우승을 기념하는 월드시
리즈 반지. 이진용이 그 반지를 그대로 봉분 앞에 내려놓았다.

그러고는 긴 한숨을 내뱉었다.

"드디어 끝났네요."

그 말과 함께 이진용이 긴 회상에 젖은 듯 한동안 말없이 자
신 앞의 무덤을, 김진호의 무덤을 바라봤다.

이윽고 회상을 마친 이진용이 감았던 눈을 뜨며 슬쩍 자신
의 옆을 곁눈질했다.

-뭘 봐?

"……아직 있네."

그곳에는 김진호가 있었다.

-뭐, 인마? 아직 있네? 이 새끼가!

"아니, 월드시리즈 우승도 했는데 왜 성불 안 하세요?"

-난들 아냐!

"아, 미치겠네."

말을 하던 이진용이 머리를 신경질적으로 긁적였다.

"아니, 살아생전 소원이 월드시리즈 우승 아니었어요?"

-맞아.

"그럼 월드시리즈 우승했으면 성불하는 게 순리 아닙니까?"

-아니, 그게 그러니까…… 정확히 말하면 월드시리즈 우승이 소원 중 하나였던 거지.

"뭐라고요?"

김진호의 충격 고백 앞에서 이진용이 기겁한 표정을 지으며 윽박지르듯 말했다.

"그럼 나머지 소원은요?"

-아니, 별거 없어. 사실 내 소원은 월드시리즈 우승을 포함해서 두 개밖에 없었어.

"두 개?"

-응.

"뭔데요."

-사이영 기록 넘는 거랑 요기 베라의 월드시리즈 최다 우승

횟수 경신하는 거.

　말을 하는 김진호는 어느 때보다 해맑은 미소를 짓고 있었다. 반면 이진용은 어처구니가 없는 눈으로 김진호를 바라봤다.

　"잠깐, 잠깐 계산 좀 해봅시다."

　그 순간 상황을 파악한 이진용이 계산을 시작했다.

　"사이영 통산 승수가……."

　-511승이지. 다행히 메이저리그 통산 최다 이닝이나 최다 탈삼진은 사이영이 아니라 놀란 라이언 기록이야. 그러니까 진용이, 넌 통산 최다승만 깨면 될 거야.

　"그게 다행입니까?"

　-아, 참고로 메이저리그 월드시리즈 최다 우승은 요기 베라의 10회 우승이다. 앞으로 10번 더 하면 돼. 그래, 딱 10년 동안 매 시즌 47승씩하고 월드시리즈 우승하면 되겠다.

　김진호의 그 말에 이진용은 두 손으로 제 얼굴을 감쌌다.

　"아, 빌어먹을……."

　-너무 낙심하지 마. 진용아, 너라면 할 수 있어. 그래, 내가 힘내라고 노래 불러줄게. 아빠 힘내세…….

　"닥쳐요!"

　말과 함께 이진용이 그대로 무덤 앞에 놔두었던 월드시리즈 반지가 담긴 반지 함을 챙겼다.

　-야, 뭐 하는 거야? 나 주는 거 아니었어? 치사한 새끼, 줬다 뺏는 게 어디 있어?

　"시끄러워요! 지금 정신 나가기 일보 직전이니까 저 건드리지 마요!"

-야, 상황이 이래도 말은 바로 해야지 이미 정신 나간 또라이 새끼가 나갈 정신이 어디 있어?

"에이, 진짜!"

진심을 담아 화를 내는 이진용의 모습에 김진호가 표정을 바꾸었다.

-크흠.

그러고는 헛기침으로 분위기를 잠시 진정시킨 김진호가 이진용에게 다가와 말했다.

-사실 다른 방법이 있을 수도 있어.

"다른 방법이요?"

-사이영 최다승이나, 요기 베라의 월드시리즈 최다 우승 횟수는 어디까지나 야구 선수 김진호의 소망이고, 인간 김진호의 소망은 또 따로 있거든.

그제야 이진용도 진지한 표정을 지으며 김진호의 말에 귀를 기울였다.

-내 평생 소원은 어릴 때부터 하나였어.

"그게 뭐죠?"

이윽고 김진호가 그 어느 때보다 진지한 표정으로 말했다.

-여탕에 가는 거.

그 말에 이진용이 뚱한 표정을 지으며 말했다.

"빌어먹을 음란 마귀!"

이윽고 반지 함을 챙긴 이진용이 그대로 김진호의 무덤으로부터 등을 돌린 채 걸음을 내디뎠다.

　-진용아, 어디 가?

　"어디 가긴요, 빨리 미국으로 가서 이번 시즌 준비해야죠. 젠장, 아주 빌어먹을 귀신이 붙었어. 빌어먹을 귀신이."

　그 모습에 김진호가 미소를 지었다.

　-그래, 빌어먹을 귀신이지. 으하하!

The End

　『그동안 마운드 위에서 호우하는 또라이와 음란 마귀를 사랑해 주서서 감사합니다.』

Wish Books
밥만 먹고 레벨업
박민규 게임 판타지 장편소설
WISHBOOKS GAME FANTASY STORY
바사삭, 치킨. 새벽 1시에 먹는 라면!
그런데 먹기만 해도 생명이 위험하다고?
가상현실게임 아테네.
먹고 싶은 음식을 먹을 수 있는 유일한 방법!
[식신의 진가가 발동됩니다.]
[힘 1, 체력 1을 획득합니다.]
「밥만 먹고 레벨업」
"천년설삼으로 삼계탕 국물 내는 놈이 세상에 어디 있냐!"
"여기."

만 년 만에
귀환한
플레이어

나비계곡 퓨전 판타지 장편소설

WISHBOOKS FUSION FANTASY STORY

어느 날, 갑작스럽게 떨어진 지옥.
가진 것은 살고 싶다는 갈망과 포식의 권능뿐.

일천의 지옥부터 구천의 지옥까지.
수십만의 악마를 잡아먹고 일곱 대공마저 무릎 꿇렸다.

"어째서 돌아가려 하십니까?"
"김치찌개가… 김치찌개가 먹고 싶다고."

먹을 것도, 즐길 것도 없다.
있는 거라고는 황량한 대지와 끔찍한 악마뿐!

"난 돌아갈 거야."

「만 년 만에 귀환한 플레이어」